高等学校"十二五"规划教材

化工实习实训指导

张群安　史政海　主编

U0140788

化学工业出版社

·北京·

本书包括三篇，第一篇醋酸生产，专为认识实习编写，介绍了醋酸生产的基本原理、工艺流程、主要操作指标、主要设备等内容；第二篇小氮肥生产，专为生产实习编写，介绍了合成氨生产的基本原理及工艺流程，分七个章节介绍概论、造气、脱硫、变换、碳化、精炼、合成等合成氨的主要工艺工序，按基本原理、主要操作指标、工艺流程、主要设备结构、操作要点等顺序介绍；第三篇化工设备组装实训，介绍了泵类、换热器、塔器、反应釜、搅拌器、法兰、垫片、阀门、温度计、压力表等常见化工设备通用零部件的工作原理和结构、特点、适用场合及维护等。本书将理论知识和工程实际有机地结合在一起，内容丰富、实用。

本书是一本难得的培养学生工程知识的指导书，可供高等院校化学工程及相关专业的学生实习时参考。

图书在版编目（CIP）数据

化工实习实训指导/张群安，史政海主编．—北京：化学工业出版社，2010.12
高等学校"十二五"规划教材
ISBN 978-7-122-09654-8

Ⅰ．化…　Ⅱ．①张…②史…　Ⅲ．化工过程-实习-高等学校-教学参考资料　Ⅳ．TQ02-45

中国版本图书馆 CIP 数据核字（2010）第 198520 号

责任编辑：徐雅妮　　　　　　　　文字编辑：刘志茹
责任校对：蒋　宇　　　　　　　　装帧设计：史利平

出版发行：化学工业出版社（北京市东城区青年湖南街 13 号　邮政编码 100011）
印　　刷：北京云浩印刷有限责任公司
装　　订：三河市前程装订厂
787mm×1092mm　1/16　印张 9½　字数 233 千字　2011 年 1 月北京第 1 版第 1 次印刷

购书咨询：010-64518888（传真：010-64519686）　售后服务：010-64518899
网　　址：http://www.cip.com.cn
凡购买本书，如有缺损质量问题，本社销售中心负责调换。

定　　价：19.00 元

前　言

实习、实训是化工类人才培养的一个必修的、重要的实践环节。通过实习、实训，可以增加学生对工厂的感性认识，丰富工程知识，增加处理和解决工程问题的能力；同时会激发学习热情，加深对理论知识的理解和提高。

本书在阅读大量资料、著作的基础上，结合编者多年来教学、科研和技术开发的经验，简明扼要地叙述了醋酸的生产原理及工艺、合成氨的生产原理及工艺、常见化工设备零部件结构及工作原理等内容，给学生认识实习、生产实习和化工设备组装实训等实践环节提供了有力的指导。

本书包括三篇，第一篇醋酸生产，专为认识实习编写，介绍了醋酸生产的原理、工艺、主要设备等内容；第二篇小氮肥生产，专为生产实习编写，介绍了合成氨生产的原理及工艺，分七个章节分别介绍概论、造气、脱硫、变换、碳化、精炼、合成等合成氨的主要工艺工序；第三篇化工设备组装实训，介绍了泵类、换热器、塔器、反应釜、搅拌器、法兰、垫片、阀门、温度计、压力表等常见化工设备通用零部件的结构和工作原理、特点、适用场合及维护等，内容丰富、实用。

本书第一、二、九、十、十四章由张群安副教授编写，第三、五、六、七、八、十一章由史政海副教授编写，第四、十二、十三章由刘建连编写，史政海对全书的图片做了详尽的修改。

本书在编写过程中参考了国内外的相关资料，在此谨致谢忱。由于编者水平所限，书中存在不足乃至漏误，敬请读者指正和谅解。

编者
2010 年 8 月

目 录

● **第一篇　醋酸生产**　　　　　　　　　　　　　　　　　　　　　　**1**

□ **第一章　醋酸的生产** ……………………………………………… 1
第一节　概述 ………………………………………………………… 1
第二节　乙醇氧化制乙醛 …………………………………………… 5
第三节　乙醛氧化制醋酸 …………………………………………… 8

● **第二篇　小氮肥生产**　　　　　　　　　　　　　　　　　　　　　**12**

□ **第二章　小氮肥生产概论** …………………………………………… 12
□ **第三章　固体燃料气化制备合成氨原料气** ……………………… 15
第一节　固体燃料气化的基本原理 ………………………………… 15
第二节　制取半水煤气的工业方法 ………………………………… 16
第三节　工艺条件的选择 …………………………………………… 19
第四节　工艺流程和主要设备 ……………………………………… 22
第五节　生产操作要点 ……………………………………………… 24
□ **第四章　原料气脱硫** ……………………………………………… 25
第一节　概述 ………………………………………………………… 25
第二节　干法脱硫 …………………………………………………… 26
第三节　湿法脱硫 …………………………………………………… 28
□ **第五章　一氧化碳变换** …………………………………………… 33
第一节　一氧化碳变换的基本原理 ………………………………… 33
第二节　一氧化碳变换的工艺条件 ………………………………… 35
第三节　工艺流程及主要设备 ……………………………………… 38
第四节　生产操作要点 ……………………………………………… 39
□ **第六章　碳化** ……………………………………………………… 40
第一节　基本原理 …………………………………………………… 40
第二节　碳化的工艺条件 …………………………………………… 43
第三节　工艺流程及主要设备 ……………………………………… 44
第四节　生产操作要点 ……………………………………………… 45
□ **第七章　原料气中少量一氧化碳的脱除** ………………………… 47
第一节　铜氨液吸收法原理 ………………………………………… 47

第二节　铜液吸收一氧化碳的工艺条件 ···················· 49
第三节　工艺流程及主要设备 ····························· 53
第四节　生产操作要点 ································· 56

□ **第八章　氨合成** ···································· 59
第一节　氨合成的基本原理 ····························· 59
第二节　氨合成催化剂 ································· 59
第三节　氨合成的工艺条件 ····························· 61
第四节　氨合成的工艺流程及主要设备 ···················· 63
第五节　生产操作要点 ································· 66

● **第三篇　化工设备组装实训** 68

□ **第九章　流体输送机械** ····························· 68
第一节　离心泵 ······································· 68
第二节　其他类型泵 ··································· 73
第三节　气体输送机械 ································· 77

□ **第十章　热交换器** ································· 82
第一节　概述 ··· 82
第二节　换热器 ······································· 83

□ **第十一章　塔器** ··································· 95
第一节　板式塔 ······································· 95
第二节　筛板塔 ······································· 98
第三节　泡罩塔 ······································· 99
第四节　浮阀塔 ······································· 100
第五节　填料塔 ······································· 101

□ **第十二章　阀门** ··································· 106
第一节　球阀 ··· 106
第二节　蝶阀 ··· 108
第三节　闸阀 ··· 110
第四节　截止阀 ······································· 112
第五节　安全阀 ······································· 113
第六节　隔膜阀 ······································· 115
第七节　呼吸阀 ······································· 116
第八节　止回阀 ······································· 117
第九节　旋塞阀 ······································· 119
第十节　疏水阀 ······································· 120
第十一节　针形阀 ····································· 124
第十二节　高压角式截止阀 ····························· 125

□ **第十三章　法兰与垫片** ····························· 127
第一节　法兰 ··· 127

第二节 垫片 ·· 133

□ **第十四章 压力表与温度计** ··· 137

第一节 压力表 ··· 137

第二节 温度计 ··· 140

□ **参考文献** ·· 146

第一篇 醋 酸 生 产

第一章 醋酸的生产

第一节 概 述

一、醋酸的物化性质

醋酸的分子式为 CH_3COOH，其分子结构中含有羧基—COOH，由于有两个碳原子，因此又叫做乙酸。纯醋酸（无水醋酸）的熔点是 16.75℃，沸点是 118℃，醋酸在 16.75℃以下为固体，外表似冰，所以无水醋酸又叫做冰醋酸。

醋酸能与水互溶，能与醇、苯等许多有机液体相混合并能溶解许多物质。醋酸水溶液的沸点和冰点分别见表 1-1 和表 1-2。

表 1-1 醋酸水溶液的沸点

醋酸含量/%	100	95	90	85	80	75	70	65	60	55
沸点/℃	118.1	112.0	108.5	106.25	105.00	104.00	103.40	102.75	102.25	101.35
醋酸含量/%	50	45	40	35	30	25	20	15	10	5
沸点/℃	101.50	101.25	101.00	100.85	100.75	100.60	100.45	100.35	100.25	100.10

表 1-2 醋酸水溶液的冰点

醋酸含量/%	100.00	99.50	99.00	98.52	98.04	97.09	97.00	96.10	96.00	95.24	94.34
冰点/℃	16.75	15.65	14.80	14.00	13.25	11.95	11.81	10.56	10.17	9.40	8.21
醋酸含量/%	93.46	92.59	91.74	90.91	90.09	89.23	86.96	84.68	82.65	80.63	66.44
冰点/℃	7.00	6.25	5.30	4.30	3.60	2.70	−0.20	−2.6	−5.1	−7.4	−20.50
醋酸含量/%	61.86	55.50	50.60	41.50	30.10	16.21	11.85	6.50	0		
冰点/℃	−24.20	−22.30	−19.80	−15.90	−10.90	−5.20	−3.90	−2.90	0		

醋酸具有刺激性的酸味，特别是对眼睛的黏膜有刺激作用，浓醋酸能灼伤皮肤。醋酸本身不燃烧，但其蒸气是易燃的。

醋酸是十分重要的基本有机原料，目前全世界生产能力已近 9000kt/a，产量约 7000kt/a。我国醋酸生产能力达到 1950kt/a，约占世界的 15%，产量约占世界产量的 14.3%，达到

970kt/a 左右。国内醋酸生产装置的开工率仅 71%，低于世界醋酸装置75%～76%的开工率。醋酸业界有些人士认为我国的醋酸市场产需基本平衡，进口量仅占 17%，缺口不太大；有些企业担心世界几大醋酸生产厂商对我国市场将产生巨大的威胁。因此，不少人对国内醋酸行业的发展前景并不乐观，原因是多方面的。

醋酸是用途极为广泛的有机酸，主要用于生产醋酸乙烯、醋酸酐、对苯二甲酸（PTA）、聚乙烯醇、醋酸乙酯/丁酯等酯类、醋酸盐类、氯醋酸和醋酸纤维素等。醋酸也用于医药、农药、染料、涂料、合成纤维、塑料和黏合剂等行业。由于其用途广泛，因此，对化学工业、医药工业、轻工业、纺织工业、食品工业等行业的发展具有十分重要的作用。从消费结构分析，目前我国醋酸消费构成是：醋酸乙烯、聚乙烯醇等约占醋酸总消费量的20%，对苯二甲酸约占 18%，醋酸乙酯/醋酸丁酯、乙腈等占 15%，染料占 14%，醋酸酐占 8%，医药占 10%，其他占 15%。我国的消费结构和发达国家相比有较大不同，国外醋酸主要消费领域是醋酸乙烯、对苯二甲酸、醋酸酐和醋酸酯类等方面，其中以醋酸乙烯消费量最大，约占总消费量的 45%，其次是 PTA。由于我国是纺织品和服装的出口大国，目前PTA 生产用的醋酸量居首位，而国内目前 PTA 的供应量仅占国内消费量的 45%左右。根据国家发展规划，预计今后几年国内，PTA 将进一步加快发展。同时我国的醋酸乙烯及其衍生物、醋酸纤维、醋酸酐和醋酸酯类等也将有较大发展。因此，我国醋酸市场的前景广阔，但下一步的主要任务是醋酸行业需要进行产业结构和技术结构的调整，以应对国际市场的竞争。

二、醋酸的工业生产方法

很早以前，人类就能从酒发酵和木材干馏制取醋酸。19 世纪末，由于化学工业合成技术的发展，出现了用合成方法制备醋酸。

合成醋酸可以用多种原料，来源于煤的电石乙炔、农产品乙醇、石油和天然气的乙烯、液态烃、轻油、甲醇等。总的发展趋势是石油和天然气原料逐步地取代电石乙炔和农产品乙醇。

根据原料、资源和生产技术不同，合成醋酸的方法有很多种，但是工业上主要应用的有以下几种。

1. 甲醇羰基化法

甲醇羰基化法分为甲醇高压羰基化法和甲醇低压羰基化法（孟山都法）。甲醇高压羰基化法使用羰基钴或羰基氢钴作催化剂，碘为助催化剂，于250℃、63.74MPa 下进行甲醇羰基化反应生产醋酸，以甲醇计醋酸收率为 90%，以 CO 计为 70%。该法生产醋酸副产物较多，分离流程复杂，同时反应条件苛刻。

甲醇低压羰基化法以三氯化铑为催化剂，碘甲烷为助催化剂，在更为温和的反应条件下（150℃、2.94MPa）进行羰基合成醋酸，有着更高的催化活性和选择性。该过程几乎没有副产物生成，醋酸收率以 CO 计为 90%。

该法具有以下特点：

① 开发了活性高、选择性好的铑/碘系催化剂，使反应条件温和，可在低压下进行反应，节省了设备投资；

② 催化剂性能稳定，操作系统稳定，催化剂损失低，并能消除因反应器材质发生腐蚀而形成的任何痕量失活物质的影响；

③ 只需一般精馏法进行分离，用水和酸的循环维持反应器的热量和物料平衡，使操作费用大大降低；

④ 再循环入反应器前的烷烃，需经脱烷烃塔处理重质相物料；

⑤ 由于采用昂贵的铑系催化剂，反应器又采用内衬 Hastelloy 合金的带机械搅拌压力釜，且醋酸工艺所用设备均采用锆 702 材质，所以建厂费用比 Hoechst/wacker 乙烯-乙醛-醋酸法要高。

2. Hoechst/wacke 法

乙烯在 100～150℃、0.3MPa、$PdCl_2$-$CuCl_2$ 为催化剂的条件下反应生成乙醛，乙醛再在醋酸锰催化剂的作用下，于纯氧、富氧或空气中在液相条件下氧化生成醋酸，其工艺简单，反应器小，占地少，投资费用低，收率高。反应器采用钛金属等耐腐蚀材料制造。在乙醛氧化为醋酸的工艺中，乙醛转化率高于 95%，但生产成本远高于甲醇羰基化法。

3. 丁烷或轻油液相氧化法

低级烷烃液相氧化法生产醋酸较理想的原料为正丁烷。反应在 150～250℃、1.0～5.0MPa 下进行。轻油氧化法与丁烷氧化法基本相似，两种工艺的开发主要基于本国可利用资源，优点是原料便宜，但副产物多，分离工序复杂，醋酸收率低。

4. 乙烯直接氧化制醋酸新工艺

1997 年，日本昭和电工公司（Showa Denko K. K.）采用自行开发的乙烯直接氧化制醋酸新技术，建成第一套乙烯直接氧化合成醋酸的工业化装置，实现了乙烯直接氧化合成醋酸的工业化生产。反应在固定床反应器内进行，反应温度为 150～160℃，压力约 0.5MPa。原料气组成为：乙烯∶氧气∶水蒸气∶氮气＝50∶7∶30∶13。在这一反应条件下，乙烯在 Pd-$H_4SiW_{12}O_{40}$-Se/SiO_2 催化剂上气相氧化生成醋酸的选择率达 86.4%，时空收率为 240g/（h·L）。对于这一方法，日本昭和电工公司对催化剂的专利保护重点是贵金属（主要为 Pd）和杂多酸同时作为催化剂的组分。至于 Pd 与其他矿物酸或氧化物组分的组合催化剂，已有诸多公司申请专利，但在催化性能方面均不如日本昭和电工公司的 Pd-$H_4SiW_{12}O_{40}$-Se/SiO_2 催化剂。

其特点是：

① 建设费用低，比甲醇羰基化工艺的投资节约 50%，比乙醛氧化工艺投资降低 30%；

② 装置规模可在 5 万～20 万吨/年的范围内选择，比较适应市场需求；

③ 原料乙烯来源广泛，工艺过程简单，操作稳定性比甲醇羰基化工艺好；

④ 废水、废物排放量低，仅为乙醛氧化法的 1/10。

三、正在开发研究中的合成方法

国外各大化工企业和研究机构都在积极研究开发合成醋酸的新方法，旨在寻求廉价或新的原料及更简捷的合成工艺，降低消耗和成本。目前正在研究开发的合成醋酸方法主要有合成气直接合成法、甲酸甲酯异构法、低碳烷烃羰化法。

1. 合成气直接合成法

联合碳化物公司用 Rh/SiO_2 作催化剂，在 200～350℃、2.0～20.4kPa 下，由 H_2、CO 直接合成醋酸获得了较高收率。此外，日本通产省工业技术研究院报道，在 Rh-Mn-Ir-Li-K/SiO_2 催化体系上，H_2、CO 直接合成醋酸的时空收率可达 344g/（h·L），以 CO 为基准的醋酸选择率是 71%，此法可以省去合成甲醇的中间步骤，使得工艺大大简化。由于该法基本原料合成气来源于煤，因此，从长久能源考虑，以合成气直接合成醋酸的研究具有很好的发展前途。

2. 甲酸甲酯异构法

该法原料甲酸甲酯的合成虽然也以甲醇和 CO 为原料，但其异构化为醋酸，与孟山都法比较，产物无需脱水，原料供应没有地域限制，具有一定的优越性。

3. 甲烷羰化制醋酸及甲烷与 CO_2 反应制醋酸

有研究报道，在三氟醋酸和 $CuSO_4$ 溶液存在下，当甲烷和 CO 分压分别为 4.0MPa、2.0MPa 时，用 $K_2S_2O_8$ 做氧化剂，在 80℃下反应，可以高选择性地生成醋酸。据报道，$Pd/Cu-CF_3COOH$、$RhCl_3$ 催化剂具有很好的催化效果。此外，Kurioka 等和 Hoechst 公司还研究了甲烷与 CO_2 反应制醋酸的方法。目前，虽然这两项研究的甲烷转化率还很低，但却为利用丰富的天然气资源开发醋酸合成新方法提供了重要的启示。另一重要的方面是，该法使甲烷中的氢利用得更为有效，因此该法从节省能源考虑也是很好的方法。当然，利用甲烷这样一个最不活泼的烷烃一步合成醋酸，也极具挑战意义。

4. 由 CO_2 和 H_2 合成醋酸

Morinaga 利用生化技术，将一种称为 BR-446 的厌氧菌用于醋酸的合成，CO_2 和 H_2 的醋酸生成选择率分别为 86% 和 90%。

尽管乙醛氧化法在我国仍为醋酸生产的主要技术，面对甲醇羰基化法和乙烯直接氧化法的严重挑战，乙醛氧化法必然很快被淘汰。对于 100kt/a 醋酸的规模，乙烯直接氧化法略优于甲醇羰基化法。如果生产规模扩大，后者成本仍可低于昭和电工新工艺。根据我国目前仍有较多乙烯-乙醛法生产醋酸装置的国情和醋酸生产即将面对世界市场激烈竞争的局面，迅速开发乙烯直接氧化法这一新的生产路线，及在国内醋酸生产上配以甲醇羰基化法和乙烯直接氧化法并行的总体格局是必要的，即应在发展大规模甲醇羰基化生产路线的同时，开发 100kt/a 规模的乙烯直接氧化法生产路线进行补充。虽然合成气直接合成法、生化法及甲烷羰化法制醋酸的研究结果尚离开发应用较远，但从长远发展角度出发，对此三种方法的深入研究是非常必要的。日本昭和电工公司乙烯直接氧化法的开发成功，正是历时 30 年不懈研究开发的结果。

四、国内生产现状

目前国内上规模的醋酸生产企业有：扬子江乙酰化工有限公司，采用甲醇羰基合成法，生产能力为 350kt/a；吉林化学工业股份有限公司，采用乙烯乙醛氧化法，生产能力为 210kt/a；上海吴泾化工有限公司，采用甲醇羰基合成法，生产能力为 200kt/a；江苏索普集团公司，采用甲醇羰基合成法，生产能力为 600kt/a；中国石油大庆石化总厂，采用乙烯乙醛氧化法，生产能力为 100kt/a；中国石化扬子石化公司，采用乙烯乙醛氧化法，生产能力为 100kt/a；山东金沂蒙集团，采用乙烯乙醛氧化法，生产能力为 100kt/a；中国石化上海石化股份公司，采用乙烯乙醛氧化法，生产能力为 50kt/a；石家庄新宇三阳实业有限公司，采用乙烯乙醛氧化法，生产能力为 50kt/a；山东兖州国泰化工有限公司，采用甲醇羰基合成法，生产能力为 200kt/a。

从上述的规模企业看，其生产方法大多选用甲醇羰基合成法和乙烯乙醛氧化法来进行生产，其醋酸产品主要用作工业原料。

第二节 乙醇氧化制乙醛

乙醛的分子式为 CH_3CHO，在常温常压下，乙醛是挥发性极强的液体，乙醛的沸点 $20.8℃$，熔点 $-123.5℃$，乙醛易燃，在空气中自燃温度是 $380\sim400℃$，乙醛在氧气中的自燃温度是 $140℃$ 左右，乙醛蒸气和空气的混合物中，当乙醛浓度达到 $4\%\sim57\%$（体积分数）的范围时，会燃烧爆炸。

乙醛与水、乙醇、乙醚等有机物能以任意比例互溶，乙醛具有辛辣味，对眼、呼吸道、皮肤有刺激作用。

乙醛的化学性质：由于乙醛分子中具有羰基，化学性质极为活泼，容易发生氧化、加成、聚合缩合等化学反应。

由于乙醛的化学性质活泼，从乙醛出发可以合成一系列有机物，其中半数以上用来生产醋酸和醋酸酐，其次是生产醋酸乙烯、丁醇、季戊四醇等。

乙醛的工业生产方法，按照原料来源不同可分为：乙炔水合法、乙醇氧化法或脱氢法、乙烯直接氧化法等。下面结合工厂实习主要介绍乙醇氧化制造乙醛的方法：

一、生产原理

由乙醇生产乙醛，可通过以下两个途径。

1. 乙醇脱氢

乙醇脱氢生产乙醛，是在反应温度为 $250\sim300℃$，采用铜或以铬活化了的铜作催化剂的条件下进行的。由于过程中氢不再进一步氧化，所以反应温度比较低，所生成的乙醛不易分解，副反应少，副产物 H_2 纯度高，乙醇的单程转化率为 $30\%\sim50\%$，乙醛产率在 90% 以上。但是由于脱氢反应是吸热反应，在反应进行时要不断由外界供给热量，所以能量消耗较大。

2. 乙醇氧化

乙醇的氧化反应是一个强烈的放热反应，反应温度较高，易发生局部过热而引起深度氧化，副反应较多，分离流程长。

工业上乙醇生产乙醛法采用乙醇与不足量的空气混合，通过银丝网催化剂进行反应，实际上是脱氢反应和氧化反应同时进行，即脱出来的氢部分与氧进行氧化反应生成水。反应方程式如下：

$$C_2H_5OH \longrightarrow CH_3CHO + H_2 \qquad -17.28\text{kcal}❶$$
$$H_2 + 1/2O_2 \longrightarrow H_2O \qquad +57.80\text{kcal}$$

由于氢的氧化反应放出热量较多，部分氢氧化放出的热量，除抵偿脱氢所需的热量外，还有多余。所以乙醇氧化生产乙醛不需外界供给热量，而且还要将多余的热量自反应系统中引出。

此法除上述主反应外，还有许多副反应发生。

---

❶ $1\text{kcal} = 4.1868\text{kJ}$。

此法乙醇单程转化率为 60％，乙醛的产率为 90％～99％。

二、反应条件的选择

1. 催化剂

乙醇氧化制乙醛，所用催化剂是银丝网或载于惰性载体（浮石）上的银，简称银浮石。单用银丝网作催化剂时，因其表面积小，活性不大，且银丝网易损坏，损耗太大。活性最好的催化剂是银浮石，它的表面积大、活性高，同时也可以减少银的用量。但是单用银浮石作催化剂时，由于活性高反应速率大，如果反应热不及时引出，容易产生局部过热而引起深度氧化等副反应，因此一般以银浮石放在银丝网上作为催化剂效果较好。

催化剂银丝网及银浮石需化学处理，银浮石含银量一般为 40％左右。

2. 反应温度

乙醇氧化制乙醛，氧化炉反应温度一般控制在 500～600℃之间。温度过高不仅会将银丝熔化，而且附在浮石上的银其表面亦会发生熔结现象，由此引起催化剂物理结构的改变，使催化剂失去活性。另一方面，温度太高会促使乙醛的分解和聚合等副反应发生，生成游离碳或树脂状物质遮盖在催化剂表面，使催化剂活性降低甚至失去活性，但反应温度也不能太低，否则反应不完全。

氧化反应温度的高低直接与空气用量有关，如果反应混合气中空气用量太大，则大量的氢发生氧化反应而使催化剂层表面温度升高，这对生产是不利的。如果反应混合气中空气用量太小，乙醇用量太大，因而在氧化炉内产生大量的脱氢吸热反应而使催化剂温度降低，甚至熄火。因此反应温度的控制与原料配比及蒸发锅的温度、压力的控制有直接关系。

3. 原料配比

加料比的控制对反应有很大影响，也就是说要很好地控制乙醇、水和空气的比例。工业上不用纯乙醇而用 88％～89％的乙醇水溶液，因为乙醇浓度高，氧化时乙醇容易燃烧，加入部分水在氧化过程中，水不发生反应还能带走一部分热量，避免催化剂表面过热。

一般空气的用量约为理论用量的 50％，过多的氧会使乙醛深度氧化副反应增加。实际生产中主要控制指标是蒸发锅中乙醇的浓度、蒸发温度及蒸发压力。

4. 原料纯度

原料乙醇中不能含有醛、酮类杂质，醛、酮类有机物的存在，容易生成树脂状的物质，遮盖在催化剂表面，使催化剂活性降低。

三、工艺流程及设备

（一）工艺流程

1. 乙醇蒸发

投料前，先将 95％的原料乙醇稀释为 88％（体积分数），用回收乙醇或加入水配合，用泵循环混合 15～20min，经测试合格后送到酒精配制槽储存，再经离心泵送至过滤器过滤杂质后进入高位槽，而后经过控制室转子流量计计量后再进入预热器预热。

来自预热器的乙醇及来自空压站的压缩空气分别进入乙醇蒸发锅内，蒸发温度为78℃±0.5℃，压力为0.12MPa，蒸发锅用蒸汽列管加热，锅内气相有平衡管和高位槽相连，蒸发锅内乙醇浓度应维持在70%～80%。

2. 乙醇氧化

从乙醇蒸发锅出来的混合气体经过热器将温度进一步提升后，进入过滤器除去杂质而后进入氧化炉。以电解银为催化剂，乙醇在炉内氧化成乙醛，氧化炉温度控制在500～600℃。

点火时，先将点火器用电热棒加热至160～200℃，待氧化炉温度达到150℃左右，逐渐打开氧化炉的进气阀，反应开始后停止电加热，用反应放出的反应热维持反应温度。反应后，除得到乙醛外，还有未反应的乙醇，以及甲酸、醋酸、水、巴豆醛、N_2、CO、CH_4、O_2等。

3. 乙醛吸收

由氧化炉出来的炉气，先后经过水冷器、两个盐水冷凝器后，大部分乙醛、水及少量的乙醇、酸、巴豆醛被冷凝分离送至稀乙醛储槽，不凝气体再进入乙醛吸收塔用冷水吸收。吸收塔为填料塔，内置不锈钢规整填料。乙醛气体从塔底通入，与从塔顶喷淋下来的冷水逆流接触吸收。这样吸收效果较好，吸收率可达98%，不凝气体从塔顶采出，与乙醛精馏塔塔顶气体换热后放空，放空废气中乙醛含量为0.1%～0.2%；吸收液从塔底采出，采出液中含乙醛10%～12%、乙醇6%～7%，送至稀乙醛储槽。为了提高乙醛的浓度，在塔的中部采用经盐水冷却过的稀乙醛代替水来做吸收剂。

4. 乙醛精馏和乙醇回收

由稀乙醛储槽来的料液含乙醛10%～12%、乙醇6%～9%的水溶液及少量的酸、巴豆醛等高沸点物，用泵打入板式换热器，与乙醇回收塔塔底采出的热水换热后进入乙醛精馏塔，利用各组分沸点的不同，用精馏的办法加以分离。乙醛精馏塔是填料塔，内装不锈钢规整填料，从塔顶得馏出物为97%～98%的乙醛蒸气，经多级冷凝后进入乙醛中间计量槽、乙醛储槽，部分冷凝液用于塔顶回流；塔底物为乙醇和水，去乙醇回收塔中上部。

乙醇回收塔也是填料塔，进料液来自乙醛精馏塔塔底，经精馏分离，得塔顶蒸出物为90%的乙醇蒸气，经过多级冷凝后进入回收乙醇中间计量槽、回收乙醇储槽，部分冷凝液回流入乙醇回收塔；塔底物主要是热水，经板式换热器回收热量后排放或回锅炉。

(二) 主要设备——乙醇氧化炉

上部为绝热式反应器，在栅板和花板上铺装催化剂；下部为列管式或盘管式换热器。混合气体在上部催化剂层发生化学反应，放出大量的热量，离开反应区的高温反应气体立即进入下部换热器进行急冷却，使反应后混合气体的温度得到降低，同时回收反应余热制得了蒸汽或热水（见图1-1）。

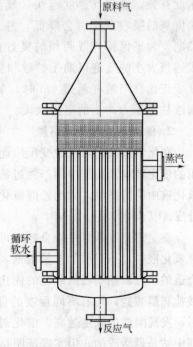

图1-1 乙醇氧化炉

第三节 乙醛氧化制醋酸

一、氧化反应基本原理

乙醛是很容易氧化的，即使在常温储存时，乙醛也可以吸收空气中的氧气生成醋酸，该过程中主要反应方程式为：

$$CH_3CHO + 0.5O_2 \longrightarrow CH_3COOH \qquad +69.8kcal$$

乙醛氧化生成醋酸的反应不是单一的反应，在主反应进行的同时，还伴随有副反应，生成的副产物有甲酸、乙酸甲酯、甲酸乙酯、亚乙基二醋酸酯等。

二、影响氧化反应的主要因素

乙醛可以在气相和液相中进行氧化。气相氧化容易进行，不必用催化剂；但是会出现因反应时放出大量热不能被及时均匀地带走，会引起局部过热使乙醛的深度氧化，致使部分乙醛被烧掉而使单耗增加，加之乙醛与空气爆炸限很宽，因此，气相氧化就失去了实际应用价值。工业生产中都是采用液相氧化的方法。液相氧化是通入氧化塔的空气（或氧气）先扩散到乙醛的醋酸溶液内，然后被乙醛吸收，并在醋酸锰催化剂的作用下转化为醋酸，影响乙醛氧化的主要因素如下。

1. 空气或氧的流速

乙醛氧化反应实质上是一个气液相反应，因此首先是氧扩散到乙醛的醋酸溶液中，氧被乙醛吸收后，借助于催化剂的催化作用，氧与乙醛发生化学反应生成醋酸。因此气液两相的充分接触对反应影响很大，氧的扩散与吸收对反应过程有很大影响，它与通入的空气速度有关。通空气速度越快，气液接触面愈大，但通空气速度不能过大，因为超过一定速度氧的吸收率反而会降低，并且会带出大量乙醛、醋酸，破坏了正常操作，故须适当控制。为了保持气液两相的良好接触，在氧化塔中装有空气分布器，使空气均匀地分散成适当大小的气泡以助于扩散和吸收。此外，氧的吸收率在一定速度下与通过液柱的高度成正比。当液柱超过 4m 时，氧的吸收率可达 97%～98%，当然液柱也不宜太高，否则液柱静压力产生的阻力太大。

2. 催化剂的选择与用量

在化学反应中，能改变反应速率而其本身又不参与反应的物质称为催化剂。乙醛氧化选用的催化剂应能加速中间产物过氧醋酸的生成，又能使其迅速分解。同时应注意到催化剂在氧化液中的溶解性。因为乙醛氧化是在液相中进行的，催化剂充分溶解于氧化液中，才能充分发挥其催化作用。

确定催化剂效果是否良好，可以从氧化液所含过氧醋酸的含量和氧的吸收率来评价。只有氧化液中过氧醋酸的含量很低，并且氧的吸收率很高时，才能认为催化剂的选择和用量是合适的。可以用于乙醛氧化的催化剂很多，如锰、钴、镍、铬、铜、铁、钒、钨、铈等的硫酸盐和醋酸盐，均有不同程度的促进氧化作用。研究乙醛氧化反应中各催化剂的相对活性后，发现醋酸的浓度越高，催化剂的活性也越高。各种金属盐的活性是：钴＞镍＞锰＞铁。其中钴是最活泼的，但实践证明钴并不是最理想的催化剂，因为在此氧化过程中不仅要求加速生成过氧醋酸，而且也要求过氧醋酸迅速分解。钴催化剂对过氧醋酸生成所起的加速作用很强，以至于过氧醋酸来不及分解而产生积聚。为了防止氧化反应中过氧醋酸的积聚，必须选择一种催化剂使乙醛氧化成过氧醋酸的反应和过氧醋酸分解成醋酸的反应以相同的反应速率进行。其中醋酸锰或醋酸锰-醋酸钴混合液在合成醋酸中效果显著。经研究表明，它们对氧吸收的影响都比较相近，且制造醋酸锰的原料价廉易得，在工业上都选择醋酸锰作催化剂。

乙醛氧化的反应速率与催化剂用量有关，随着醋酸锰浓度的增加，氧的吸收率也增加。当醋酸锰催化剂用量为 0.05%～0.063% 时，氧的吸收率仅为 93%～95%，因此在实际生产中，氧化液中醋酸锰的含量控制在 0.08%～0.1%。要注意如何将醋酸锰加入氧化液中是非常重要的，应先将它溶解在醋酸中，经充分溶解后再加入氧化塔，这样可以使醋酸锰在反应液中分布均匀。

3. 氧化液的组成和原料的成分

氧化液的主要组成是醋酸、乙醛、醋酸锰、过氧醋酸、氧气及由原料带入和副反应所产生的水、甲酸、醋酸甲酯、甲醇、甲醛、二氧化碳等物质。其主要组成——醋酸和乙醛的含量随塔的高度而变化。塔底氧化液中醋酸含量约 85%，乙醛约 10%，随着氧化反应的进行，醋酸的浓度随塔高不断递增，乙醛浓度则相应递减。通常，在氧化塔第三节塔以上，氧化液的组成基本稳定，变化很小。因此可以说氧化反应主要在塔下部三节内进行，氧化塔上部粗醋酸出口处，其醋酸含量应控制在 94%～95%，乙醛 0.5%～1%，水分一般为 1.5%～2%。若粗醋酸中醋酸含量过高，容易产生过度氧化，使甲酸和二氧化碳等副产物增加。乙醛中水的含量对氧的吸收影响很大，氧的吸收率随着氧化液中水分的增加而显著降低。当氧化液中醋酸含量为 82%～95% 时，氧的吸收率几乎全是 98% 左右，当醋酸含量达 95% 以后，氧的吸收率就趋于下降。

氧化液中水分的多少对氧气的吸收率影响很大，应控制原料乙醛的纯度在 99% 以上，同时对催化剂和氧气的含水量也应控制在最低限度。乙醛对氧有良好的吸收性，氧化液中乙醛量增加，对氧吸收的影响极微，但它却能增加气相中乙醛含量。乙醛含量在 1.5%～15% 之间，氧的吸收率始终在 98% 左右，过多或过少将使氧的吸收率下降，一般控制氧化液中乙醛含量以出口粗醋酸中所含的乙醛不超过 0.5%～1% 为宜。这样既保证了吸收氧所需的乙醛，又减少了气相中乙醛的含量，降低乙醛的消耗。

4. 温度与压力

乙醛氧化反应是强烈的放热反应，为将反应热及时引出，控制一定的反应温度，氧化塔中装有冷却水水箱。

一般来说，提高温度可以加速反应的进行，对乙醛生成过氧醋酸以及过氧醋酸的分解都有利，特别是对过氧醋酸的分解有利。但是温度不宜太高，过高的温度会使副反应加剧，使粗醋酸中甲酸、高分子物、焦油状物质增多，并生成大量二氧化碳废气。同时由于温度升高，使易挥发的乙醛大量逸入氧化塔上部的气相空间，增加了乙醛自燃与爆炸的危险性。当然温度过低也不好，降低了反应速率，减少了产量。如果反应温度低于 40℃，过氧醋酸则不能及时分解，会引起积聚而发生爆炸。一般用空气氧化时，反应温度控制在 60～80℃。

压力对氧化过程影响不大，但实际操作中。采用 2～3atm[●]，以便在反应温度下保持乙醛为液态。

5. 纯度要求

催化剂醋酸锰的纯度要高，氧化液中不能有氯离子、硫酸根离子。乙醛中应不含三聚乙

● 1atm＝101325Pa。

醛，因三聚乙醛不能氧化，影响产品质量。乙醛在应用时最好经过蒸馏以除去三聚乙醛。乙醛中含水不能超过 0.2%～0.4%，三聚乙醛、水及甲酸等都会延长氧化反应的诱导期。

6. 氧化剂的选择

工业上可用空气或氧气。用空气为氧化剂时，因空气中含有大量的氮气，使氧与氧化液接触机会减少，同时在接触界面上形成浮膜，阻碍了氧的扩散，因而也降低了氧的吸收。此外大量氮气会使其排出尾气中夹带乙醛的量增大，需经冷凝将乙醛液化循环氧化。用氧做氧化剂时，氧的吸收效果较好，带出的乙醛量少，但用氧不如空气安全。

三、工艺流程及设备

（一）工艺流程

1. 乙醛氧化

浓乙醛来自乙醛储槽，经泵输送计量后由氧化塔底部加入塔内，空气来自空压机，分五路进入氧化塔不同高度处，醋酸锰催化剂由高沸塔底部经柱塞泵加压进入氧化塔底部。在塔内进行反应后，氧化液由塔上部采出，进入粗醋酸储槽；从塔顶出来的气体经过多级冷凝、旋液分离后，液相部分汇合进入乙醛氧化塔底部再进行氧化，不凝的气相部分经吸收、冷却后放空。氧化塔为一空塔，内部充满了氧化液，为了及时移走反应热，在塔的中部装有冷却水箱以移取反应热。

2. 醋酸的精制

将粗醋酸连续送入高沸塔，塔底有蒸汽盘管加热，经精馏从塔底分离出高沸点组分（主

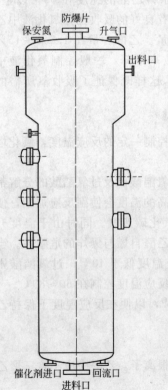

图 1-2 乙醛氧化塔

要是催化剂醋酸锰），经往复泵循环送入氧化塔；塔顶是易挥发的低沸点组分，主要是醋酸和其他易挥发分。塔顶的气相经旋液分离后进入低沸塔。液相回流到高沸塔。低沸塔塔底有蒸汽盘管加热，经精馏从塔顶分离出易挥发的低沸点组分蒸汽，经过多级冷凝后一部分回流，另一部分进入混合酯精馏塔；塔底得到纯净的醋酸产品。为了进一步提高产品的颜色，再将从低沸塔塔底出来的醋酸送入蒸发锅蒸发。在醋酸蒸发锅内，塔底也有蒸汽加热，蒸发锅底部温度控制在 128～130℃，塔顶 118～120℃，不得超过 124℃。成品醋酸蒸汽由塔顶经冷凝器冷凝进入成品储槽。

3. 醋酸锰溶液的配制

按照醋酸锰：蒸馏水：醋酸＝1:(2～2.5):60 的比例，将已称好的醋酸锰溶解在蒸馏水中，放入醋酸锰配制槽中，再加入一定量的粗醋酸或成品醋酸，稍开蒸汽加热，并微开氮气搅拌均匀即可。

（二）主要设备

1. 乙醛氧化塔

乙醛和催化剂醋酸锰由氧化塔（见图 1-2）底部进入，在塔的中部分几段鼓入空气进行氧化反应，反应放出的热由内

置的盘管或 U 形管换热器用冷却水带出，产品粗醋酸由塔上部采出精制，惰性气体夹带乙醛、醋酸经冷凝器冷凝后，冷凝液返回氧化塔，不凝气体放空。

乙醛氧化塔为一圆柱形高塔，塔内上部稍大，便于气体、液体的分离；中、下部设置空气补入口，中部设有盘管或 U 形管冷却水箱移出反应热。考虑到醋酸的腐蚀性，设备采用不锈钢材质。

2. 低沸塔

低沸塔（见图 1-3）为一填料塔，原料由塔的中部进入，经逐层分离后气相由塔顶引出经冷凝部分回流至塔内，其余混合酯作为产品销售，产品醋酸由塔底采出。

填料采用不锈钢规整填料，压降低，效率高；塔下部的再沸器采用内置的盘管，由蒸汽加热。

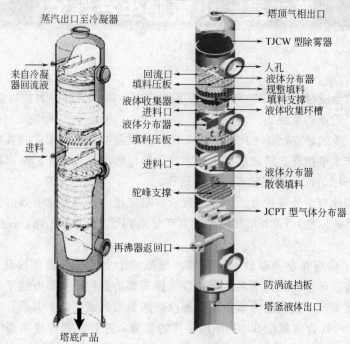

图 1-3　低沸塔实物

【附】　实习要求

1. 如何去实习？

① 掌握基本原理，知道这一步的原理是什么？目的是什么？

② 掌握工艺流程，并考虑在工程上如何实施？

方法是找设备，爬管道。先看主设备、主管道，而后是辅助管道。

③ 了解操作指标、工艺参数及其控制原理。

④ 掌握设备结构。

⑤ 了解化工厂生产组织管理过程。

2. 如何写实习报告？

报告内容包括：厂概况介绍（位置、人员、产品、车间、产值等）；基本原理；工艺流程叙述；主要操作指标；重点设备结构介绍；体会与建议。

带控制点（温度、压力、流量、液位、成分分析及阀门）的工艺流程图。

第二篇　小氮肥生产

第二章　小氮肥生产概论

一、概述

世界上第一个合成氨厂于 1913 年在德国奥堡建成，第一次世界大战以后，合成氨工业在世界范围内有了迅速的发展。

我国合成氨工业的建立始于 20 世纪 30 年代，解放前我国氮肥工业同其他工业一样，技术十分落后，生产水平很低。解放前夕只有大连化学厂和南京永利宁厂两家氮肥厂，年产氮肥 5700t（以纯氮计），而且仅有硫酸铵一个品种。

解放后，党和政府十分重视氮肥工业的发展，制定出一系列行之有效的方针、政策，促进了氮肥工业的迅速发展，1983 年我国合成氨产量达到了 1671.1 万吨，仅次于前苏联，居世界第二位。

1958 年，为了适应农业发展的迫切需要，根据党中央关于加速建设化肥工业的指示，在原化工部的直接领导下，我国著名化学家侯德榜带领一批科研人员开展了碳酸氢铵生产的研究工作，完整地提出了碳化法合成氨流程制取碳酸氢铵的新工艺。其后，由上海化工设计院设计成功年产 2000t 合成氨配 8000t 碳酸氢铵的装置，并建成第一座示范厂，生产出了第一批碳酸氢铵产品（简称碳铵）。与此同时，大连化学厂也建成年产 800t 合成氨生产氨水的小型装置。随后在全国陆续建成六合、温江等十三套小氮肥装置，但因产量低，消耗高，亏损大，不能正常生产。1960 年，丹阳化肥厂建成，针对生产中出现的问题，认真总结经验，采取了改进措施，增添了一些设备，修改了工艺指标和操作规程，并加强企业管理，从而在 1963 年达到了设计水平，为小氮肥厂实现工业生产提供了科学依据。此后，不少厂家也照此法办理，将 800t 型的生产能力提高到 3000t，2000t 型的生产能力提高到 5000t，因此促进了小氮肥厂的迅速发展。

从 1969～1978 年，全国共建成小氮肥厂 1225 个；到 1979 年，全国合成氨厂增加到 1533 个，当年产氨 658.4 万吨，占全国合成氨总产量的 55.6%。其后全国小氮肥厂煤电供应不足，时开时停，消耗高，经济效益不佳，小氮肥厂面临生产危机。1969 年福建永春化肥厂首先利用无烟煤粉，制成石灰碳化煤球用以代替无烟块煤试烧成功，解决了原料不足的难题，当年产量翻了一番，经济效益显著提高，该厂的经验及时得到了推广，全国约 800 多个厂家采用了石灰碳化煤球或其他粉煤成型工艺。各地小氮肥厂也结合自己的实际情况，寻找新的原料来源。如四川等省的小氮肥厂采用天然气作为原料生产合成氨。这是小氮肥厂闯过了"原料关"的第二次重大突破。

随着市场化经济的推出，国家对小氮肥生产企业进行了市场化运作，企业经历了关停并转及技术改造，一部分企业因技术改造、产品升级走上了良性发展的道路；一部分企业破产倒闭；还有一部分企业转让给私营企业主。

小型氮肥企业目前仍是中国化肥工业的"半壁江山"，在中国农业发展和国民经济建设中具有重要的作用。目前中国还有小氮肥企业 600 多家，近两年小合成氨产量大约占全国合成氨总产量的一半，小尿素产量大约占全国尿素总产量的 1/3。中国小型氮肥企业生产的主要原料是无烟煤，全国以天然气为原料的小型氮肥企业约 70 家，另有个别企业部分或全部用重油为原料。近年来，在化肥市场低迷的情况下，小型氮肥总体开工率为 60％～70％。

小氮肥工业面临国际与国内竞争的双重挑战，压力巨大：一方面是电力、煤炭费用占小氮肥成本的比重大，而中国电力和煤炭的价格又都较高，使小氮肥产品的竞争力受到影响；另一方面是小氮肥厂产品中，碳酸氢铵产量仍然过大，复合肥产量又较少，不能满足市场需求。

2005 年以来，全国煤炭价格大多上涨了 100～250 元/吨，高的超过了 300 元/吨。由于国内大约 65％的尿素生产企业所用原料仍以煤炭为主，在 1～9 月份国内煤炭价格同比上涨 10％～30％的情况下，众多地方小氮肥厂的生产成本已经超过每吨 1500 元，处于盈亏边缘。由于煤炭价格上涨使企业生产成本增加，利润下降，全行业效益大减。氮肥企业是用水大户，也是污水排放大户。一年排放数十万吨污水的企业不在少数，而污水中污染物质种类较多，如氨氮、氰化物、硫化物、油类、悬浮物、酸、碱等，难以处理，如果想使污水全部达标排放，势必要对废水进行多级处理，这不但要一次性投入千万元以上的巨资，还要每年花费百万元以上的处理费，即使如此，也难保证所排污水都达标。2003 年 7 月开始执行的新排污法，采取达标水外排也收费，超标要罚款的政策。如按老办法治理，必然会增加排污费，企业面临两难，治污要花钱，排污要收费。因此，企业要生存，要发展，任污水随意排放不行，按常规对污水处理也不行，必须采用高效实用而低成本的污水处理新技术。

各小氮肥厂从实践中认识到：提高经济效益的根本途径是节能挖潜、配套成龙，进行技术改造，采用新技术，推动技术进步和生产能力提高。经过几年努力，各小氮肥厂的生产能力得到显著的提高。

目前，小氮肥在技术进步方面，正从以下几方面进行努力：

① 继续提高碳铵质量，同时开展碳铵改性技术的开发研究；

② 走联合的道路，与磷肥厂合作横向联系，开发适合于当地土壤和适销对路的化肥；

③ 积极采用新工艺、新设备、新催化剂，取代落后工艺，取代能耗高的设备和催化剂，进一步降低能耗；

④ 推行现代化科学管理，提高自动化水平，提高经济效益；

⑤ 开发新的化工产品，发展多种经营。

二、小氮肥生产的原料和产品

1. 生产合成氨的原料

氨合成的反应物是氮气和氢气，所以要生产合成氨，首先要解决氮气和氢气的来源。氢气的来源主要是水和碳氢化合物。最简便的方法是电解水，但此法由于电能消耗大和成本高而受限制。现在工业上普遍采用焦炭、煤、天然气、重油等原料与水蒸气作用的方法，获得合成氨生产需要的氢气。

氮气可以从空气中取得，方法有两种：一种是物理方法，即在低温下将空气液化、分离而得氮气；另一种是化学方法，此法是使空气中的氧气和碳氢化合物作用生成容易与氮气分离的碳氧化合物，除去碳氧化合物后，就获得氮气。通常氮气和氢气是在同一工序中同时获得的。

2. 小氮肥的产品

目前小氮肥厂生产的主要产品有碳酸氢铵、液氨、尿素、甲醇等。

三、合成氨生产过程简述

合成氨的生产步骤基本上可分为三个阶段：原料气的制备、原料气的净化及氨的合成。

1. 原料气的制备

利用固体燃料（焦炭或煤）的燃烧，并使水蒸气分解，从而制得含有氢气、氮气、一氧化碳、二氧化碳的气体混合物，然后将氮、氢以外的气体除掉，即可制得纯的氢氮混合气。

2. 原料气的净化

原料气制备所得的气体中，含有一定量的硫化物（包括硫化氢和各种有机硫，如 COS、CS_2）、二氧化碳、一氧化碳以及灰尘、焦油等杂质，为防止管道设备阻塞和催化剂中毒，必须在氨的合成阶段以前将其除净。

原料气中机械杂质的除去方法，应根据杂质的组成不同而采用不同的方法。硫的脱除有干法和湿法两大类。一氧化碳的脱除一般是先将一氧化碳转变成二氧化碳和氢气，对未转化的微量一氧化碳再用铜氨溶液洗涤法清除。清除二氧化碳一般采用浓氨水吸收法和变压吸附法。

3. 氨的合成

经过前面两个阶段后，获得的纯净氢氮混合气经过加压后进入合成塔。目前大多数氨合成反应的压力为 15.0~32.0MPa。

第三章　固体燃料气化制备合成氨原料气

本工段的目的是制备合成氨所需要的氢氮混合气。

固体燃料主要指煤、焦炭和煤球（块）。所谓固体燃料气化就是用氧或含氧气化剂对其进行热加工，使碳转化为可燃气体的过程。气化所得到的可燃性气体称为煤气，进行气化的设备称为煤气发生炉。

煤气成分取决于燃料及气化剂的种类以及气化过程的条件，如以空气为气化剂，得到含 30% 左右一氧化碳和大量氮的空气煤气；以水蒸气为气化剂时，则得到（$CO+H_2$）为 85% 左右的水煤气。在合成氨生产中，以蒸汽加适量的空气或富氧空气作为气化剂，所制得的气体，其（$CO+H_2$）/N_2＝3.1～3.2，通常称为半水煤气。上述三种煤气的一般组成见表 3-1。

表 3-1　三种工业煤气组成　　　　　　　　　　单位：体积分数%

煤气名称	H_2	CO	CO_2	N_2	CH_4	O_2
空气煤气	0.5～0.9	32～33	0.5～1.5	64～66	—	—
水煤气	47～52	35～40	5～7	2～6	0.3～1	0.2
半水煤气	37～40	27～30	6～12	20～23	0.3～1	0.2

第一节　固体燃料气化的基本原理

一、以空气为气化剂的气化反应原理

$$2C+O_2 =\!=\!= 2CO \qquad \Delta H_{298}^{\ominus} = -221.189kJ/mol \qquad (3-1)$$

$$2CO+O_2 =\!=\!= 2CO_2 \qquad \Delta H_{298}^{\ominus} = -283.183kJ/mol \qquad (3-2)$$

$$C+O_2 =\!=\!= CO_2 \qquad \Delta H_{298}^{0} = -393.777kJ/mol \qquad (3-3)$$

$$CO_2+C =\!=\!= 2CO \qquad \Delta H_{298}^{\ominus} = 172.284kJ/mol \qquad (3-4)$$

其中式(3-1)～式(3-3)为放热反应，式(3-4)为吸热反应。研究表明，600～1300℃温度范围内，在反应式(3-1)～式(3-3)的平衡组成中，反应物很少，几乎全是生成物。因此，可以认为在上述温度范围内，这三个反应是不可逆的。反应式(3-4)的情况则不同，在煤气发生炉可能的温度变化范围内，其平衡组成变化很大。如在大气压下温度低于400℃达到平衡时，混合气体中 CO 含量趋于零，而当温度大于900℃达到平衡时，混合气体中 CO 含量在 90% 以上。

二、以水蒸气为气化剂的气化反应原理

$$C+2H_2O_{(汽)} =\!=\!= CO_2+2H_2 \qquad \Delta H_{298}^{\ominus} = 172.284kJ/mol \qquad (3-5)$$

$$C + H_2O_{(汽)} == CO + H_2 \qquad \Delta H_{298}^{\ominus} = 131.39kJ/mol \tag{3-6}$$

反应所生成的 CO、CO_2、H_2 能继续与碳或水蒸气反应：

$$CO_2 + C == 2CO \qquad \Delta H_{298}^{\ominus} = 172.284kJ/mol \tag{3-7}$$

$$CO + H_2O_{(汽)} == CO_2 + H_2 \qquad \Delta H_{298}^{\ominus} = -41.194kJ/mol \tag{3-8}$$

$$C + 2H_2 == CH_4 \qquad \Delta H_{298}^{\ominus} = -74.898kJ/mol \tag{3-9}$$

研究表明，在 $800 \sim 1400℃$ 范围内，上述反应均为可逆反应。提高温度有利于 CO、H_2 的生成，从而使 CO_2 与 CH_4 的生成减少。

第二节 制取半水煤气的工业方法

一、半水煤气生产的特点

作为合成氨用的半水煤气，要求气体中 $(H_2 + CO)$ 与 N_2 的比例为 $3.1 \sim 3.2$。从气化过程的热量平衡来看，碳与空气的反应为放热，而碳与水蒸气的反应为吸热。如果不提供热源，而是由前者的反应热来保证后一反应的进行，以维持自热平衡的话，则空气和水蒸气的比例在满足半水煤气组成时，不能维持系统的自热平衡。反之，保持了过程的自热平衡，则不能得到合格的半水煤气。

现将空气-水蒸气连续同时通入气化装置的过程作一简单热量衡算。

假定空气、水蒸气与碳的反应是在最理想情况下进行的（假定燃料是纯碳，并能完全气化，通入空气、水蒸气与碳反应只按下面反应式进行，无热损失），即

$$2C + O_2 + 3.76N_2 == 2CO + 3.76N_2 \qquad -221.189kJ/mol \tag{3-1}$$

$$C + H_2O_{(汽)} == CO + H_2 \qquad -131.39kJ/mol \tag{3-6}$$

式中，$3.76N_2 = \dfrac{79}{21}$，为空气中 $1mol$ O_2 带入的 N_2 的物质的量。

为了使得煤气炉处于热平衡，则必须使反应式(3-1)所提供的热量与反应式(3-6)吸热所需的热量相当。此时 $1mol$ 碳燃烧放出的热可供 $221.189/131.39 = 1.68mol$ 的碳与水蒸气进行反应。

当过程达到自热平衡时，总反应式为：

$$3.68C + O_2 + 1.68H_2O + 3.76N_2 == 3.68CO + 1.68H_2 + 3.76N_2 \tag{3-10}$$

生成理想煤气的组成为：

$$CO = \frac{3.68}{3.68 + 1.68 + 3.76} \times 100\% = 40.35\%$$

$$H_2 = \frac{1.68}{3.68 + 1.68 + 3.76} \times 100\% = 18.42\%$$

$$N_2 = \frac{3.76}{3.68 + 1.68 + 3.76} \times 100\% = 41.23\%$$

有效成分 $(H_2 + CO)$ 与 N_2 的比值为：

$$(H_2 + CO)/N_2 = \frac{40.35 + 18.42}{41.23} = 1.43$$

即气体中 $(H_2 + CO)/N_2$ 仅为 1.43，大大低于合成氨原料气的要求。为了解决气体成分与热量平衡这一矛盾，可采用下列方法。

1. 外部供热

如利用原子能反应堆余热或其他廉价高温热源，用熔融盐、熔融铁等介质为热载体直接加热反应系统，或预热气化剂，以提供气化过程所需的热量。但这种方法目前正处于研究阶段。

2. 富氧空气气化法

为了调整生成煤气中氮的含量，用富氧空气代替空气是行之有效的方法，也有用纯氧代替空气，实现连续制气方法。但作为合成氨原料气，尚应在后续工序中补加纯氮，使氢氮比符合要求。这种方法的工艺流程较间歇法简单，气化效率也有提高，目前已得到广泛应用。

3. 蓄热法

用空气和蒸汽分别送入燃料层，简称间歇气化法。此法是先送入空气以提高燃料层温度，生成气体（吹风气）大部分放空；然后，送入蒸汽进行气化反应，此时引起燃料层温度下降。所得水煤气配入部分吹风气即成半水煤气。如此间歇的送空气和吹蒸汽重复进行。这是目前我国用得比较多的补充热量的方法，也是小氮肥厂广泛采用的方法。

工业上间歇式气化过程是在固定层煤气发生炉中进行的，块状燃料由顶部间歇加入，气化剂通过燃料层进行气化反应，灰渣落入灰斗后排出炉外。

在稳定气化的条件下，燃料层大致可分为几个区域。最上部燃料与煤气接触，水分蒸发，这一区域称为干燥区。燃料层下移继续受热，释放出烃类气体（挥发分），这一区域称为干馏区。气化反应主要在气化区中进行，当气化剂为空气时，在气化区下部，主要进行碳的燃烧反应，称为氧化层；其上部进行碳与二氧化碳的反应，称为还原层。以水蒸气为气化剂时，在气化区进行碳与水蒸气的反应，不再区分氧化层和还原层。燃料层底部为灰渣区，灰渣区一方面可预热从底部进入的气化剂，又可保护炉底不至于过热而变形。

显而易见，间歇式气化装置中，燃料层温度将随空气的加入而逐渐升高，并随水蒸气的加入逐渐下降，呈周期性变化，生成煤气的组成也呈周期性的变化，这就是间歇法制气的主要特点。

必须指出，在实际生产中，由于燃料颗粒不均匀、气体偏流、同一截面上温度不一定相等以及其他原因，上述各区域是交错的，无明显的界限。固定层煤气炉燃料层各个区域（自下而上）的特性，见表3-2。

表 3-2　固定层煤气炉燃料层各个区域（自下而上）的特性

顺序	区域名称	用途及进行的过程	化学反应
1	灰渣区	分配气化剂,防止炉箅受高温的影响,在本区域中,借灰渣的显热来预热气化剂	
2	氧化区（燃烧区）	碳被气化剂中的氧氧化成二氧化碳及一氧化碳,并放出热量	最终反应： $C+O_2+3.76N_2 \Longrightarrow CO_2+3.76N_2$ $2C+O_2+3.76N_2 \Longrightarrow 2CO+3.76N_2$
3	还原层	二氧化碳还原成一氧化碳,或水蒸气分解为氢,燃料依靠与热的气体换热而被预热	$CO_2+C \Longrightarrow 2CO$ $H_2O+C \Longrightarrow CO+H_2$ $2H_2O+C \Longrightarrow CO_2+2H_2$ $CO+H_2O \Longrightarrow CO_2+H_2$
4	干馏层	燃料依靠与热的气体换热进行热分解,并析出下列物质:水分;醋酸、甲醇、甲醛及苯酚;树脂;气体(一氧化碳、二氧化碳、硫化氢、甲烷、乙烯、氨、氮和氢)	$C+O_2 \Longrightarrow CO_2$ $2C+O_2 \Longrightarrow 2CO$ $C+2H_2 \Longrightarrow CH_4$ $H_2+S \Longrightarrow H_2S$
5	干燥层	依靠气体的显热,蒸发燃料中的水分	
6	自由空间	起积聚煤气的作用	有时,燃气中部分一氧化碳与蒸汽进行反应： $CO+H_2O \Longrightarrow CO_2+H_2$

二、间歇式制取半水煤气的工作循环

原则上，向赤热的炭层间歇地通入空气与水蒸气，即可生产出合格的半水煤气，但因考虑热量的综合利用和生产的安全，小氮肥厂将制气过程分为五个阶段。

1. 吹风阶段

空气经过炉底进入煤层反应，放出热量，储存在煤层之中。生成的吹风气经烟囱阀从烟囱直接放空或经燃烧回收余热后放空。吹风的目的是提高炉温，为下阶段储蓄热量。此阶段的主要反应为：

$$C+O_2 =\!=\!= CO_2 \qquad +Q$$
$$2C+O_2 =\!=\!= 2CO \qquad +Q$$
$$2CO+O_2 =\!=\!= 2CO_2 \qquad +Q$$
$$C+CO_2 =\!=\!= 2CO \qquad -Q$$

2. 蒸汽一次上吹制气阶段

水蒸气自炉底通入，与赤热的炭反应，生成含有 CO、H_2、CO_2 的水煤气，引至气柜。此阶段的反应为：

$$C+2H_2O =\!=\!= CO_2+2H_2 \qquad -Q$$
$$C+H_2O =\!=\!= CO+H_2 \qquad -Q$$

此阶段主要是制取 H_2 和 CO，以便与回收的吹风气中的 N_2 混合成半水煤气。

3. 蒸汽下吹制气阶段

上吹制气以后，炭层温度已经下降，按理可以转入吹风以提高温度。但是如果只以吹风和上吹制气的简单过程反复循环下去，蒸汽经常自下而上地通过炭层，就会出现下层的温度逐渐降低，使具备气化温度条件的赤热的炭层越来越薄，不仅燃料气化不完全，而且气化条件越来越差，以致使炭层熄灭。为了避免上述现象的发生，在上吹制气之后，蒸汽改变方向，自上而下通过炭层制气，使火层位置和温度稳定在一定的区域和范围内。

4. 蒸汽二次上吹

下吹制气后还不能立即转入吹风，因为这时炉底存有大量的煤气，如果马上吹风，就会使送入的空气和煤气混合而发生爆炸。为此，在下吹操作后还需作二次上吹，将炉底积存的煤气吹净。

5. 空气吹净

二次上吹后即可转入吹风。但此时炉上及煤气系统内部都是煤气，因而在开始吹风时不应立即放空，应将这部分煤气回收到气柜。

间歇式制半水煤气各阶段气体流向见图 3-1。

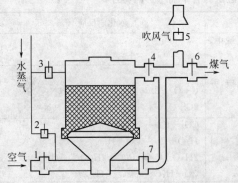

图 3-1 间歇式制半水煤气
各阶段气体流向

1—空气阀；2—上吹蒸汽阀；3—下吹蒸汽阀；
4—上行煤气阀；5—放空阀；6—煤气
总阀；7—下行煤气阀

第三节　工艺条件的选择

合理确定工艺条件为的是保证煤气的质量，尽可能地提高半水煤气产量和降低燃料的消耗，尽量提高燃料的利用率。工业上常以气化效率衡量燃料的利用率。气化效率高，燃料利用率高，生产成本低。因此，在确定半水煤气生产工艺条件时，如何提高气化效率是一个非常重要的问题。

一、气化效率

气化总效率是指热量的利用率，即生成气体的发热量与所耗燃料的热量之比，由于间歇法气化分吹风及制气两个阶段，故应先分别讨论两个阶段的效率，然后再综合求得总效率。

1. 吹风效率

吹风效率指积蓄于燃料层中的热量和所耗燃料的发热量之比，而积蓄于燃料层中的热量为吹风化学反应放出的热量与吹风气带走热量之差，因此，吹风效率可用下式表示：

$$E_{吹风} = \frac{Q_反 - Q'_气}{Q'_燃} \times 100\%$$

式中　$E_{吹风}$——吹风效率，%；

$Q'_燃$——吹风阶段所耗燃料的热值，kJ；

$Q_反$——吹风时反应放出的热量，kJ；

$Q'_气$——吹风气带走的热量，kJ。

积蓄于燃料层中的热量（$Q_反 - Q'_气$）与吹风气的温度和生成 CO_2（或 CO）的量有关。因为生成 CO_2 和 CO 的反应所放出的热量不同，碳与氧气反应生成 CO 时放出的热量为 $\frac{110.595}{12} = 9.2\,kJ/g(C)$，生成 CO_2 时放出热量为 $\frac{393.77}{12} = 32.8\,kJ/g(C)$，即前者为后者放出热量的 30% 左右。

反应放出的热量被吹风气带走愈多，即出口气体温度愈高，吹风效率愈低。

2. 制气效率

制气效率是指生成煤气的热值 $Q_{半气}$ 与气化时所耗燃料的热值 $Q_燃$ 和气化剂（蒸汽）所带入热量 $Q_蒸$ 以及吹风时积蓄于燃料层内可利用的热量 $Q_{利用}$ 三者总和之比，可用下式表示：

$$E_{制气} = \frac{Q_{半气}}{Q_燃 + Q_蒸 + Q_{利用}} \times 100\%$$

式中　$Q_{半气}$——生成半水煤气的热值，kJ；

$Q_燃$——气化时所耗燃料热值，kJ；

$Q_蒸$——蒸汽带入热量，kJ；

$Q_{利用}$——吹风时积蓄于燃料层可利用的热量，kJ。

制气效率与燃料层温度有关，随温度的升高而增高。但温度上升至 900℃ 左右时，效率达到最大值，温度再继续升高，制气效率则有缓慢下降的趋势。

3. 总效率

吹风效率与制气效率的总和叫做总效率，可用下式表示。

$$E_总 = \frac{Q_{半气}}{Q_{燃总} + Q_{蒸汽}} \times 100\%$$

式中　$Q_{半气}$——生成半水煤气的热值，kJ；

　　　$Q_{蒸汽}$——消耗蒸汽的热值，kJ；

　　　$Q_{燃总}$——消耗燃料的热值，kJ。

二、工艺条件

1. 温度

煤气炉内燃料层的温度是沿着燃料层高度而变化的，其中氧化层温度最高。操作温度一般指氧化层温度，简称炉温。从基本原理的讨论可知，炉温高对制气过程有利，它不仅能使碳与蒸汽反应的化学平衡向右移动，提高煤气中 CO 和 H_2 的含量，降低水蒸气的含量，而且能加快反应速率。总的表现为蒸汽分解率高，煤气产量高，质量好，制气效率高。

但是炉温是由吹风阶段决定的，炉温高能加快 CO_2 还原成 CO 的反应速率。吹风气中 CO 含量增加，放出热量减少，带走热量增多，热损失加大，吹风效率必然下降。如燃料层温度在 800℃时，吹风气中 CO_2 含量为 8%，吹风效率为 53%。当温度上升到 1700℃时，吹风气中没有 CO_2，吹风效率为零。这说明反应放出的热量，全部被吹风气带走，不能再提供制气时所需的热量。为了解决这一矛盾，在流程设计中，应对吹风气的显热及燃烧热作充分的回收，并根据碳氧之间的反应特点，加大风速，以降低吹风气中 CO 的含量。在这一前提下，以略低于燃料灰熔点的温度，维持炉内不致结块为条件，尽量在较高温度下操作。工业上采用的炉温一般为 1000～1200℃。

2. 吹风速度

提高炉温的主要手段是增加吹风速度和延长吹风时间。后者使制气时间缩短，不利于提高产量，而前者对制气时间无影响。在氧化层中碳与氧的化学反应速率很快，属于扩散控制；而在还原层中，CO_2 的还原反应速率较慢，属于动力学控制。所以，提高吹风速度，可使氧化层反应加速，且使 CO_2 在还原层中停留时间减少，最终表现为吹风气中 CO 含量的降低，从而减少了热损失。但风量过大，将导致飞灰增加，燃料损失加大，甚至燃料出现风洞以致被吹翻，造成气化条件严重恶化。高风量也会使鼓风机电耗增加，对内径 1.98m 煤气炉中的吹风速度一般为 7000～10000m^3/h。

3. 蒸汽用量

蒸汽用量是影响煤气产量与质量的重要因素。煤气炉中蒸汽送入时间愈长和流量愈大，则煤气产量愈多。但是，蒸汽送入时间过长或流量过大，会使炉温迅速下降，对制气不利；蒸气流量过大，与燃料接触时间短，蒸汽分解率降低，煤气中未分解的水蒸气和二氧化碳增加，煤气质量降低；并且未分解的水蒸气从燃料层带出热量多，热损失大。蒸汽流量过小，虽然增加了蒸汽与燃料层的接触时间，能获得优质的煤气，但降低了煤气炉的生产能力，蒸汽的适宜用量一般是：内径 1.98m 煤气炉为 2.2～2.8t/h。

目前，有些厂家还在制气阶段即加入部分空气，这样，在进行蒸汽分解反应的同时，亦有碳的燃烧反应，如此既可缩短吹风时间，又有利于燃料层温度的稳定。在制气阶段加入空气，由于增加了水煤气的氮含量，故称加氮空气。蒸汽上吹时，燃料层温度变化比较迅速，故加氮空气用量比下吹时大。

4. 燃料层高度

在制气阶段，燃料层高，蒸汽与燃料接触时间增长，不但蒸汽分解率高，而且有利于煤气中 CO_2 的还原反应，制出的燃气质量好，但在吹风阶段，燃料层高，空气与燃料接触时间长，CO_2 易被还原成 CO，热损失大；同时燃料层阻力大，使输送空气的动力消耗增加。若燃料层太薄，吹风时容易形成风洞，并且对制气过程不利。根据实践经验，对粒度较大、热稳定性好的燃料，采用较高的燃料层是可取的。但对颗粒小或稳定性差的燃料，则燃料层不宜过高。

5. 循环时间的分配

在制造半水煤气的工作循环中，各阶段的目的不同，故时间分配是不均匀的。在实际生产中，工作循环的时间分配随燃料性质的不同而变化。在一般情况下，二次上吹和空气吹净阶段的时间以能够排净炉上、下部空间残留的煤气为原则，一般较少改变。二次上吹阶段一般占循环时间的 $7\% \sim 9\%$，空气吹净阶段时间最短，一般仅占 $3\% \sim 4\%$。

吹风和制气各阶段时间的分配，以使吹风后燃料层有较高温度，蓄热较多为好；吹风阶段的时间尽量缩短；相对增加制气阶段的时间，以获得质好量多的煤气。

吹风时间的长短，以使燃料层具有较高温度为准。能否用较短时间达到高温，取决于空气鼓风机能否提供较高的空气流速及燃料层是否有适当的气流速度等。后一个条件与燃料性质有关。同时提高空气流速又以不使燃料层发生破坏（吹翻）为限。当空气流速已达燃料层的阻力和合理分布的允许范围的高限时，提高燃料层的温度应该通过加长吹风时间来达到。

吹风时间与燃料性质有密切关系。燃料的机械强度和热稳定性较好时，燃料层的阻力分布均匀且比较小，有利于提高气流速度，这样，只需要较短时间就能使燃料层达到高温。燃料的机械强度和热稳定性较差时，燃料层阻力较大，分布不均匀，提高空气流速易于将燃料层吹翻，因而只得用较长吹风时间来达到高温。燃料的机械强度和热稳定性，最终反映在一定的燃料层高度和高温条件下的粒度上。燃料层阻力的大小，取决于燃料粒度的大小，而阻力的分布取决于粒度是否均匀。所以从燃料粒度的角度考虑，吹风时间的确定原则与以上分析是相一致的。

制气阶段时间的分配，以维持燃料层中气化位置的稳定和保证气体质量为原则。制气时间的分配和确定，要考虑燃料的性质、热量和燃料的合理利用及维持气化层稳定的工艺操作方法等因素。在一般情况下，由于吹风阶段后期燃料层的温度提高，上吹制气的气量和质量都较理想，似乎上吹制气的时间较长一些是合理的。但是，上吹制气的时间过长，不仅消耗气化层中大量的热量，且使气化层急剧上移或被破坏，对以后的制气十分不利。因此，在上、下吹制气时间分配比例上，下吹制气的时间一般比上吹制气时间长。使用机械强度好、热稳定性高、粒度较大的燃料时，上吹制气的时间更不宜过长。

在下吹制气阶段，有些流程中水蒸气经过燃烧室预热，因此进入燃料层时有较高温度，生产中煤气的数量和质量都较好，因此下吹制气时间更可适当延长些。当燃料的粒度较小或灰熔点较低，使燃料层具有较大的阻力或难以维持较高温度时，下吹时间过长，会造成气化温度过高，以致超过灰熔点，不仅容易产生灰分黏结，造成气化层破坏，而且气化反应面积急剧减小，引起工艺条件恶化，因而延长下吹制气时间也不可取。

6. 燃料品种的变化与工艺条件的调整

气化操作中，工艺操作条件根据燃料的品种和性质不同而相应调整。优质的固体燃料（焦炭或无烟煤）一般具有灰熔点较高、机械强度和热稳定性良好以及粒度均匀等特点，因而在气化时允许燃料层较高、吹风速度较大，炉温较高；而对劣质的固体燃料，则应根据具体情况调整工艺操作指标。如果灰熔点较低，则吹风时间不应过长，适当提高上吹蒸汽加入量，以防结疤。对含固定碳低的燃料，应勤加料、勤排渣，以提高气化强度。对机械强度及热稳定性差的固体燃料，则宜采用较低的燃料层，以减少床层阻力。

综上所述，在间歇式气化过程的操作中，首先根据燃料的粒度和灰熔点，确定吹风阶段的时间百分比、吹风风量及蒸汽用量。视炉温情况调整制气各阶段的时间分配，根据气体成分调节加氮空气量或空气吹净时间。应尽量维持气化区位置的相对稳定，防止因局部温度过高造成严重结疤，或因出现风洞以及阀门泄漏，而使煤气中氧含量增高。应做到综合考虑，即时处理，以提高制气效率。

第四节　工艺流程和主要设备

一、工艺流程

燃料煤或焦炭由加料机从炉顶加入炉内，空气由煤气发生炉的底部吹入，由下而上穿过煤层，进行碳的燃烧反应，产生的热量积蓄于炭层中，由炉顶排出吹风气。吹风气经旋风除尘器除尘后送入烟囱直接排入大气中，或经燃烧回收热量后再排入大气中。

在上吹制气阶段中，水蒸气由煤气发生炉底吹入，自下而上穿过煤层，进行水蒸气的分解反应，吸收热量，产生的水煤气由炉顶排出。经除尘器除去粉尘后，进入联合过热器回收其中的余热，而后进入洗气塔降温除尘，待温度低于35℃后送入气柜。

在下吹制气阶段中，水蒸气从煤气发生炉顶部吹入，自上而下穿过煤层，进行水蒸气的分解反应，吸收热量，从炉底排出水煤气。经小除尘器除尘后进入联合过热器回收热量，而后进入洗气塔降温除尘，待温度低于35℃后送入气柜。

在二次上吹制气阶段，流向与上吹制气阶段完全相同。

在空气吹净阶段，从炉底吹入空气，产生的吹风气将半水煤气经除尘器、联合过热器、洗气塔后送入气柜，作为合成氨原料气中氮的来源。

灰渣最后落入旋转炉箅，由刮刀刮入灰斗，定期排出炉外。

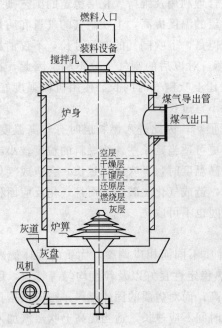

图 3-2　煤气发生炉的结构

二、主要设备

1. 煤气发生炉

煤气发生炉是气化剂和燃料发生气化反应的设备，常用的煤气发生炉的结构见图3-2，煤气发生炉的构造可分为下列四个部分。

（1）炉体　煤气发生炉的外壳由钢板制成，上部衬耐火砖及保温砖，下部是夹套锅炉的内壁。上部加料口内有套筒，以防加料时耐火砖受损。锥形部分有出气口，小氮肥厂煤气发生炉通常采用的内径有1.2m、1.6m、1.98m（2.26m）等几种。

（2）夹套锅炉　夹套锅炉的内壁和外壁均为钢板制成，外壁包以保温材料，借炉子支柱支承在地基上。夹套锅炉的两侧各有四个试火孔，以便在煤气发生炉运行时，探测炉内温度的分布情况。

夹套锅炉的主要作用是：防止气化层由于温度

较高，而使灰渣粘在炉壁上，并回收部分热量以产生水蒸气。在炉膛下部即氧化层附近温度最高，内壁若无夹套用水冷却，容易发生炉膛结疤现象，破坏气化正常进行。夹套的高度以保证炉壁不发生"挂炉"现象为原则，过低不能保证避免"挂炉"，过高则吸热多，燃料上部温度不易升高，不利于气化。夹套锅炉宽度在 $350\sim650\text{mm}$ 之间，产生 0.0686MPa 左右的低压蒸汽。

（3）底盘　底盘由两个半圆形铸件组合而成，两侧有灰斗。中心下部以法兰与炉中心管连接，中心管上的蒸汽道口和吹风管及下吹煤气出口管呈 Y 形连接。中心管上还有通风斗及清理炉底的方门。炉底有 2 个灰斗，以盛装在灰盘运转时由盘底（轴承两侧）灰犁刮下的细灰，并定时清除。

（4）机械除灰装置　包括灰盘、炉算、蜗轮传动装置及固定不动的灰犁。灰盘承受灰渣及燃料层的重量，由内外两个外缘稍微倾斜的环形铁圈组成。外圈叫外灰盘，内圈叫内灰盘，每圈由四块耐热铸铁组合而成。灰盘的倾斜面上固定有四根月牙形的推灰器，用于将灰渣推出灰盘，并将内外灰盘连成一体。灰盘底下的轴承轨道啮合，在底盘轴承轨道上旋转。灰盘中心固定连接着宝塔形炉算。

2. 煤气柜

煤气柜的主要作用如下。

① 储存煤气炉产生的半水煤气；

② 半水煤气制备的几个阶段产生的煤气成分差别较大，通过气柜的混合，使得煤气成分均匀稳定；

③ 制气是一个间歇过程，通过气柜的储存，成分稳定的半水煤气可以连续地向后续工段供气，使得合成氨的生产得以连续化；

④ 由于采用湿式气柜，半水煤气在此得以降温；气体流速的降低，也可以使气体中的粉尘得以沉降。

半水煤气由底部经管道浸入水层后进入钟罩内，钟罩随着气体量的增加，沿导轨上浮，导轨有螺旋形和直形两种，螺旋形导轨使钟罩上浮更平稳，上浮到上限时设置有放空阀放空；钟罩也会随着气体量的减少而下移，下移到一定程度时，钟罩会封住出口阀，停止向后工段供气，以免钟罩被抽瘪。低压湿式煤气柜见图 3-3。

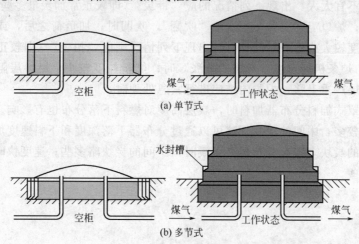

图 3-3　低压湿式煤气柜

第五节 生产操作要点

正常生产控制需注意的要点如下。

1. 炉温的控制

炉温的高低，对制气产量、质量与煤耗有很大关系。炉温高，即炭层积蓄的热量多，因而有利于碳与水蒸气的反应，对制造半水煤气有利。但炉温过高，吹风气带走的热量增多，造成煤耗增加。更重要的是，炉温过高，会使煤中的灰分发生变形、软化甚至熔融为液体状态，致使许多未燃尽的煤被熔渣包住，随灰渣排出，增加煤耗；严重时，甚至结疤使生产无法正常进行。因此炉温必须控制恰当。通常以测定上行、下行煤气温度来感知炉温的变化。一般认为，炉顶出口气体温度以 380~500℃ 为宜，炉底出口温度小于 150℃ 为好。

2. 氢氮比的调节

半水煤气中的氢氮比是否符合要求对氨合成生产的影响非常大，所以，在合成氨生产中，H_2/N_2 是衡量煤气质量的重要标志之一（一般是指进合成塔气体中 H_2/N_2 的比值）。在小合成氨厂中，H_2/N_2 一般控制在 2.4~2.8 之间为适宜。

调节氢氮比时应注意如下事项：

① 及时了解各台煤气炉的温度、气化层状况及气体成分的变化，对氢氮比可能发生的影响，及时调节，避免氢氮比大幅度波动；

② 掌握好调节的见效时间，通过日常操作，注意摸出规律；

③ 发现 H_2/N_2 突变时，应立即分析原因，检查炭层有无异常变化，如炭层吹翻、吹成风洞等，则检查风洞、加氮空气阀、烟囱阀等开关是否正常；

④ 注意加氮空气压力的变化，尤其是倒换鼓风机时，应根据鼓风机性能，及时采取措施，防止加氮空气发生大幅度变化，以避免氢氮比出现大幅度波动。

3. 炭层控制

炭层的稳定对稳定炉温和气化层关系很大。因此，加炭量应根据炉子负荷的增减，炉内炭层下降快慢以及炉内情况而增减，以保持炭层的稳定。加炭时要注意，以求堆积疏松均匀和炉内平稳，否则，易造成炉内炭层阻力不均，导致气化层偏移。每次加炭周期，加炭量应相对稳定，波动不宜太大。出现下列情况的应"带炭"（即较正常加炭量多些）：炉条机的转速快，炭层低时；炉口温度上升，或发生"吹翻"，吹凹时；加负荷之后，或人工扒块时间太长时；燃料粒度较大或停炉时间长时。出现下列情况则应"扣碳"（即较正常加炭量减少些）；炉温下降，炉条机转速慢，炭层"上涨"时；燃料粒度较小，燃料层阻力增大造成速率下降时，气化层严重上移，炉膛内结疤进行紧急处理时。

煤气炉用钟罩式加料分布器加料时，炭层高度对燃料下落分布也有影响。炭层增加，燃料落在炉子四周较多，中间的较少。这可以通过分布器下落深度和下料速度加以调节。一般下得深时，四周的炭块多些，分布器下得浅时，中间的炭块略多些；速度快时四周多些，速度慢时，中间多些。

第四章　原料气脱硫

第一节　概　述

以不同原料和采用不同气化方法制得的合成氨原料气中，无机硫化物和有机硫化物的含量是不相同的。

固体燃料气化时，其中的硫化物受热分解，产生无机硫化物和有机硫化物。无机硫化物主要是硫化氢，约占煤气中总硫量的 90%；有机硫化物主要以硫氧化碳（COS）、二硫化碳（CS_2）、硫醇（RSH）等形式存在。半水煤气中硫化氢的含量一般为 $0.1\sim4.0g/m^3$，有机硫化物为 $0.5\sim0.8g/m^3$。当采用高硫煤作原料制气时，无机硫和有机硫的含量更高。

天然气作为制取合成氨的原料气时，其硫化物的含量一般在 $0.5\sim1.5g/m^3$ 的范围内，而有机硫主要以硫醇为主。

在合成氨生产中，原料气中硫化物的存在，无论对合成氨催化剂，还是对设备、管道等都具有很大的危害性。

① 腐蚀设备、管道。含有 H_2S 的原料气在水分存在时，H_2S 溶于水易形成氢硫酸（HSH），使金属设备生成相应的硫化物而造成腐蚀，其腐蚀程度随原料气中 H_2S 的含量增高而加剧。

② 使催化剂中毒、失活。当原料气中硫化物含量超过一定指标时，便能使中低温变换、氨合成催化剂中毒、失活。

③ 破坏碳酸氢铵结晶。硫化氢进入碳化系统，会使碳铵结晶变小，引起分离困难，同时硫化氢被碳铵母液吸收，不断循环积累，会使主塔出口气中 H_2S 含量增加，严重时只好停车，被迫更换碳铵母液。

④ 破坏铜液成分。原料气中 H_2S 与铜液中的低价铜和高价铜生成硫化亚铜和硫化铜沉淀，造成总铜损失，增加了铜耗，破坏了铜液的正常组成，降低了铜液吸收 CO 的能力，同时生成的沉淀堵塞设备、管道，严重时可造成精炼气带液。据估计，原料气中 H_2S 每增加 $1mg/m^3$，则铜耗将增加 $11g/t(NH_3)$。

同时硫作为一种资源，回收利用是很重要的，脱除原料气中 H_2S 的硫，可供硫酸等工业使用。

目前原料气脱硫的方法很多，按照脱硫剂的形态可分为干法脱硫和湿法脱硫两大类。

干法脱硫是以固体吸收剂作为脱硫剂的。该法具有脱硫效率高、设备简单、操作简便、维修方便等优点。但脱硫反应速率慢，系间歇操作，脱硫剂使用前后期，脱硫效率和阻力变化大、脱硫剂再生困难。因此在气体硫含量不高，而净化度要求较低的情况下，不易单独使用干法脱硫。目前小氮肥厂主要采用的干法脱硫有活性炭法、氧化锌法、锰矿脱硫法、钴钼加氢转化法等。

用来脱除大量无机硫时，湿法脱硫有着明显的优点。脱硫剂是便于输送的液体物料，可以再生，并能回收硫黄，从而构成一个连续脱硫循环系统，只需在运转过程中补加少量脱硫剂以抵偿操作损失。因此当原料气中硫含量较高时（主要是无机硫），根据工艺要求或者采用湿法一次脱硫或者湿法粗脱串联干法精脱，以达到工艺上和经济上都合理的要求。目前小氮肥厂主要采用氨水液相催化法、氨水中和法等湿法脱硫串联活性炭干法脱硫工艺。

本工段的目的是脱除半水煤气中的无机硫和有机硫。

第二节 干法脱硫

一、活性炭法

活性炭脱硫是一种古老的工艺，近十余年来由于新的再生方法的出现及助催化剂的应用，使活性炭脱硫这一工艺有了新的发展。目前部分小氮肥厂采用活性炭脱硫，主要串联在氨水脱硫后作精脱硫。该法的特点是脱硫效率高（能将气体中的硫化物脱至 $0.005\sim0.02g/m^3$），操作方便，流程简单，可以回收精硫黄，能同时除去部分有机硫。由于脱硫效率得到保证，延长了变换和合成催化剂的使用寿命，降低了精炼工段的铜耗，保证了生产正常运转，同时也解决了氨水脱硫大量排放废氨水、污染环境的问题。

活性炭脱除无机硫的过程比较复杂，分为脱硫、再生和硫回收三个步骤。而脱除有机硫则主要用于脱除大量的硫化氢之后，除去硫醇等有机硫化物及少量的硫化氢。此法因反应机理不同，又分为吸附法、氧化法和催化法三种。

吸附法是基于活性炭对气体中有机硫化物的选择吸附特性。它对脱除气体中的噻吩最有效，二硫化碳次之，对脱除具有挥发性的硫氧化碳效果最差。主要用于脱除天然气中的有机硫。因天然气中硫氧化碳甚少，焦炉气中则有 $15\%\sim25\%$ 的硫氧化碳，因此也可获得 $75\%\sim85\%$ 的脱硫效率。

氧化法的机理是基于有机硫化物在氨的存在下，在活性炭表面进行氧化反应，其生成物随后被炭吸附。根据过程的这种特性使得活性炭的硫吸附量比吸附法高得多。这个方法不适用于脱除含二硫化碳的气体，但对脱除硫氧化碳十分有效。因此能应用于以硫氧化碳为主的有机硫组分的气体，如半水煤气等。

在常温下，当气体中加入氧和氨时，硫氧化碳在活性炭表面上发生下列反应：

$$COS+0.5O_2 \Longrightarrow CO_2+S \tag{4-1}$$

$$COS+2O_2+2NH_3+H_2O \Longrightarrow (NH_4)_2SO_4+CO_2 \tag{4-2}$$

部分 COS 被转化为硫脲

$$COS+2NH_3 \Longrightarrow (NH_2)_2CS+H_2O \tag{4-3}$$

过程中加入的氧量，为反应式计算的 $150\%\sim200\%$。氨在净化过程中既是催化剂，又是参与反应的组分，因此加入氨量的多少，对硫氧化碳的净化过程影响很大。但在任何情况下，氨的加入量不得少于气体中有机硫含量的 $2\sim3$ 倍。而根据反应式（4-2），水蒸气也是参与反应的组分之一，因此被净化的气体的相对湿度，应当根据不同活性炭而维持在适当的范围内。

催化法是在活性炭中加入铁、铜、镍、钴、铬等贵重金属，使有机硫催化转化成 H_2S 后而被活性炭吸附。

活性炭的吸附属于物理吸附，因此在高温下吸附能力较低，在工业上应用的温度一般不高于 50℃。压力升高，活性炭的平衡吸附硫容量也增大，但气体中存在高分子量碳氢化合物时，在压力升高时，碳氢化合物的吸附量也会增加，从而使活性炭吸附硫的能力降低，而且再生困难，因此当天然气中存在较多的高分子量碳氢化合物时，采用活性炭就不能有效地脱硫。

应当注意：吸附法与催化法脱除有机硫时，都不希望有氧存在，因氧能将少量 H_2S 氧化成硫黄，覆盖活性表面，影响脱硫能力。

二、氧化锌法

氧化锌是内表面积大、硫容量较高的一种固体脱硫剂，能以极快的速度脱除气体中的 H_2S 和部分有机硫，净化后气体中硫含量降低到 0.1×10^{-6} 以下，广泛用于精细脱硫。氧化锌脱硫剂使用后不能用简单的方法再生，同时它的价格又很贵。因此，它只适用于低浓度硫的脱除，作为最后一级脱硫，起"把关"的作用；有时还用在要求高度脱硫的反应器（低变炉）前，起"保护"作用。

（一）基本原理

1. 脱硫反应

它能直接吸收 H_2S 和 C_2H_5SH 生成 ZnS，反应式如下：

$$ZnO + H_2S \Longrightarrow ZnS + H_2O \tag{4-4}$$

$$ZnO + C_2H_5SH \Longrightarrow ZnS + C_2H_5OH \tag{4-5}$$

$$ZnO + C_2H_5SH \Longrightarrow ZnS + C_2H_4 + H_2O \tag{4-6}$$

有氢存在时，其他一些有机硫化物先转化为 H_2S，然后再被 ZnO 吸收，其反应式如下：

$$COS + H_2 \Longrightarrow H_2S + CO \tag{4-7}$$

$$CS_2 + 4H_2 \Longrightarrow 2H_2S + CH_4 \tag{4-8}$$

但氧化锌脱硫对噻吩的转化能力很低，因此单用氧化锌不能将全部有机硫化合物除尽。

2. 硫容量及其影响因素

氧化锌脱硫性能的好坏，主要以硫容量来衡量。所以在讨论硫容量及其影响因素后，就可知道生产中应怎样控制操作条件。

硫容量是指每单位质量（也可指体积）催化剂脱除硫的数量。如硫容量为 15％，是指 100kg 催化剂，可吸收 15kg 的硫。

影响氧化锌脱硫剂硫容量的因素如下。

（1）温度 升高温度，氧化锌脱硫剂硫容量增加。升高温度不仅可以提高脱硫剂硫容量，而且有利于对有机硫化物的热分解。因此，在工艺流程允许的条件下，应使脱硫剂控制在较高的温度下工作，但是为了减少天然气在高温下的裂解，操作温度不宜超过 400℃，而氧化锌与低温变换催化剂串联使用时，由于原料气中含有一定量的水蒸气，为摆脱水蒸气的不利影响，也有必要降低反应温度以抑制逆反应。所以一般操作温度为 200～400℃。

（2）水蒸气含量 原料气中水蒸气的含量，对氧化锌脱硫剂的硫容量有显著的影响。在同一温度下，氧化锌脱硫剂的硫容量随汽/气比增大而显著减小。当脱硫剂用于保护低温变换催化剂时，由于温度低，而汽/气比又较高，因此脱硫剂的硫容量就较低。在正常操作中，汽/气比以不超过 0.3 为宜。

（3）空速 氧化锌脱硫剂的硫容量随空速的增大而减小。氧化锌脱硫剂空速的选择，应随其使用情况而定。当脱硫剂用于加氢脱硫时，可选择较高的反应温度（350～400℃）和较低的空速（400h^{-1}），以达到较高的硫容量（15％～20％）。在作低变催化剂防硫用时，可选择较低的反应温度（200～250℃）和较高的空速（最高可达 3000h^{-1}）。但在高温变换后面直接甲联低温变换流程中，因为高温变换后气体中水蒸气含量很大，脱硫剂的实际硫容量仅能达到 6％左右。

（二）工艺条件

（1）温度　由前述氧化锌脱硫剂硫容量与温度的关系可知，操作温度一般在 200～400℃。脱除 H_2S 可在 200℃左右进行，而脱除有机硫，则在 350～400℃时比较适宜。

（2）压力　氧化锌脱硫属于内扩散过程，因此提高压力能加快反应速率。在生产中，操作压力取决于原料气的压力和脱硫工序在总流程中的位置。一般为 0.685～1.96MPa。

（3）空速　一般不大于 3000h^{-1}。当用于加氢脱硫时，采用低空速 400h^{-1}，当用于保护低变催化剂时，空速为 1000h^{-1}。

（4）汽/气比　一般蒸汽/干气＝0.3 较适宜，过大影响脱硫效率和硫容量。

（三）工艺流程

氧化锌脱硫在小氮肥厂主要用于天然气加氢脱硫和一氧化碳低温变换之前的精脱硫。用于低温变换前脱硫工艺流程十分简单，原料气经换热器加热至 210℃左右进入氧化锌脱硫槽（低变炉催化剂层的脱硫段），气体中总硫含量降至 1×10^{-6} 以下，然后进入低变催化剂层进行变换反应。

第三节　湿法脱硫

湿法脱硫方法比较多，小氮肥厂一般采用氨水中和法和氨水液相催化法两种。因此，以下着重介绍此两种方法。

一、氨水中和法脱硫

1. 基本原理

氨水吸收 H_2S 是一个伴随有化学反应的吸收过程，其主要反应是氨水吸收 H_2S 生成硫氢化铵：

$$NH_4OH_{(液)} + H_2S_{(气)} \Longrightarrow NH_4HS_{(液)} + H_2O_{(液)} \qquad + Q \qquad (4\text{-}9)$$

反应虽是一个放热反应，但因脱硫的半水煤气中 H_2S 含量很少，反应放热不多，所以脱硫后，溶液温度一般上升不明显。

由于半水煤气中含有 CO_2、氨水，还能与 CO_2 作用生成 $(NH_4)_2CO_3$：

$$2NH_4OH + CO_2 \Longrightarrow (NH_4)_2CO_3 + H_2O \qquad (4\text{-}10)$$

碳酸铵又能与 H_2S 作用，生成硫氢化铵及碳酸氢铵：

$$(NH_4)_2CO_3 + H_2S \Longrightarrow NH_4HS + NH_4HCO_3 \qquad (4\text{-}11)$$

在氨水吸收 H_2S 时，液相平衡组成和气相平衡分压，可以根据溶液中的化学平衡及汽液相平衡关系式求得。

在脱硫塔中，用氨水吸收半水煤气中的 H_2S 时，首先 H_2S 分子通过分子扩散运动溶解在氨水中，半水煤气中 H_2S 分压愈大，H_2S 溶解到氨水中的趋势就愈大。与此同时，溶解到氨水中的 H_2S 分子也会通过分子扩散运动进入气相中。氨水中溶解的硫化氢愈多，H_2S 分子从液相进入气相的趋势就愈大，随着溶解过程的进行，气体中 H_2S 分压逐渐下降，而溶液中 H_2S 的浓度逐渐上升，此时液相中 H_2S 分子进入气相中的趋势也逐渐上升。当过程进行到两者趋势完全相等时，即单位时间内硫化氢从气相进入液相的分子数和从液相扩散到气相的分子数相等时，气液两相便建立了平衡。在一定温度下，当气液两相达到平衡时，被吸收气体的分压称为平衡分压，该气体的组分在溶液中的浓度，称为溶解度；气液两相的组成，称为系统的平衡组成。

H_2S 在液体中的溶解度，不但随温度的降低和压力的增加而增加，而且随溶液碱度的增加而增加。当溶液量一定时，H_2S 在溶液中的溶解度越大，对半水煤气中 H_2S 的脱硫率越高；或当要求达到的脱硫率一定时，H_2S 在溶液中溶解度越大，则溶液耗用量越少。所以，在湿法脱硫时，希望 H_2S 在溶液中有比较大的溶解度。H_2S 是酸性气体，在常温常压下，它在水中的溶解度很小，而在碱性溶液中溶解度则很大，这可通过 H_2S 在不同性质溶液中的电离情况加以说明。

在氨水吸收 H_2S 的过程中，由于半水煤气中所含 H_2S 和 CO_2 都是酸性气体，都能与氨水起化学反应，而且半水煤气中 CO_2 含量为 $4\% \sim 8\%$，H_2S 含量仅为 $2 \sim 4g/m^3$，CO_2 远高于 H_2S，因此，如何控制好条件，使氨水能选择性地吸收 H_2S 是氨水脱硫的关键。

实践证明，当气液两相接触面积很大、接触时间很短时，氨水对 H_2S 的吸收速率要比对 CO_2 的吸收速率大 84 倍左右。这是因为 H_2S 在溶液中立即离解为 HS^- 和 H^+，H^+ 在碱性溶液中很快与 OH^- 反应生成水。而 CO_2 与 H_2O 反应，首先要通过水合作用生成碳酸，然后离解，再与氨发生中和反应。

二氧化碳的水合反应速率非常慢，因此可认为是整个氨水脱碳反应的控制步骤，所以，为了使氨水能对 H_2S 进行选择性的吸收，基本的要点是：一方面希望有尽可能大的气液接触表面，同时界面要剧烈湍动和更新，另一方面，气液接触时间尽可能短。为满足这一条件，通常选用湍动塔、喷射塔或接触时间短的喷洒塔等作为脱硫设备。

2. 再生原理

脱硫后的氨水失去了吸收能力，需要进行再生，再生过程是吸收过程的逆过程。

$$NH_4HS + H_2O \Longrightarrow NH_4OH + H_2S + Q \tag{4-12}$$

再生的方法是将吸收了 H_2S 的氨水（称为富液）送到再生塔，从塔底鼓入空气与氨水逆流接触。由于大量空气的加入，降低了气相中 H_2S 的分压，液相中的 H_2S 就不断地进入气相被空气带走，使氨水获得再生，循环使用。再生过程中，部分氨也会被空气带走，要保证氨水有较大的吸收能力，就必须补充新鲜氨水或氨。

二、氨水液相催化法脱硫

在氨水中加入少量催化剂（对苯二酚），使溶液中的 H_2S 氧化成单质硫析出，可大大加快再生过程的反应速率，从而降低液相中 H_2S 含量，氨水催化法脱硫过程的反应与氨水中和法相同，但再生过程相差很大。

再生过程主要化学反应为：

$$NH_4HS + 0.5O_2 \Longrightarrow NH_4OH + S \tag{4-13}$$

$$H_2S + 0.5O_2 \Longrightarrow H_2O + S \tag{4-14}$$

三、工艺条件的选择

1. 氨水浓度

吸收 H_2S 是靠氨水中的游离氨，当半水煤气中 CO_2 含量相同时，提高氨水浓度，可使游离氨水浓度增加，有利于脱硫反应，脱硫效率高。但氨水浓度过高，气相中氨的分压也高，则净化气体中带走氨也多，氨损失也大。同时气相中的氨会与半水煤气中的 CO_2 作用，生成 $(NH_4)_2CO_3$ 结晶，堵塞管道，从而增加了 CO_2 的损失。因此，氨水浓度不宜过高，在正常生产中，氨水浓度一般控制在 6～8 滴度（1 滴度等于 1/20 克当量，用 tt 表示），相当于 0.3～0.6mol/L。在保证脱硫效率的前提下，氨水浓度应尽可能低一些，以减少氨的损失。

2. 氨水含硫量

氨水中 H_2S 含量多，气相中 H_2S 的平衡分压大，脱硫效率低。因此，在生产中要求提高再生效果，降低氨水中的硫含量或采用无硫氨水。

3. 氨水温度

氨水与硫化氢的反应是一个放热反应，虽然反应速率随温度升高而加快，但温度过高，会使 H_2S 平衡分压增加，降低了吸收的推动力，反而使吸收速度下降。同时温度升高时，不仅氨容易挥发，引起氨水浓度下降，氨损失加大，气体的黏度也随之加大，且对副反应有利。但温度过低，对再生不利。一般氨水温度控制在 20～40℃为宜。

4. 气液接触时间

因为氨水对 H_2S 具有选择性吸收，故接触时间要求既能减少氨水的耗用量，又能有利于对 H_2S 的选择性吸收。实验结果表明，当气液接触时间由 30s 减少至 2s 时，脱硫效率由 15％提高到 80％。可见缩短接触时间是有利的，生产中一般控制气液接触时间为 5s 左右。

5. 液气比

液气比就是 $1m^3$ 原料气所用吸收剂的量。对小氮肥厂脱硫来说，就是氨水与半水煤气量之比。液气比大，即溶液喷淋量大，则气液传质表面剧烈更新，有利于吸收过程的进行，脱硫效率高。同时液气比高，也可防止和减少堵塔现象。但液气比过高，则溶液循环量大，氨水消耗大，动力消耗增加，系统阻力增加，容易引起带液，反过来又会影响脱硫效率。液气比的选择与半水煤气中 H_2S 含量、塔型等许多因素有关。生产中一般当氨水不再循环时，液气比一般控制在 4～6L/m³，当氨水再循环时，一般控制在 8～20L/m³。原料气中 H_2S 含量高时，可相应提高液气比。

6. 对苯二酚的含量

在氨水液相催化过程中，对苯二酚起载氧体（催化剂）作用。对苯二酚的含量是影响再生好坏的重要因素，含量太低，起不了良好的催化作用。增加对苯二酚含量，可以提高再生效率，对脱硫有利。过多，不但再生效率不会成正比例增加，而且会加速生成硫代硫酸铵的副反应发生。同时由于半水煤气中有 0.5％左右的氧，会使再生反应提前在脱硫塔内进行，析出固体硫黄，堵塞管道，影响脱硫及硫黄回收，造成气液接触不良，操作恶化。当对苯二酚的浓度大于 0.5～1.0g/L 时，会由于自聚作用而引起损失。在生产中，对苯二酚浓度一般维持在 0.3～0.5g/L。

在再生反应中，对苯二酚不会因参加反应而消耗，但由于气体夹带，溶液漏损，硫黄带出以及煤气中杂质的污染而有损失，故需及时向系统内补充。

7. 风量和吹风强度

风量即每小时吹入的空气量。吹风强度即每小时从每平方米再生塔截面积吹入的空气量。当再生塔一定时，风量大，吹风强度也大，则气体对液体搅动也大，再生越完全。但风量过大，强化了副反应，气体带走氨多，且由于过于强烈搅动，使再生塔液面的硫泡沫被破坏，降低了溶液的质量，影响脱硫效率。因此实际生产中维持在 $8\sim13\text{m}^3/\text{kg}$（硫）。吹风强度与采用的设备有关，对于再生池，由于截面积较大，为减少氨损失，吹风强度一般为 $45\sim80\text{m}^3/(\text{m}^2\cdot\text{h})$，对于高塔再生，吹风强度一般为 $80\sim120\text{m}^3/(\text{m}^2\cdot\text{h})$。

8. 再生温度和再生时间

再生反应是放热反应，再生温度必然会升高。温度适当高一些，可以提高再生反应速率，并有利于硫泡沫的形成，但温度升高，会加速副反应，增加氨损失，因此不宜太高。一般控制在 $25\sim35℃$。

再生时间即溶液在再生设备内的停留时间，是确定再生设备大小的主要依据，它与上述的操作条件及设备型式有关。实践表明，一般控制在 $30\sim45\text{min}$，而喷射再生塔则为 $7\sim8\text{min}$。

四、工艺流程及主要设备

1. 工艺流程

气体流向：半水煤气经气柜出来进入焦炭过滤器、洗气塔，经冷却降温后，由底部进入静电除焦器除去煤气中的焦油，而后从上部出来进入罗茨鼓风机，经罗茨鼓风机加压后自下而上进入脱硫塔，脱除其中的无机硫，而后进入净氨塔，用清水除去半水煤气中夹带的氨，进入静电除焦器，进一步除去焦油后去压缩机1段。

液体流向：贫液经贫液泵加压后送入脱硫塔的上部，自上而下与半水煤气逆流接触，进行吸收反应，吸收了硫化氢的富液自脱硫塔底部采出，经富液泵加压后进入再生器进行再生。在此经喷射器吸入空气，在催化剂的存在下，吸收的硫化氢被转化为单质硫黄，呈硫泡沫的形式溢出。再生后的脱硫液继续循环使用。

2. 主要设备

（1）脱硫塔

脱硫过程的主要设备就是脱硫塔（见图4-1），目前小氮肥厂用得较多的是填料塔、旋流板塔和喷旋塔。填料塔是用钢板制成的圆柱形设备，多用塑料填料。

含硫的半水煤气由塔的底部进入，经填料层上升，与经顶部喷入的脱硫剂贫液逆流接触，进行硫的脱除反应，脱硫后的气体经上部的除沫器后进入下一设备，吸收了硫化氢后的富液由塔底排出进行再生。

（2）再生器 再生器是用空气将脱硫液再生，并使析出的硫黄浮选出来（见图4-2）。富液经由脱硫泵提供能量后进入喷射器，在文丘里管喉部吸入空气，在再生器下部与空气反应使脱硫液再生，空气由下部

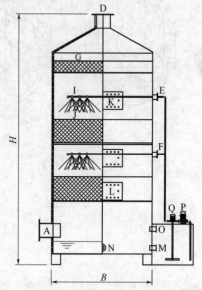

图4-1 填料式脱硫塔

A—风机进口；B—设备宽度；D—设备出风口；E、F—循环泵出水口；G—气液分离层；H—设备高度；I—喷淋层；J—填料层；K—检视窗；L—维修人孔；M—循环水泵入水口；N—排放水口；O—溢流水口；P—循环水泵；Q—搅拌机

慢慢上升把析出的硫黄浮选出来,为了使浮选出的硫泡沫不破碎而重新溶入脱硫液中,需要降低上部空间气体的流速,通常把设备的上部直径加大,以降低气体的流速,浮选出的硫泡沫经导流槽将硫泥排出。

(3) 罗茨鼓风机 罗茨鼓风机是利用两个叶形转子在气缸内做相对运动来压缩和输送气体的回转压缩机。这种压缩机靠转子轴端的同步齿轮使两转子保持啮合。转子上每一凹入的曲面部分与气缸内壁组成工作容积,在转子回转过程中从吸气口带走气体,当移到排气口附近与排气口相连通的瞬时,因有较高压力的气体回流,这时工作容积中的压力突然升高,然后将气体输送到排气通道。两转子依次交替工作,互不接触,它们之间靠严密控制的间隙实现密封,故排出的气体不受润滑油污染。这种鼓风机结构简单,制造方便,适用于低压力场合的气体输送和加压,也可用作真空泵。由于周期性的吸、排气和瞬时等容压缩造成气流速度和压力的脉动,因而会产生较大的气体动力噪声。此外,转子之间和转子与气缸之间的间隙会造成气体泄漏,从而使效率降低。罗茨鼓风机的排气量为 $0.15\sim150 \text{m}^3/\text{min}$,转速为 $150\sim3000 \text{r/min}$。单级压缩比通常小于

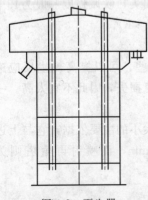

图 4-2 再生器

1.7,最高可达 2.1,可以多级串联使用。罗茨风机为容积式风机,输送的风量与转数成比例。罗茨鼓风机的工作原理如图 4-3 所示。

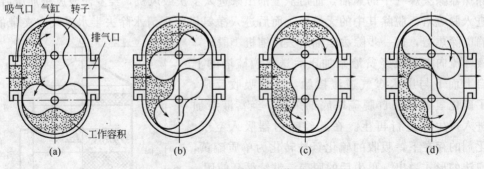

图 4-3 罗茨鼓风机工作原理

第五章 一氧化碳变换

固体燃料气化制得的半水煤气中一氧化碳的含量为 28%～30%，一氧化碳不仅不是合成氨所需要的直接原料，而且对氨合成催化剂有害，因此在原料气送往合成工序之前，必须将一氧化碳彻底清除。生产中一般分两步除去。首先利用一氧化碳与水蒸气作用生成氢和二氧化碳的变换反应，将大部分一氧化碳除去，这一过程称为一氧化碳的变换，反应后的气体称为变换气。通过变换反应既能把一氧化碳变为易于除去的二氧化碳，同时又可制得等体积的氢。因此，CO 变换既是原料气的净化过程，又是原料气制造的继续。然后再用铜氨液洗涤法脱除变换气中残留的微量一氧化碳。

在工业生产中，CO 变换反应均在催化剂存在下进行。20 世纪 60 年代以前，主要应用以三氧化二铁为主体的催化剂，使用温度为 350～550℃，气体变换后仍含有 3% 的 CO。60 年代以后，采用了活性高的氧化铜作催化剂，操作温度为 180～260℃，残余 CO 可降至 0.2%～0.4%，为了区别上述两种温度范围的变化过程，将前者称为中温变换（或高温变换），后者称为低温变换。所用催化剂分别称为中温变换（或高温变换）催化剂及低温变换催化剂。

本工段的目的是将半水煤气中难以脱除的 CO 通过变换反应转变为易于脱除的 CO_2，同时制备出合成氨的原料气 H_2。

第一节　一氧化碳变换的基本原理

一、变换反应原理

变换反应用下式表示：

$$CO + H_2O \rightleftharpoons CO_2 + H_2 \qquad \Delta H^{\ominus}_{298} = -41.19\text{kJ/mol}$$

反应的特点是可逆、放热、反应前后体积不变，并且反应很慢，即使在 1000℃ 下速率也很小，因此必须采用催化剂。

工业生产中通常用变换率来表示变换反应的程度，CO 的变换率就是半水煤气经过变换反应后，反应掉的 CO 量与半水煤气中原有 CO 量的百分比。若反应前气体中有 $a$mol CO，变换后气体中剩下 $b$mol CO，则变换率为：

$$x = \frac{a-b}{a} \times 100\%$$

在实际生产中，变换气除含有 CO 外，尚含有 H_2、CO_2、N_2 等组分，变换率可根据反应前后的气体成分进行计算。由变换反应式可知，每变换掉一个体积的 CO，就生成一个体积的 CO_2 和一个体积的 H_2，因此变换气的体积（干基）等于变换前的体积加上被变换掉的 CO 的体积。设变换前原料气的体积（干基）为 1，并分别以 V_{CO}、V'_{CO} 表示变换前后气体中 CO 的体积分数（干基），则变换气的体积为 $(1+V_{CO}x)$，变换气中 CO 的含量为：

$$V'_{CO} = \frac{V_{CO} - V_{CO}x}{1 + V_{CO}x} \times 100\%$$

$$x = \frac{V_{CO} - V'_{CO}}{V_{CO}(1 + V'_{CO})} \times 100\%$$

变换反应是一个可逆反应，影响化学平衡的因素如下。

① 温度 经研究得知，温度降低，K 值增加，有利于变换反应向右进行。但同时温度增加，平衡变换率下降。因此，若要得到较高的平衡变换率，则选择较低的温度是有利的。

② 反应物浓度 研究表明，在 380～500℃ 温度范围内，如果 CO 与 H_2O 成摩尔比进行反应，则平衡变换率只有 75% 左右。增加水蒸气用量，可以提高平衡变换率。研究表明，H_2O/CO 值增大，平衡变换率随之增加，但增加趋势是先快后缓慢，如达到同一变换率，当温度较低时，则蒸汽用量可减少。

③ 压力 变换反应是等分子反应，反应前后气体的总体积不变。目前的工业操作条件下，压力对变换反应的化学平衡无明显影响。

影响变换反应速率的因素有压力、温度、水蒸气比例、催化剂等。

二、变换反应催化剂

1. 中温变换催化剂

铁铬系催化剂一般含 Fe_2O_3 80%～90%，含 Cr_2O_3 7%～11%，并有少量 $K_2O(K_2CO_3)$、MgO 及 Al_2O_3 等。新催化剂的活性成分是氧化态 Fe_2O_3，使用前需还原为 Fe_3O_4 才具有高的活性。这是由于还原态 Fe_3O_4 比表面积大，可达 30～50m^2/g；在催化剂添加的各种促进剂中，以 Cr_2O_3 最为重要，因为 Cr_2O_3 与 Fe_3O_4 晶系相同，可以制成固溶体，所以可以高度分散于活性组分 Fe_3O_4 之间，稳定 Fe_3O_4 结构，使催化剂具有更细的微孔和较大的比表面积，从而提高了催化剂的活性和耐热性，延长了使用寿命。此外还可抑止析碳反应和提高催化剂的机械强度，加入少量的钾盐有助于提高催化剂的活性、耐热性及机械强度。添加 MgO 和 Al_2O_3 虽不能提高催化剂的活性，但可以增加其耐热性，而且 MgO 还具有良好的抗 H_2S 能力，但含有一定量 MgO 的催化剂，其反应活化能较高。

Fe_2O_3 经还原为 Fe_3O_4 后才具有活性，还原前以 Fe_2O_3 为主体的催化剂呈赤褐色，使用后变为黑色。通常用含 H_2 或 CO 的气体进行还原。其主要反应为：

$$3Fe_2O_3 + CO \Longrightarrow 2Fe_3O_4 + CO_2 \qquad \Delta H_{298}^{\ominus} = -50.811 \text{kJ/mol}$$

$$3Fe_2O_3 + H_2 \Longrightarrow 2Fe_3O_4 + H_2O \qquad \Delta H_{298}^{\ominus} = -9.621 \text{kJ/mol}$$

在高温及蒸汽不足时，Fe_3O_4 会被还原成 FeO 或 Fe。由于过度还原而引起催化剂活性严重下降，形成催化剂过早衰老。而且会生成金属铁，使强放热的甲烷化反应发生：

$$CO + 3H_2 \Longrightarrow CH_4 + H_2O \qquad \Delta H_{298}^{\ominus} = -206.16 \text{kJ/mol}$$

从而引起催化剂过热，使催化剂粉碎。因此，防止过度还原是催化剂升温还原的关键。

由于还原态 Fe_3O_4 的活性在 50～60℃ 以上很不稳定，遇氧即被氧化，而且是剧烈的放热反应：

$$4Fe_3O_4 + O_2 \Longrightarrow 6Fe_2O_3 \qquad \Delta H_{298}^{\ominus} = +514.13 \text{kJ/mol}$$

因此，在生产过程中应严格控制原料气中的氧含量。在系统停车检修时，先通入少量空气使催化剂缓缓氧化，在表面形成一层 Fe_2O_3 保护膜后，才能与空气相遇，这一过程称为催化剂的钝化。

硫、磷、砷、氟、氯、硼化合物及氢氰酸等物质均能能引起铁铬系催化剂中毒，使活性显著下降。磷和砷的中毒是不可逆的。在变换生产中，主要是硫化物引起催化剂中毒，其反应式如下：

$$Fe_3O_4 + 3H_2S + H_2 =\!=\!= 3FeS + 4H_2O$$

此反应是一个可逆反应，升高温度、降低原料气中 H_2S 含量和增加气体中水蒸气含量，均有利于反应向左进行，使已被 H_2S 中毒的催化剂逐渐恢复活性。如果这种中毒反复进行，也会引起催化剂晶格结构发生变化，导致活性下降。

原料气中的灰尘和水蒸气中的无机盐等均会使催化剂的活性显著下降。促使催化剂活性下降的另一个重要原因是催化剂衰老。所谓衰老是指催化剂经过长期使用后，活性逐渐下降的现象。催化剂衰老的原因是长期处在高温下逐渐变质；温度波动大，使催化剂过热或熔融；气流不断冲刷，破坏了催化剂的表面状态。

2. 低温变换催化剂

目前，工业上使用的低温变换催化剂均以氧化铜为主体，经过还原后具有活性的组分是细小的铜结晶。但单纯的金属铜在操作温度下极易烧结，比表面积减少，使催化剂活性下降，寿命缩短。为此，在催化剂中加入氧化锌、氧化铝和氧化铬作为间隔体，将铜微晶有效的分隔开来，防止铜微晶长大，从而可提高催化剂的活性和热稳定性。根据组成的不同，低温变换催化剂可分为铜锌、铜锌铝和铜锌铬三种。其中铜锌铝型性能好，生产成本低，且对人无毒。低温变换催化剂的组成范围为：CuO $15\% \sim 32\%$，ZnO $32\% \sim 62.2\%$，Al_2O_3 $0\% \sim 40.5\%$。

氧化铜对变换反应无催化活性，在使用前需要用 H_2 或 CO 还原为具有活性的单质铜，其反应式为：

$$CuO + H_2 =\!=\!= Cu + H_2O \qquad +86.53kJ/mol$$
$$CuO + CO =\!=\!= Cu + CO_2 \qquad +127.5kJ/mol$$

还原过程中，催化剂中的 ZnO、Al_2O_3、Cr_2O_3 不会被还原。氧化铜的还原反应是强烈的放热反应，而低温变换催化剂对热比较敏感，因此需要严格控制还原条件，将催化剂层的温度控制在 230℃ 以下。还原后的催化剂与空气接触，产生下列反应：

$$Cu + 0.5O_2 =\!=\!= CuO \qquad +155.1kJ/mol$$

如果与大量空气接触，放出的反应热将使催化剂超温烧结。因此，停车取出催化剂之前，应先通入少量氧气逐渐将其钝化。

H_2S 是低变催化剂的主要毒物，低变催化剂对硫极为敏感，各种形态的硫都可以与铜发生化学反应而造成中毒。极少量的硫对它的活性有显著影响。当催化剂中硫含量为 1.1%，催化剂就基本丧失了活性。氯对低变催化剂的毒害作用比硫更严重，催化剂含氯量为 0.01% 时会使催化剂中毒。

第二节 一氧化碳变换的工艺条件

一、中温变换工艺条件

1. 压力

从变换反应特点来看，压力对变换反应的平衡几乎无影响，但加压变换与常压变换相比具有以下优点。

① 可提高反应速率。因为变换反应的反应速率随压力的升高而加快。操作压力从 0.1MPa 提高到 2～2.5MPa，其反应速率大约可提高 4 倍。

② 提高催化剂的生产能力。压力增加，催化剂的生产能力增加，从而可以采用较大的空间速度，提高生产强度。

③ 压力增加，气体体积缩小，变换系统设备、管道尺寸也相应缩小，从而可节省钢材、投资减少。

④ 节省动力。由于变换后气体干体积增加，所以气体先压缩后变换，比先变换后压缩节省动力。

⑤ 改善整个系统的热平衡。因为变换气出热水塔时仍含有不少蒸汽，在加压下，水蒸气露点温度升高，有利于提高热水温度，出饱和塔半水煤气温度也有一定的提高，半水煤气的湿含量增大，可少补加蒸汽。因而加压变换提高了热能回收价值。但是随着压力的提高，设备腐蚀加重，而且必须使用中压蒸汽。所以小氮肥厂一般为 0.6～1.2MPa。

2. 温度

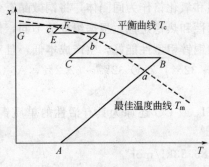

图 5-1 一氧化碳变换反应的 T-x 图

通过对变换反应的化学平衡和化学反应动力学的讨论，得出一氧化碳变换反应的 T-x 图，如图 5-1 所示。

图中的 T_e 线为平衡曲线，T_m 线为最适宜温度曲线。图 5-1 表明对一定初始组成的反应系统，随着 CO 变换率的增加，平衡温度 T_e 及最适宜温度 T_m 均降低。对同一变换率 x，最适宜温度一般比相应的平衡温度低几十度。如果变换炉中按最适宜温度进行反应，则反应速率最快。

但是，在实际上完全按照最适宜温度操作有很多困难。首先在反应开始时，转化率 $x=0$，T_m 很高，此值大大超过一般中变催化剂允许使用温度范围。而且随着反应的进行，温度应逐渐降低，这样要不断地、准确地按照最适宜温度的需要移走反应热是极其困难的。因此变换过程的温度是综合各方面的因素而确定的，对中变来说：

① 应在催化剂活性范围内操作，反应开始时温度应高于催化剂起始活性温度 20℃左右，但应防止超温造成催化剂活性组分烧结而降低活性；

② 随着催化剂使用年限的增加，由于中毒、老化等原因，催化剂活性降低，操作温度应适当提高；

③ 使整个变换过程都尽可能在接近最适宜温度的条件下进行。由于最适宜温度随变换率的升高而降低，因此随着反应的进行，需要移走反应热，降低反应温度。工业上通常采用两种办法达到上述目的：一种是采用多段中间间接冷却方式，用原料气或饱和蒸汽间接换热，移出反应热；另一种是直接冷激式，在段间直接加入原料气或冷凝水进行降温。这样第一段温度高，可以加快反应速率，使多数一氧化碳进行变换反应，最后一段温度低，可以提高一氧化碳变换率。

图 5-1 实线部分为三段中间间接冷却式变换过程示意图。AB 为第一段绝热操作线。随着反应的进行，催化剂温度上升到 B 点。BC 线表示段间间接换热降温过程。CD 线表示第

二段绝热线。随着反应的进行，催化剂温度上升到 D 点，DE 线表示第二段间换热降温过程。EF 线表示第三段绝热线，温度升至 F 点，FG 线表示第三段间换热降温过程。反应初期，A 点虽远离最适宜温度，但此时反应物浓度大，反应速率仍然较快。随着反应的进行，反应温度将很快地接近和达到最适宜温度。段数越多，变换反应过程越接近最适宜温度曲线，但流程也越复杂。根据原料气中 CO 含量的不同，工业上采用的变换炉可分为一段、二段或三段，段间进行冷却。

④ 各段出口气温接近平衡温度，一般温差 20～30℃。

3. 水蒸气比例

水蒸气用量增加，可以提高 CO 的平衡变换率，加快反应速率，防止催化剂中三氧化二铁被进一步还原，使析碳及甲烷化等副反应不易发生。但水蒸气用量过大，消耗量增加，在经济上不合理，而且使催化剂床层阻力增加，CO 停留时间缩短，余热回收设备的负荷加重。从经济角度出发，在保证变换率的前提下，应尽可能少用水蒸气。实际生产中，水蒸气消耗费用往往占变换工序总生产费用的一半以上。可见保证生产正常的情况下，尽量降低水碳比以减少水蒸气消耗是十分重要的。选择时应考虑以下几个方面。

① 保证达到规定的最终变换率。

② 考虑催化剂反应温度。活性温度低的催化剂可以降低水碳比，活性温度高的催化剂要选择较高的水碳比。

③ 要考虑原料气中 H_2S 的含量。原料气中 H_2S 含量高的，H_2O/CO 应控制高些。这样可以起到提高混合气温度和稀释 H_2S 浓度的作用，防止冷凝腐蚀，并使催化剂中的硫中毒反应得到抑制。

④ 随原料气成分而变。一氧化碳浓度提高或氧含量较高的原料气，应适当增大水碳比，以便移出反应热，保证一定的反应温度。

综上要求，对半水煤气为原料，采用铁铬催化剂的中温变换，H_2O/CO 一般为 3～4，对于低温变换，为了提高平衡变换率，H_2O/CO 一般为 5～7。实际生产中，原料气成分、催化剂活性、气体毒物含量都会有所变化，因此 H_2O/CO 也要根据不同情况作相应调整。

4. 空间速度

空速的大小既决定催化剂的生产能力，又关系到变换率的高低。空速的确定与催化剂的活性有关。催化剂活性好，反应速率快，可采用较大的空速，充分发挥设备的生产能力，但不能过大，否则气体与催化剂接触时间太短，CO 来不及反应就离开催化剂，造成出口 CO 含量高，变换率低，同时催化剂层的温度也难以维持，空间速度太大，还会使气体流动阻力增加，压缩机的电耗增加。通常取 600～800h^{-1}。

5. 最终变换率

最终变换率高，出口气体中 CO 含量少，但最终变换率过高，则需要耗用过多的水蒸气和催化剂；过低，则需要增加半水煤气耗量，加重铜洗或低变负荷。一般中温变换气中的残余 CO 含量在 3% 左右。如果要求将变换气中残余 CO 降到 0.4% 以下，则中温变换需经过低温变换。

二、低温变换工艺条件

1. 温度

低温变换就是使变换在低温下进行，以便提高变换率，使变换气中的 CO 含量降到

0.4%以下。但并非反应温度越低越好，如果温度低于湿原料气的露点温度，就会产生冷凝水。水在低温变换催化剂上蒸发，能破坏催化剂的结构，使其强度降低而粉化；对于铜锌铝系催化剂，冷凝水可能与氧化铝作用生成氢氧化铝和碱式碳酸铝，使催化剂受到破坏。因此为了避免上述问题发生，操作温度至少比露点温度高20℃以上，控制在190~260℃。

2. 压力和空速

低温变换的操作压力取决于原料气所具有的压力，一般在1~3MPa。空速与操作压力有关，压力升高，空速增大。当压力为2MPa时，空速为1000~1500h^{-1}。

3. 入口气体中CO含量

低温变换催化剂虽然活性高，但操作温度范围窄，对热敏感，价格昂贵。如果原料气中CO含量高，需要的催化剂量多，催化剂使用寿命缩短，并且反应放出热量多，容易使催化剂超温。因此，低温变换入口气体中，CO的含量一般为3%~6%。

第三节 工艺流程及主要设备

一、工艺流程

气相流向：含CO 30%左右的半水煤气，加压至0.6~1.0MPa，首先进入饱和塔底部（填料塔或板式塔），与自塔顶而下的125~140℃热水逆流接触，气体被加热而又同时被增湿，然后由饱和塔顶部出来进入预腐蚀器，与一定比例的蒸汽混合，大部分气体经热交换器进一步预热至380℃，进入变换炉进行变换反应，由于变换反应是一放热反应，为了维持变换炉内的温度沿着最适宜温度进行，需要把一段、二段的变换气引出换热，而后进入变换炉三段。从中温变换炉出来的变换气经水加热器降温后自上部进入低温变换炉，而后依次进入软水加热器、热水塔、冷却塔、冷排降温至35℃后去碳化工段。

液体流向：在热水塔内回收了变换气热量的热水经热水泵依次通过水加热器、第二水加热器、第一水加热器等，温度逐步升高，进入饱和塔，由饱和塔下部经U形水封进入热水塔，完成了热水的循环。随着水分在饱和塔内的蒸发，水量减少，需要在热水泵处补充软水。

二、主要设备

1. 变换炉

变换炉的形式很多，有立式、卧式等。但都应满足以下要求：①变换炉的处理气量尽可能大；②气流的阻力小，气流在炉内分布均匀；③热损失小（这是稳定生产的重要条件）；④结构简单，便于制造和维修，并能符合最适宜温度的分布。

中温变换炉为圆筒形设备，外壳用钢板制成，炉体内壁有耐火混凝土衬里，以免炉壳钢板承受高温而造成炉体机械强度降低。炉内分为三段，催化剂靠支架支承，支架上铺箅子板、铁丝网及耐火球。炉体上还设有装卸催化剂和检修的人孔和卸料口，在每一层催化剂内部装有插入中心处的热电偶，以测量催化剂层的反应温度。中间间接冷却式变换炉如图5-2所示。

2. 饱和热水塔

饱和热水塔（见图5-3）为一长圆柱形筒体，上部为饱和塔，为填料塔。半水煤气由塔的下部进入，与塔内自上而下的热水逆流接触，使半水煤气的温度和湿度得到提高。填料的目的是增加半水煤气和热水的接触面积，使传热和传质充分进行。下部为热水塔，多为填料

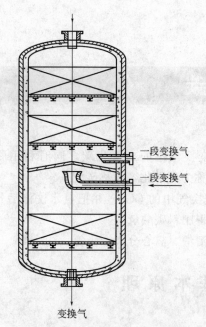

图 5-2　中间间接冷却式变换炉

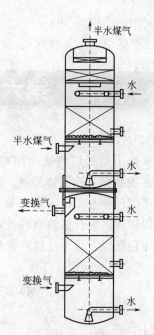

图 5-3　饱和热水塔

塔。变换气由塔的下部进入，与自上而下的热水逆流接触，使变换气温度降低，热水的温度得到提升。两塔叠放使饱和塔内的热水在重力作用下经 U 形水封进入热水塔，进行自动循环。否则，两个设备之间需要加一个热泵，增加了设备投资和运转费用。

第四节　生产操作要点

(1) 催化剂床层温度　根据催化剂的性质、活性温度的高低以及生产时间的长短而确定，应使其控制在符合各个时期的最适宜操作范围内。一般上段催化剂层温度高一些，以求达到较高的反应速率，下段温度控制低一些，以获得较高的变换率。

(2) 蒸汽比例　在保证变换率的前提下，应尽量降低蒸汽比例，以降低蒸汽消耗定额达到节约的目的。

(3) 饱和塔出口温度　为了降低蒸汽消耗定额，在生产中应尽量使饱和塔出口气体温度保持高些。

(4) 冷凝塔出口气体温度　出冷凝塔变换气温度的高低，直接影响碳化操作。变换气温度高，碳化塔温度相应提高，碳化塔取出液中结晶少而细。出冷凝塔的气体温度受冷却水温度限制。欲降低气体温度，可加大入塔冷却水用量。

(5) 饱和塔、热水塔液位　饱和塔与热水塔液位过高，系统阻力增加。饱和塔液位过高，会造成带水事故。水位过低，半水煤气会冲破水封窜入变换气中，使变换气中 CO 含量猛增，造成事故。

(6) 变换系统的阻力　变换系统阻力增加，会使煤气流量减少，设备生产能力下降。而系统阻力增大的原因有催化剂粉碎，甚至结块，变换炉阻力增加；由于系统阀门未敞开，饱和热水塔液位过高，冷凝塔液位过高，系统冷凝水多；热交换器列管被油污、催化剂粉及铁锈等堵塞。

第六章　碳　化

目前大多数小氮肥厂均采用浓氨水脱除变换气中的二氧化碳，同时利用脱除下来的 CO_2 将氨加工成碳酸氢铵固体肥料。这一过程称为碳酸化，简称碳化。

碳化工序的任务有二：一是用氨水洗去变换气中的 CO_2，并把氨水洗涤后气体中的氨回收下来，以保证供给合格的原料气；二是制得肥料碳酸氢铵。

碳化工序包括以下几个过程：碳化、回收清洗、离心分离、吸氨。

第一节　基本原理

一、碳化

1. 碳化反应

碳化反应的反应式为：

$$NH_3 + CO_2(l) + H_2O \longrightarrow NH_4HCO_3 \qquad + Q$$

碳化反应包括 CO_2 的吸收和 NH_4HCO_3 结晶两个过程。二氧化碳吸收的好坏，可以用气体中残余 CO_2 的多少来表示。碳酸氢铵结晶过程的好坏，可以用产品产量和质量来衡量，也可以用氨转化率来表示。所谓氨的转化率，就是原料氨水（进入预碳化塔的浓氨水）经过反应后，转入碳酸氢铵成品中的氨量与原料氨水中所含氨量的百分比。氨的转化率愈高，说明用一定量的氨水生产碳酸氢铵产量高、质量好。加强氨水对变换气中 CO_2 的吸收，提高氨的转化率，这是碳化生产中两个最重要的问题。

2. 化学吸收

碳化工序任务之一，就是要洗去变换气中的 CO_2。因此在生产中必须具有相当的吸收速率，以保证原料气合格。

CO_2 是酸性气体，氨水是碱性溶液，两者接触，将进行中和反应，因此它是化学吸收。化学吸收由扩散过程和化学反应过程组成。即 CO_2 先从变换气中扩散到氨水内，然后再与氨水反应。化学吸收过程的速率，受扩散因素和化学因素的综合影响，在不同条件下，影响吸收速率的主要因素将会不同。

（1）温度　对于任何反应，温度增加，反应速率增加。但液面上 CO_2 的平衡分压随温度增加而增加，因此使吸收过程的推动力减小，扩散速率小。可见，当溶液中氨水浓度和碳化度一定时，随着温度的升高，吸收速率可能增加，也可能减小，这要看化学因素与扩散因素中，哪个起主导作用。经查明，在碳化开始阶段，化学因素起主要作用，吸收速率随温度升高而增大；碳化结束阶段，扩散因素起主导作用，吸收速率随温度升高而减小。

（2）溶液的氨浓度　溶液中氨浓度的影响与温度对 CO_2 吸收的影响类似。在氨水浓度不太高的范围内，碳化开始阶段，吸收速率随氨浓度增加而增大。在碳化结束阶段，吸收速率随着氨浓度的增大而减小。

（3）压力　变换气中 CO_2 的分压，随着总压的升高而增高。当温度、氨水浓度、碳化度一定时，压力越高，其中 CO_2 分压越大，吸收推动力也越大，于是吸收速率加快。因此，提高压力，对二氧化碳的吸收是有利的。

（4）溶液的碳化度　碳化度就是氨水溶液吸收 CO_2 的程度。溶液的碳化度高，溶液中 CO_2 含量大，液面上 CO_2 的平衡分压高，结果降低了推动力。因此，吸收速率随碳化度的增加而降低。但在溶液开始析出碳酸氢铵的情况下，由于晶体析出，使从液相中移出 CO_2 的速率大于 CO_2 扩散到液相中的速率，促使吸收速率加快。随着结晶过程的进行，过饱和度降低，结晶速率减慢，碳化度增加，吸收速率仍然减慢。

从讨论上知，提高变换气压力、降低氨水碳化度，均有利于氨水对 CO_2 的吸收。至于温度、氨水浓度的影响，则应区别情况，碳化开始阶段，提高温度和氨水浓度，有利于吸收；碳化结束阶段，降低温度和氨水浓度有利于吸收。

3. 结晶

碳化过程中往往有这种情况，就是吸收 CO_2 比较容易达到要求，然而结晶过程却很难掌握。在某些情况下，结晶少，产量高，碳化度高，由此，在液氨充足时，造成大量母液过剩；在液氨紧张时，形成所谓恶性循环，最后都会导致全厂氨不平衡，严重时，被迫停车。

因此，从这种意义上讲，结晶比吸收更重要，必须选择适宜的条件，保证 NH_4HCO_3 结晶结构紧密、颗粒大而均匀，具有高的产量。而这些决定于氨水中氨、二氧化碳及水的相平衡与结晶的速率。经研究表明，影响结晶的因素主要是氨水浓度、温度和碳化度。

碳化塔取出液中 NH_4HCO_3 晶体的大小对碳化工序的生产及 NH_4HCO_3 的稳定性均有很大的影响。晶体颗粒大，结构紧密，则含水量少，稳定性高。若晶体过于细小，不仅碳酸氢铵成品中水分含量高，稳定性差，分解损失大，而且离心分离后的母液中含晶体太多，使吸氨后浓氨水的碳化度增高，吸收 CO_2 的能力降低，碳化系统操作恶化。

当溶液中 NH_4HCO_3 的浓度大于一定温度下该组分的饱和浓度时，则 NH_4HCO_3 从溶液中结晶析出，结晶过程包括两个阶段：晶核的形成和晶核的成长两个阶段。对于相等的结晶产量而言，若在结晶过程中晶核的形成速率远大于晶核成长的速率，则晶体细而多，反之，则晶体粗而少。若这两种速度彼此相近，则晶体大小参差不一，显然，控制好这两种速率，便可控制晶体的大小，便能得到产量高、结晶大的 NH_4HCO_3 产品。影响晶体颗粒大小的因素有如下几种。

（1）溶液过饱和度　影响晶体大小的主要因素是溶液的过饱和度。溶液的过饱和度增加，既能加快晶核形成速率，又能加快晶体长大速率，但对晶核的形成更加有利。研究表明，随着溶液过饱和度的增加，晶体粒度急速减小。而且过饱和度达到某一数值后，晶体密度降低，晶体疏松，易破碎。因此在结晶过程中，应控制在尽可能低的过饱和度下操作。降低溶液中 NH_4HCO_3 浓度，增加碳酸氢铵的溶解度，均可降低过饱和度。适当提高溶液的温度和降低氨水与二氧化碳的反应速率，可以减少溶液的过饱和度，均有利于获得较大的晶体。

（2）温度　温度低，有利于晶核的形成，温度高，有利于晶体的长大，所以在较低的温度下结晶时，一般得到的是细小的晶体，在较高温度下结晶时，晶体的粒度比较大。但高温下 NH_4HCO_3 溶解度大，溶液中析出晶体少。为了既能得到大颗粒的晶体，又能从溶液中析出尽可能多的晶体，理想的温度状况是在生成晶核的区域，温度控制高一些，以减少晶核生成率；然后逐渐降低温度，以便析出尽可能多的晶体。

（3）溶液在塔内的停留时间 溶液在塔内有足够的停留时间，使晶体有充分的时间成长。溶液在塔内的停留时间可按下式计算：

$$停留时间 = \frac{碳化塔有效容积(m^3)}{入塔氨水量(m^3/h)}$$

当低负荷生产时，所需氨水量少，溶液停留时间长，使晶体有充分的时间成长，获得的晶体颗粒大。

（4）悬浮液中固液比 生产中以一定量的悬浮液，静置片刻，便晶体目然沉降，观察晶体占整个体积的百分数，称为固液比。悬浮液中固液比大，则晶体成长的表面积也大，有利于降低溶液的过饱和度，可获得大颗粒晶体。

（5）添加剂 在碳化液中加入少量添加剂，能使晶体长大，离心分离效率提高，成品含水量降低，因而提高了 NH_4HCO_3 的稳定性。同时，由于晶体表面吸附了一层添加剂，还能防止 NH_4HCO_3 结块。

二、回收清洗

由预碳化塔出来的气体中，含氨为 $10\sim30g/m^3$，含二氧化碳为 $0.4\%\sim1.5\%$，需经过回收清洗其中的氨，并进一步除去 CO_2。回收清洗的方法是用软水吸收原料气中的氨，生成稀氨水，同时 CO_2 被稀氨水吸收，使含氨量小于 $0.2g/m^3$，二氧化碳含量小于 0.2%，其反应式如下：

$$NH_3 + H_2O \Longrightarrow NH_4OH \qquad\qquad +Q$$
$$CO_2 + 2NH_4OH \Longrightarrow (NH_4)_2CO_3 + H_2O \quad +Q$$

以上两个反应都是体积缩小的可逆放热反应，因此，提高压力，降低温度，有利于回收清洗过程的进行，吸收压力可由系统压力确定。吸收温度可通过控制冷却水量和水温来进行调节。

回收清洗塔必须使用软水，这是因为硬水中含有钙、镁离子，这些离子与 NH_3 和 CO_2 能生成沉淀，堵塞回收清洗塔的塔板，所以通常要求软水总硬度小于 $0.1meq/L$。

三、离心分离

从主塔取出悬浮液中，固液比为 $50\%\sim70\%$，晶体的实际含量为 $20\%\sim35\%$，其余为母液。为了将晶体从悬浮液中分离出来，以获得碳酸氢铵产品，通常是由离心机进行分离。

四、吸氨

吸氨过程的任务是根据碳化过程的要求而定，用离心分离出的母液和回收清洗出来的稀氨水，以恰当比例混合后，与合成工段送来的气氨反应，制成浓氨水。

氨极易溶解于水，在 $20℃$、$0.098MPa$ 下，1 体积的水可溶解 830 个体积的氨。压力愈高，温度愈低，氨在水中的溶解度也愈大。用水吸收氨制成浓氨水的过程，会伴随一个化学反应的吸收过程。

用母液和稀氨水制备浓氨水还具有如下优点。

① 可以回收母液和稀氨水中的 NH_3 和 CO_2。一般母液中的碳化度为 150% 左右，NH_3 浓度在 $75\sim80$ 滴度，稀氨水中氨的浓度在 80 滴度左右。

② 浓氨水中含有 CO_2，其碳化度一般在 $50\%\sim70\%$，从而缩短了塔内的碳化时间。

③ 由于母液中有 NH_4HCO_3 存在，与氨水作用生成较稳定的 $(NH_4)_2CO_3$，可以减少氨的挥发性。

但浓氨水含 CO_2 量过高，在预碳化塔内有晶体析出。因此，浓氨水中 CO_2 含量以 $60\sim$ $75mL/mL$ 为宜。

第二节　碳化的工艺条件

一、压力

碳化压力高，有利于 CO_2 的吸收和减少氨的损失。但因受系统压力设备及设备材质的限制，压力不能太高。一般小氮肥厂碳化系统的压力为 $0.5\sim0.6MPa$。

二、氨水浓度

从相图分析可知，若氨含量高于 20%，碳酸氢铵产量多，设备生产能力大。但由于氨水浓度高，不但会使出塔含氨量增大，而且也会使碳化塔浆液中游离氨增多，碳酸氢铵产率低，增加氨耗。如果氨含量为 10%，此时生成的碳酸氢铵很少，因而氨转化率低，设备生产能力低。因此氨水浓度控制在 $170\sim190$ 滴度为宜。目前不少厂家因冬季气温低，采用氨水浓度低一些，夏季气温高，浓度高一些的生产方式，这是稳定生产和避免杂晶生成的好办法。

三、温度

温度是影响产品产量高低、氨损失大小的重要因素，下面分几个过程论述。

1. 碳化过程的温度

（1）主塔温度　经研究得知，塔的上部温度应稍高些，这样可以避免过早析出晶体。从反应速率的角度讲，则可以加快反应进行。但温度高时氨耗增加，因此上部应低于中部，一般低于 $30℃$。主塔中部是主要反应区，晶核最容易生成，提高这个区域的温度，能降低溶液过饱和度，减少晶核的生成，避免生成过少的细小晶体。此区域的温度一般维持在 $30\sim$ $34℃$ 为宜。在碳化塔下部应保持较低的温度，以降低 NH_4HCO_3 的溶解度，提高晶体产量。但底部和中部温差不能太大，以免使料浆（液）流到塔底时降温过快，而形成较大的过饱和度，从而使晶核生成过快，生成细小晶体。因此，冷却过程降温要慢、要均匀。主塔内呈现出"两头低，中间高"的温度。控制碳化塔温度的主要方法是调节冷却水用量。为了使塔顶温度与塔底温度低于中段温度，冷却水分别由塔顶和塔底进入，换热后由塔中部流出。

（2）预碳化塔温度　预碳化塔的作用是进一步吸收主塔尾气中的 CO_2 和提高浓氨水碳化度（由 $50\%\sim70\%$ 提高至 $90\%\sim100\%$）。预碳化塔温度控制高一些，可加速结疤的溶解和 CO_2 的吸收。但温度太高，预碳化尾气中 NH_3 和 CO_2 含量增高，且使主塔顶部温度增高，为了兼顾上述两个方面，一般在刚刚调塔后的 $1\sim2h$ 内，塔内结疤多，为加速溶解，塔内温度可控制在 $30℃$ 以上，然后逐渐降到 $24\sim26℃$。

2. 回收清洗过程的温度

回收清洗过程以化学吸收为主，降低温度，可以减少液面上 NH_3 和 CO_2 的分压，提高吸收效果。同时可减少回收段的水量，相应提高出塔稀氨水的浓度，有利于系统的氨平衡，为了保证原料气合格和提高氨的利用率，温度应该尽可能低。但由于受设备及冷却水温的限制，温度又不能降得太低，一般为 $28℃$ 左右。

3. 吸氨过程的温度

吸氨过程是一个放热过程，根据化学平衡移动原理，降低温度有利于吸氨反应的进行，故在吸氨过程中，应不断移走反应热，控制尽可能低的温度，由于受冷却水温的限制，在实际生产中一般控制在30℃左右。

第三节 工艺流程及主要设备

一、工艺流程

1. 气体流程

来自变换工序含二氧化碳的气体，依次进入碳化塔（1-1）、（1-2）底部（假定碳化塔1-1为主塔，1-2为副塔，视塔内结疤情况，两塔可轮流倒用），鼓泡通过碳化液并进行反应。反应放出的热量，通过水箱冷却水移走。含二氧化碳0.5％左右的气体从塔（1-2）顶部出来，从下部进入回收清洗塔与软水（或深井水）反应。继续吸收二氧化碳和气体中的氨，使出口气中的二氧化碳降至0.2％左右，氨降低至$0.2g/m^3$左右，然后送往压缩工段。液体从塔底引出至稀氨水槽，此稀氨水可引至脱硫工序作脱硫剂使用；也可以废氨水出售；还可以回收一部分制备浓氨水。

2. 液体流程

浓氨水由浓氨水贮槽，经浓氨水泵打入碳化副塔（1-2）鼓泡，吸收气体中部分二氧化碳并鼓泡溶解塔内的结疤，然后由碳化副塔（1-2）底部排出，经碳化泵打入碳化主塔（1-1）吸收变换气中的二氧化碳，生成含晶体50％～60％的NH_4HCO_3悬浮液。此悬浮液靠压差进入稠厚器，经离心机分离后，得固体碳酸氢铵成品，由底部下料斗卸出，包装后入库。分离晶体后的母液去母液槽供制浓氨水用。

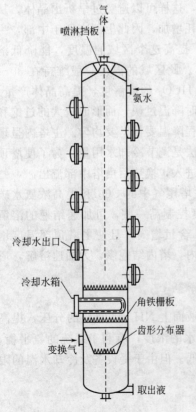

图 6-1 碳化塔

（图中标注：气体、喷淋挡板、氨水、冷却水出口、冷却水箱、角铁栅板、齿形分布器、变换气、取出液）

3. 吸氨流程

高位吸氨器为一圆筒体，下部为锥体，筒体有一中心管，中心管四周布满$\phi3\sim8mm$小孔，底部封死。吸收液由泵送至吸氨器顶部进入中心管，经中心管的小孔向四周喷洒。气氨进入吸氨器筒体，与吸收液接触而被吸收。吸氨后的浓氨水经冷却排管冷却后，送入浓氨水槽。高位吸氨器的安装高度一般为15～18m。由于高位吸氨器位置较高，吸氨后的浓氨水向下流动时位差大于10m以上，使吸氨器内及气氨总管压力降低，从而降低了合成氨系统氨冷器的温度，相应地降低了合成塔进口氨含量，有利于氨合成反应。

二、主要设备

下面介绍碳化塔的结构。

碳化塔（见图6-1）是碳化工段最主要的设备。在塔内进行着二氧化碳的吸收以及碳酸氢铵的结晶过程，所以同时存在着气体、液体和固体。由于碳化反应放热，不利于吸收和结晶过程。因此结构上要求不断移走反应热，降低塔内液体温度。解决的办法是采用冷却水箱；

通过对冷却水量及其流动方向的控制，使塔内温度的变化适应碳化过程的要求。

碳化过程同时也是气液过程，为使气体分布均匀，气液接触良好，塔底安装锥形气体分布器，分布器下端有锯齿形齿缝，每节水箱之间有角铁栅板，角铁上也开有锯齿形齿缝，作用是破碎气泡，进一步使气体分布均匀，提高吸收效果。

碳化塔为一圆柱形筒体，塔身由 12mm 的钢板焊制而成，高 15m 左右，直径为 2.6～3.2m，周身装有若干个冷却水箱，冷却水箱是铝质的 U 形管换热器，塔内通常充有 10m 左右的液位高度。

第四节 生产操作要点

一、操作控制

碳化塔操作控制，应注意以下几点。

① 稳定各塔液位，使氨水浓度和碳化度在适宜的范围内。塔内液位是保证原料气 CO_2 成分合格的基本条件，液位高，气体与液体接触时间长、压力高，有利于吸收，原料气中 CO_2 成分容易合格。一般主塔液位为 7～8m，预碳化塔液位为 5～6m，固定副塔为 2～3m。

氨水浓度、碳化度的波动，会引起全系统的变动。一定要按工艺指标操作，不能波动过大。

② 主塔以控制出口气体中 CO_2 为中心。主塔出口气体中 CO_2 含量，反映了塔内温度和碳化度的变化，可用于判断主塔内吸收和晶体的好坏，它决定了预碳化塔的负荷，还影响碳化气中的 CO_2 含量。对间歇操作而言，主塔出口气 CO_2 含量缓慢上升，表示塔内由下至上，高温段慢慢上移，吸收能力缓慢减弱，碳化反应比较完全，升到一定值（一般为10％～12％）取出，晶体产量高、质量好，且预碳化塔负荷正好，能够保证碳化气体成分。若变换气气量和成分一定，主塔出口气 CO_2 含量迅速上升，说明主塔平均温度过高，或塔内温度分布不合理，中上部偏高，吸收能力小。此时晶体颗粒细，数量少，必须细心用冷却水量调节温度。在不见效时，则应增加取出，否则 CO_2 气含量会超过规定。因此主塔温度调节和取出次数、取出量多少，以出口气体 CO_2 含量为依据，由塔内悬浮液的碳化度、固液比来确定。

③ 预碳化塔以控制出口气中 NH_3 含量为主。当主塔操作条件稳定时，预碳化塔出口气体中 CO_2 含量是较低的，但 NH_3 含量波动很大，有时高达 $40g/m^3$ 以上，氨转化率很低。这样，也加重了氨回收系统的负荷，使稀氨水过剩，破坏系统的水的平衡。因此应控制出口 NH_3 含量，愈低愈好，一般应低于 $20g/m^3$。

④ 回收系统注意水的平衡。从反应式可知，每生成 1 分子 NH_4HCO_3，需要 1 分子 H_2O，生成 1t NH_4HCO_3 需要的水量 m_{H_2O} 为：

$$m_{H_2O} = 18 \times \frac{1000}{79} = 228 \text{kg}$$

生产中由于碳酸氢铵含水，加上跑、冒、滴、漏的水，实际上需要的水比这个数字要多一些。

如果从回收塔加入的水，恰好与上述消耗的水相等，则称为水平衡，加水量太少，会使碳化气成分受到影响。水过剩又会造成氨损失，破坏氨平衡。因为回收后的稀氨水中 $NH_3/$

$CO_2>1$，所以回收塔应控制加水量，使水基本保持平衡。

二、取出液的控制

取出液量大小，主要决定于晶体大小、均匀情况以及固液比的高低。固液比高，晶体粗而均匀，则可多取，否则少取。目前各厂取出液的固液比一般控制在 $50\%\sim70\%$。

若每次取出量过大，取出后塔内溶液碳化度低，反应段下移，使下部温度高，晶体细；同时下一次取出时，产量低，母液多，氨损失大。反之取出量过少，取出后，溶液的碳化度高，反应段仍在上部，主塔出气成分高，碳化气成分难以控制。因此，间歇取出操作应由多取少次向少取多次发展，从而使反应层波动小，温度、成分、产量稳定。但不管怎样，间歇取出的温度、成分总是波动的，而且劳动强度大，因此，在大气量的情况下，以采用连续操作为好。它具有主塔出口 CO_2 含量稳定，碳化气成分易保证，塔温波动小，反应层稳定，氨转化率有所提高，液位波动小，不易带液，而且操作简便等优点。

三、倒塔操作

倒塔是碳化工段一项重要的操作，倒塔操作好，能使一个班操作正常，工艺指标稳定，成分合格，产量高，氨损少；倒塔操作不好，会使操作忙乱，班产下降。对倒塔操作有以下要求：

① 倒塔时保证原料气成分合格；

② 尽量减少气量、压力的波动；

③ 倒塔要快，以保证能很快地恢复正常生产，并使晶体迅速生成、长大；

④ 倒塔操作要方便、省力。

1. 倒塔前的准备工作

① 用蒸汽吹副塔进气阀和出气阀，以免倒塔后阀门被晶体卡住而关不严。

② 主塔取出，同时副塔的溶液加至主塔，待取出液固比为 $30\%\sim40\%$ 时，停止取出。这样，既方便倒塔，又使倒后新副塔出口气中 CO_2 含量不因碳化度高而不合格。

2. 倒塔

① 压液 将主塔和副塔底部串通，利用两塔之间的压差，将主塔悬浮液压入副塔，并微关主塔串联阀。当新主塔液升高至 8m，即关闭新主塔根部液相阀，停止压液。

② 倒换气体阀门 压液后即倒气体阀门。先开新主塔进气阀，然后关旧主塔进气阀和串联阀，使变换气只通过主塔直接进入固定副塔（如果气量大时，可预先在固定副塔内加一定量的浓氨水）。如果气量小，原料气合格，可先开老主塔出口阀，卸放主塔内压力，当低于新主塔出口压力时，开新主塔串联阀，关新主塔出口阀，将新主塔的出口气串入新副塔。

③ 气体阀门调好后，将浓氨水加到新副塔，调节新副塔液位至 $5\sim6m$，以便清洗结疤和保证原料气合格。

④ 调节冷却水。

第七章 原料气中少量一氧化碳的脱除

经变换、碳化后的气体，尚含有少量残余的一氧化碳，它们对合成催化剂具有毒害作用，因此在原料气送往合成塔之前，必须有一个再净化过程，净化后的气体，$CO+CO_2$ 含量不得多于 20×10^{-6}，简称"微量"。脱除少量 CO 的方法主要有如下 3 种。

(1) 铜氨液吸收法　这是 1913 年就开始采用的方法。此法在高压和低温下用铜盐的氨溶液吸收 CO 并生成新的络合物，然后溶液在减压和加热条件下再生。通常把铜氨液吸收 CO 的操作称为"铜洗"，铜盐氨溶液称为"铜氨液"或简称"铜液"，净化后的气体称为"铜洗气"或"精炼气"。

(2) 液氮洗涤法　20 世纪 20 年代稍后，制氨原料扩大到焦炉气，于是在空气液化分离技术的基础上，在低温下逐渐冷凝焦炉气中各个高沸点组分，最后用液体氮把少量 CO 及残余的 CH_4 脱除。这是一个典型的物理过程，它可以比铜洗法制得纯度更高的氢氮混合气。通常把用液体氮洗涤一氧化碳的操作称为"氮洗"。现在，此法主要用在焦炉气分离以及重油部分氧化、煤富氧气化的制氨流程中。

(3) 甲烷化法　这是 20 世纪 60 年代开发的新方法。虽然研究过在催化剂上用氢气把一氧化碳还原的方法，但因反应中要消耗氢气而生成甲烷，所以此法只能使用于 CO 含量甚少的原料气，直到实现低温变换工艺以后，才为 CO 的甲烷化提供了条件。与铜洗法相比，甲烷化法具有工艺简单、操作方便、费用低的优点。

1965 年以后，国外新氨厂均采用甲烷化法和液氮洗涤法脱除少量 CO，我国近年来新建厂也陆续采用甲烷化法，但在相当多的小氮肥厂中仍在继续使用铜洗法。

第一节　铜氨液吸收法原理

一、铜液的组成及性质

1. 铜液的组成

铜液由铜、氨、醋酸、二氧化碳和水等组成。铜在铜液中以两种形式存在，即高价铜离子和低价铜离子。铜液中各组分的浓度，一般以 mol/L 或 g/L 表示，一价铜与二价铜浓度之比 Cu^+/Cu^{2+} 叫铜比，两者之和 Cu^++Cu^{2+} 叫总铜。

氨在溶液中分别以三种形态存在：络合氨，如 $Cu(NH_3)_2Ac$（醋酸合二氨亚铜）、$Cu(NH_3)_4Ac_2$（醋酸合四氨铜）、$Cu(NH_3)_2Ac\cdot CO$（一氧化碳醋酸合二氨亚铜）等；固定态氨，如 $(NH_4)_2CO_3$、NH_4HCO_3、NH_4Ac 等；游离氨，呈物理溶解状态的氨，即不与其他成分作用处于自由状态的氨。三者之和，即络合氨+固定态氨+游离氨，叫做总氨。

2. 铜液的物理化学性质

低价铜离子无色，能吸收 CO、O_2、H_2S。高价铜离子呈蓝色，没有吸收能力，其作用

仅对 Cu^+ 的存在起稳定作用。低价铜离子浓度大的溶液外观呈浅蓝色,若将其溶液置于露天,则低价铜离子易被空气中的氧所氧化,迅速变成高价铜离子。随着高价铜离子的增多,铜液外观颜色也逐渐加深。

因铜液中含有氨,故铜液呈碱性,有腐蚀性,特别是对铜和铜合金的腐蚀性更为严重。铜液对人们的眼睛有极大的伤害力,操作时应严加注意。

铜液密度随温度而异,为 $1.2\sim1.25g/cm^3$,冰点为 $-25℃$,其冰点又随密度不同而异。铜液比热容为 $2.92\sim3.34kJ/(kg\cdot℃)$。铜液黏度很大,随温度降低,黏度迅速增大。

二、铜液吸收一氧化碳的原理

铜液与一氧化碳作用,发生如下反应:

$$Cu(NH_3)_2^+ + CO(l) + NH_3 \xrightleftharpoons{CO(g)} Cu[(NH_3)_3CO]^+ + 18990kJ \qquad (7\text{-}1)$$

这是一个可逆反应。根据条件不同,反应可向左或向右进行,向右称为吸收,向左称为解吸。吸收 CO 的反应是在有游离氨存在下,靠低价铜离子进行反应的。反应的步骤如下。

① 首先是 CO 自气相扩散至气液相界面;

② 低价铜离子和游离氨自液相扩散至气液相界面;

③ 在相界面 CO 与低价铜离子反应,生成络合物 $Cu(NH_3)_3Ac\cdot CO$;

④ 生成的络合物再从相界面扩散回液相。

1. 铜液吸收一氧化碳的平衡关系

从反应式可知,其平衡关系包括气液相平衡和液相中的化学平衡两部分。首先是一氧化碳溶解在铜液中,然后生成络合物,并放出热量。因为气体在溶液中的溶解度随压力升高和温度的降低而增加,所以温度愈低,压力愈高,则溶解度愈大,反应愈完全。另外铜液吸收 CO 的反应是放热反应,反应生成物的体积是缩小的,而且是在有游离氨存在下进行的,所以从化学平衡移动的观点来看,采用高压低温、增加溶液中游离氨和低价铜离子的浓度,都会使反应向右移动,有利于一氧化碳的吸收。

2. 铜液的吸收能力

当新鲜铜液与一氧化碳接触吸收一氧化碳时,$Cu(NH_3)_2^+$ 逐渐吸收一氧化碳而生成 $Cu(NH_3)_3CO^+$。从反应式(7-1)可以看出,1mol 的低价铜,最多只能吸收 1mol 的一氧化碳,也就是 1kmol(即 63.5kg)的低价铜,可以吸收 $22.4m^3$ 的一氧化碳。如果铜液中低价铜含量为 2.1mol/L,则理论上最多只能吸收 $2.1\times22.4=47.1L$ 的一氧化碳。但在生产操作中,由于气液接触时间有限,逆反应的产生以及其他因素的影响,使吸收反应不能达到平衡,所以实际吸收能力,大约是理论吸收能力的 $70\%\sim80\%$。因此 63.5kg 的低价铜,实际吸收的一氧化碳为:

$$22.4\times70\%=15.68m^3$$

1kg 低价铜能吸收的一氧化碳为:

$$\frac{15.68}{63.5}=0.246m^3$$

如上所述,铜液吸收 CO 是受铜液组成、温度、压力等多种因素影响的,因此这里的计算只是粗略的。

3. 铜液吸收一氧化碳的反应速率

研究指出：在铜液吸收一氧化碳的过程中，当游离氨浓度很大时，化学吸收过程是迅速的。一氧化碳自气相主体扩散至气液界面，$Cu(NH_3)_4^{2+}$ 和游离氨则自液相主体扩散至相界面，在液相界面附近完成化学反应，生成的 $Cu(NH_3)_3CO^+$ 再从相界面扩散回液相，由于反应速率很快，可认为在相界面上达到了平衡。有的研究者还指出：当游离氨浓度较大时，影响吸收速率的主要是气膜阻力。因此增加气流速度可以提高吸收速率。

4. 铜液对二氧化碳、氧及硫化氢的吸收

（1）吸收二氧化碳的反应　由于有游离氨存在，吸收 CO_2 的反应如下：

$$2NH_4OH + CO_2 = (NH_4)_2CO_3 + H_2O \qquad +41356kJ \qquad (7-2)$$

生成的碳酸铵继续吸收 CO_2 而生成碳酸氢铵：

$$(NH_4)_2CO_3 + CO_2 + H_2O = 2NH_4HCO_3 \qquad +70128kJ \qquad (7-3)$$

上述反应进行时放出大量热量，使铜液温度上升，从而影响吸收能力，同时还要消耗游离氨。此外，生成的碳酸铵和碳酸氢铵在低温时容易结晶，甚至当醋酸和氨不足时，也会生成碳酸铜沉淀。因此，为了保证铜洗操作能正常进行，就需保持有足够的醋酸和氨含量。

（2）吸收氧的反应　铜液吸收 O_2 是依靠低价铜离子的作用：

$$4Cu(NH_3)_2Ac + 4NH_4Ac + 4NH_4OH + O_2 = 4Cu(NH_3)_4Ac_2 + 6H_2O \qquad -113729kJ \qquad (7-4)$$

这是一个可逆的化学反应。能完全把氧脱除。但在吸收氧后，低价铜氧化成高价铜，1mol 氧可以使 4mol 的低价铜氧化，因此铜比会下降，而且还消耗了游离氨。所以，当原料气中氧含量过高时，会出现铜比急速下降的情况。

（3）吸收硫化氢的反应　铜液吸收 H_2S 是依靠游离氨的作用：

$$2NH_4OH + H_2S = (NH_4)_2S + 2H_2O \qquad (7-5)$$

而且溶解在铜液中的 H_2S 能与低价铜进行下列反应，生成溶解度很小的硫化亚铜沉淀：

$$2Cu(NH_3)_2Ac + 2H_2S = Cu_2S\downarrow + 2NH_4Ac + (NH_4)_2S \qquad (7-6)$$

因此，在铜液除去 CO 的同时，也有脱除 H_2S 的作用。但当原料气中 H_2S 含量过高，由于生成 Cu_2S 沉淀，易于堵塞管道、设备，还会增大铜液黏度和使铜液发泡。这样既增加铜耗，又会造成带液事故。为此，要求进铜洗系统的 H_2S 含量保持愈低愈好。

总之，在正常生产情况下，铜液吸收 CO_2、O_2 及 H_2S 处于次要地位，但在特殊情况下或处理不当时，往往会使次要矛盾上升为主要矛盾。因此，对进入铜洗系统的 CO_2、O_2、H_2S 含量必须予以足够重视。

第二节　铜液吸收一氧化碳的工艺条件

铜洗的主要任务是保证精炼气的微量合格。微量是否合格与原料气（流量、成分）、铜液（成分、流量、温度）和设备等方面有关，对于铜洗来讲，应根据原料情况，适当地调节铜液成分、流量和温度，这是本工艺保证微量合格的基本途径。

一、压力

在铜液吸收 CO 的操作中，压力愈高，CO 分压也愈高，CO 在铜液中的溶解度也愈大，铜液吸收能力也愈强。当 CO 分压超过 0.5MPa 时，铜液吸收能力随压力增加的趋势便变得缓慢了。同时，压力过高，动力消耗随之增大，吸收设备强度也要求更高。

在实际生产中，由于铜液是经再生循环使用的，因此，压力的选择与铜液的吸收能力有关。当铜液再生得彻底，进塔铜液中 CO 含量低，则吸收操作压力可相应降低；反之，则压力需要高些。生产中，操作压力一般维持在 10～15MPa 即可。

二、温度

降低铜液吸收温度，既可提高吸收能力，又有利于铜洗气中 CO 浓度的降低。经研究可知，在一定 CO 分压下，温度愈低，吸收能力愈大。这是因为 CO 在铜液中的溶解度随着温度的降低而增加，同时，铜液上方 CO 的平衡分压，随着温度降低而减少，这样又有可能降低铜洗气中 CO 的含量。

铜液吸收 CO、CO_2 等气体都是放热反应，所以，塔中的铜液温度，随着吸收进行而升高，一般约升高 15～20℃。理论上铜液进塔的温度应该低一些好，但温度过低，铜液黏度增加很大，同时还有可能析出碳酸氢铵，堵塞设备，从而增加系统阻力。因此，温度又不能过低，一般以 8～12℃为宜。

三、铜液成分

1. 总铜与铜比

铜液含有低价铜与高价铜两种离子，前者以 $Cu(NH_3)_2^+$ 形式存在，是吸收 CO 的活性组分；后者以 $Cu(NH_3)_4^{2+}$ 形式存在，虽无吸收 CO 的能力，但溶液中却不可少，不然会有金属铜析出：

$$2Cu(NH_3)_2Ac \Longrightarrow Cu(NH_3)_4Ac_2 + Cu\downarrow$$

如用 T_{Cu} 表示总铜，用 R 表示铜比，以 A_{Cu} 表示低价铜浓度，则

$$\frac{A_{Cu}}{T_{Cu}} = \frac{Cu^+}{Cu^+ + Cu^{2+}} = \frac{R}{R+1} \quad 或 \quad A_{Cu} = \frac{R}{R+1}T_{Cu}$$

即铜比一定时，铜液中低价铜浓度与总铜浓度成正比，并随着铜比的增加而增大。从吸收 CO 的角度来讲，低价铜浓度应该高一些，但是，铜液中的总铜量有一极限值，这个极限值，可由铜在铜液中的溶解度决定，因此，低价铜浓度也是有一定限制的。铜比较低时，提高铜比，低价铜浓度显著增加。但当铜比超过 10 时，则不明显。而铜比很高，又会生成金属铜沉淀。

总铜一般维持在 2.2～2.5mol/L。但实际生产中，为了有较高的吸收能力，同时又要防止金属铜的析出，铜比一般控制在 5～8 范围内。

2. 氨含量

铜液中的氨以游离氨、络合氨和固定氨三种形式存在。增加游离氨，有利于铜液对 CO 的吸收，因此当原料气中 CO 与 CO_2 含量高时，常用补加液氨量的方法来补救。但氨含量过高，会增加氨损失，损失量最大的地方是再生工序。因铜液在再生器受热时，其中大量氨蒸发出来，随再生气进入回流塔。在回流塔中，虽经流回的冷铜液回收了一部分氨，但仍有一部分氨会损失，所以铜液中氨含量愈高，则损失愈大。因此，需要经常向铜液中补充液氨，而补加量的大小，根据游离氨的高低来决定。

$$游离氨 = 总氨 - (2Cu^{2+} + Cu^+ + 2CO_2 + HAc)$$

如果铜液中游离氨不足，则会产生下列情况：

① 铜液中的低价铜会产生金属铜沉淀

$$2Cu(NH_3)_2Ac \Longrightarrow Cu(NH_3)_4Ac_2 + Cu \downarrow$$

② 亚铜氨盐会分解

$$Cu(NH_3)_2Ac \Longrightarrow CuAc + 2NH_3$$

③ 当 CO_2 含量高时，又会生成碳酸铜沉淀。这样就减少了铜液中低价铜离子的含量。降低了吸收能力，严重时还会造成设备堵塞。

所以，铜液中氨含量一般维持在 $9 \sim 13mol/L$，游离氨浓度在 $2mol/L$ 左右。

3. 醋酸含量

铜液是由铜、氨、醋酸和水组成的。当总铜含量为 $2.5mol/L$，铜比为 6 时，则低价铜 Cu^+ 含量为 $0.36mol/L$。根据醋酸铜氨络合物的分子式和总铜的含量及铜比的要求，则需要醋酸的量为：

$$[Cu^+] + 2[Cu^{2+}] = 2.14 + 0.36 \times 2 = 2.86mol/L$$

而生成络合物的醋酸超过总铜的量为：

$$(2.86 - 2.5) \div 2.5 = 0.144 = 14.4\%$$

上述理论及计算说明，醋酸含量（mol/L）应超过总铜的 14% 以上，才能满足生产需要，况且，氧气的吸收也有醋酸参加反应，吸收 1kmol 的氧，需要 4kmol 的醋酸，如果铜液中醋酸含量不足，便会有很大一部分铜离子生成碳酸铜络合物，降低了铜液的吸收能力，甚至造成碳酸铜沉淀，堵塞管道。

醋酸含量高时，和游离氨生成的醋酸铵也增加，这将降低游离氨的含量，会促使吸收反应平衡向左移动，有利于 CO 的解吸，同时，有一部分醋酸挥发进入气相中，相反降低了 CO、CO_2 的气相分压，有利于 CO、CO_2 的解吸和铜液再生完全，使再生后的铜液中 CO、CO_2 含量较低。但醋酸含量过高时，由于和游离氨生成了醋酸铵，由于游离氨浓度降低，使反应平衡向右移动，从而降低了低价铜氨盐络合物的稳定性，容易生成醋酸铜沉淀。因此在控制醋酸含量的同时，必须严格控制总氨含量，以免造成大量醋酸铜沉淀，对铜液吸收带来不利影响。

生产中醋酸含量，过去一般为高于总铜理论量的 10%，目前有些厂已将醋酸含量提高到 $3.0 \sim 3.5mol/L$，使醋酸超过总铜量的 $10\% \sim 20\%$。

4. 残余 CO、CO_2 含量

再生后铜液中残余的 CO 及 CO_2，对铜洗质量的好坏影响极大。CO 和 CO_2 含量在气液两相间有一个平衡关系，如铜液中残余的 CO 和 CO_2 含量过高，则铜液吸收 CO 和 CO_2 就会减少，所以一般控制再生后铜液中 $CO < 0.005m^3/m^3$（铜液），$CO_2 < 0.8 \sim 1mol/L$。

四、铜液的再生

为了使吸收 CO、CO_2、O_2 后的铜液反复使用，必须经过再生处理。铜液再生比吸收复杂，因为再生过程不仅是把吸收的 CO、CO_2 完全解吸出来，而且要把被氧化的那一部分高价铜，还原成低价铜以恢复适宜的铜比。此外，氨的损失要控制到最少。

1. 再生的化学反应

铜液解吸是吸收的逆反应，其反应如下：

$$Cu(NH_3)_3AcCO \Longrightarrow Cu(NH_3)_2Ac + CO \uparrow + NH_3 \uparrow \quad -Q \tag{7-7}$$

$$(NH_4)_2CO_3 \Longrightarrow 2NH_3 \uparrow + CO_2 \uparrow + H_2O \quad -Q \tag{7-8}$$

$$NH_4HCO_3 \Longrightarrow NH_3 \uparrow + CO_2 \uparrow + H_2O \quad -Q \tag{7-9}$$

$$(NH_4)_2S \longrightarrow 2NH_3 \uparrow + H_2S \uparrow \quad -Q \qquad (7\text{-}10)$$

解吸反应是吸热和体积增加的反应，因此，升高温度、降低压力，对解吸过程有利。再生解吸出来的气体叫做再生气，除了含有一氧化碳、二氧化碳、氨等气体外，还含有一部分被铜液夹带的氮气、氢气，应回收利用。

再生过程中，同时还有高价铜还原成低价铜的还原反应，但它不是低价铜氧化的逆过程，而是液相中一氧化碳先与铜离子作用，

$$2Cu(NH_3)_2^+ + CO + H_2O \longrightarrow 2Cu + CO_2 + 2NH_3 + 2NH_4^+ \quad -Q \qquad (7\text{-}11)$$

生成的金属铜很活泼，在高价铜存在的条件下再被氧化成低价铜：

$$Cu + Cu^{2+} \longrightarrow 2Cu^+ \quad -Q \qquad (7\text{-}12)$$

与此同时，高价铜也可能直接被一氧化碳还原：

$$2Cu^{2+} + CO + H_2O \longrightarrow 2Cu^+ + CO_2 \uparrow + 2H^+ \quad -Q \qquad (7\text{-}13)$$

以上这些反应，其总的结果是高价铜还原成低价铜，铜比升高，而一氧化碳则氧化成二氧化碳。后者与一氧化碳的燃烧反应相似，因此有时也称为湿法燃烧。

湿法燃烧既能调节铜比，又能使溶解状态的 CO 转化成易解吸出来的 CO_2。因为在 80℃以下，单凭可逆分解反应不能将 CO 完全赶出，所以必须依靠湿法燃烧的化学再生作用。而湿法燃烧反应在 75～80℃之间进行很快，因此再生比较完全。

由湿法燃烧反应可知，溶液中铜比的提高是依靠 CO 的还原作用。若还原时铜液中 CO 量少，则还原作用减弱，铜比达不到要求，但铜比过高时，反应式(7-12)的平衡向左移动，将析出金属铜沉淀。因此，维持铜氨液中一定浓度的高价铜，对 CO 的彻底清除，保持铜氨液稳定，防止金属铜析出都是必要的。

2. 再生的操作条件

(1) 温度 再生温度，必须同时满足气体的解吸、高价铜的还原和残余一氧化碳氧化三者的要求。提高温度有利于解吸反应的进行，但温度过高，络合物 $Cu(NH_3)_2Ac \cdot CO$ 迅速分解，一氧化碳从溶液中迅速逸出，使还原作用减弱。反之，降低温度，对还原有利，但又会使解吸不完全，再生后铜液中残余一氧化碳量增加，影响吸收能力。为了解决这一矛盾，生产中采用分阶段控制温度的方法，使解吸、还原及残余一氧化碳氧化分阶段进行。首先，在回流塔中使大部分一氧化碳及二氧化碳解吸出来。为避免解吸过快，回流塔温度控制低一些，一般为 45～55℃。然后在还原器中，将温度控制在 60～68℃，进行还原反应。最后在再生器中，将温度提高到 75～78℃，使湿法燃烧反应进行完全，并使一氧化碳和二氧化碳从铜液中全部解吸出来。但再生器温度不能超过 80℃，否则氨与醋酸损失大，严重时将破坏铜液的稳定性，析出金属铜。

(2) 压力 再生压力是指再生器铜氨液液面上的气相压力。再生压力低，对一氧化碳和二氧化碳的解吸有利。再生压力过高，一氧化碳解吸不完全，铜氨液吸收能力低，并增强了对高价铜的还原作用，使铜比升高。但再生压力过低，会使一氧化碳过早解吸，对高价铜的还原作用减弱，铜比不容易升高，反而降低了铜氨液的吸收能力。在生产中为使再生气能够克服管道和设备阻力，输送到回收系统，再生压力一般维持在 1066～7949Pa。

(3) 再生时间 铜液在再生器内的停留时间即为再生时间。时间愈长，则一氧化碳和二氧化碳解吸愈完全，再生后铜氨液的吸收能力就愈强。根据实践经验证明，铜氨液在再生器内停留 25min 左右才能使解吸比较完全，生产上为保证铜氨液再生完全，一般铜液在再生器内停留 30～40min。

再生时间 t 可由再生器内铜液的 $V_{铜}$（m^3）和铜液循环量 $Q_{铜}$（m^3/h）求得，即

$$t = \frac{V_{铜}}{Q_{铜}}$$

当再生器容积和铜液循环量一定时，再生时间可由再生器的液位来控制。液位高，再生器内铜液多，再生时间长，反之时间短。一般再生器内铜氨液高度，以控制在 1/2 容器高度为宜。

（4）空气加入量　当高价铜还原过度，铜比过高时，可加入空气直接使一部分低价铜氧化为高价铜，降低铜比，由于空气中的氮气使再生气中一氧化碳含量降低，减少了回收价值，并相应提高了再生压力，因此操作中应尽量少用加空气的办法来调节铜比。

第三节　工艺流程及主要设备

一、铜洗及铜液再生的工艺流程

由压缩机六段送来的碳化气，首先进入油分离器，除去气体中所夹带的油污后，再进入铜洗塔的底部，由下而上，通过填料层与自上而下的铜液逆流接触，除去原料气中的有害气体。精炼气从塔顶部出来，进入铜液分离器除去气体中夹带的铜液后，回到压缩机七段加压送合成工序，作合成氨原料气。

吸收 CO 后的铜液，温度由 8～15℃升高到 30℃左右，从铜洗塔底部流出，经减压阀流入回流塔顶部，通过喷头向塔内喷洒，这时铜液与再生器出来的再生气相遇，将再生气约 80％的氨及部分水蒸气吸收。同时，铜液吸收了再生气所带出的热，温度升高到 50℃左右，此时铜液中有 60％以上的 CO 和 CO_2 在回流塔中解吸出来，与未被吸收的再生气，一并由回流的塔顶放空阀放空。

铜液在回流塔中吸收氨和预热之后，从塔的下侧流出。根据铜氨液中铜比高低的情况，决定铜液由还原器中部（副线）或底部（主线）进入还原器，在还原器中用蒸汽间接加热到 72～74℃，由还原器顶部进入再生器，在此继续用蒸汽间接加热到 74～79℃，使铜液残余的气体全部解吸出来。含有 CO、CO_2、NH_3、H_2O、H_2 和 N_2 的再生气，与由顶部进入回流塔的铜液相遇，再生气中氨及部分水蒸气即被铜液所吸收。

经过再生后的铜液，可根据总铜的高低情况决定流动路线。如果含量低，则可进入化铜桶，以溶化金属铜来提高总铜，然后进入水冷器，经过水冷后的铜液温度，夏天可降至 30～40℃，冬天可降至 10～20℃，然后进入铜氨液氨冷器，最后进入过滤器，使铜液温度继续下降到 8～15℃，回到铜液泵的进口，再由铜液泵打到铜洗塔进行吸收，循环使用。

二、主要设备

1. 铜洗塔

铜洗塔（见图 7-1）是用铜液吸收原料气中有害成分的设备，其结构比较简单。然而它的直径大小和填料形式，对吸收效果和操作的稳定性有很大的影响。铜洗塔为一圆柱形筒体，内装填料以增加气液接触面积。通常小氮肥厂的塔径有 $\phi600mm$、$\phi800mm$、$\phi1000mm$ 系列。

（1）塔体直径　铜氨液在铜洗塔内吸收有害气体成分时，以吸收 CO 最困难，因而塔的工艺尺寸的决定，应以吸收 CO 为准。

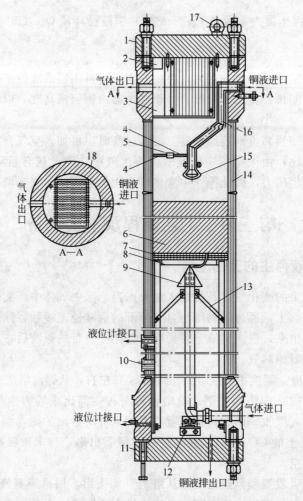

图 7-1 填料式铜洗塔

1—顶盖；2—安装孔；3—铜液雾沫分离器；4—固定杆；5—连接套；6—填料；7—铁箅；
8—角铁套；9—锥形帽；10—低液位信号接口；11—底盖；12—铜液出口；13—支撑
扁钢；14—塔身；15—喷头；16—进液管；17—卸盖吊环；18—曲折板

铜液在填料塔内吸收 CO 和吸收其他成分一样，CO 先从气流开始扩散，经过气液界面两侧的气膜和液膜，扩散到液体主体中去，然后进行化学反应。前者称为扩散过程，后者称为化学动力学过程。两个过程中，化学反应速率比扩散速率大得多；而扩散过程中经过液膜的扩散速率，比经过气膜的扩散速率大得多，经测定，气膜对 CO 的扩散阻力占总阻力的 94％左右。所以，整个过程的速率，受气膜扩散的控制。因此，降低气膜阻力对增加吸收速率有很大的影响。气流速度增大，厚度便减薄，气膜对扩散的阻力因而降低，于是吸收速率加快。当气流速度增加到某一值之后，吸收速率最快，若再增加气流速度，气体与液体之间滚动摩擦力增加，以致气体将液体顶住，甚至带出，这是生产不允许的。吸收效果最好的气流速度，称为乳化速率。为了稳定操作，实际气速小于 ω_0，一般为 $0.65\sim0.85\omega_0$。按此就可决定铜洗塔的直径为：

$$D=\sqrt{\frac{4V_秒}{\pi\omega}}$$

式中　D——内径，m；

ω——气流速度，为 $0.65\sim0.85\omega_0$，m/s；

π——圆周率，即 3.14；

$V_秒$——每秒钟通过塔内的气体体积，m^3/s。

以从上讨论可知，决定铜洗塔直径时，必须考虑：吸收效果的好坏；操作稳定，气体不

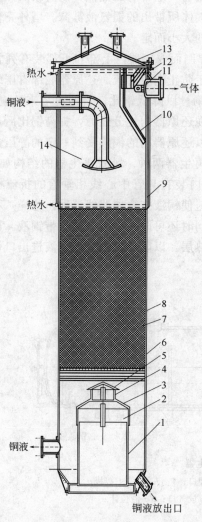

图 7-2　回流塔

1—筒体；2，4—连接板；3—锥体；

5—锥形盖板；6—箅子栅栏；7—铁环；

8—壳体；9—夹套；10—挡板；

11—蒸汽喷嘴；12—斜挡板；

13—顶盖；14—喷头

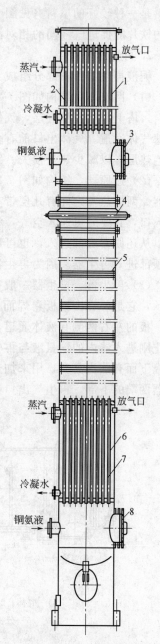

图 7-3　还原器

1—上加热器；2—上加热器列管；

3，8—人孔；4—膨胀节；5—孔板；

6—下加热器；7—下加热器列管

带液；材质的加工。

（2）填料 填料层是铜洗塔的重要组成部分，其作用是增加气液两相界面的接触面积。对它的要求是既能提供较大的两相接触面积，又使气体的阻力降较小。它是铜液吸收有害气体的场所，所以，采用的填料，对铜洗塔的生产能力和精炼气的质量有很大的影响。鲍尔环填料是一种较好的填料（见图7-1），这种填料乱堆在塔内，气体通道较大，阻力较小，弯曲的铁片能促进气液间的相对湍动，从而可提高吸收效率。

2. 再生器

铜液再生器由三部分组成：回流塔、还原器和再生器。

（1）回流塔 结构如图7-2所示，外壳为钢板卷焊而成的圆筒体，塔内填充铁环或钢环填料。塔上部有蒸汽夹层，气体出口管处设有蒸汽喷嘴，经常通入蒸汽，以防碳酸铵盐结晶堵塞气体通道。气体出口前有分离挡板，用于分离气体所带出的铜氨液雾沫。塔外壳包有石棉绝热层，以减少热量损失。结构尺寸随生产能力的大小而定。

（2）还原器 结构如图7-3所示，外壳由钢板焊制而成，器内上部和下部装有列管式加热器。两加热器之间有几层带有小孔的折流板，用于防止铜液对流。还原器底部有压缩空气加入口，必要时可通入空气，将低价铜氧化成高价铜，以降低铜比。自回流塔来的铜氨液，可以从还原器底部进入，也可以从中部进入。铜液在还原器内充分还原，提高铜比后从还原器顶部进入再生器。因为再生器在还原器之上，所以还原器内的铜液受到一定的静压力。

（3）再生器 再生器一般有立式再生器和卧式再生器两种。卧式再生器的结构如图7-4所示，它是外壳由钢板卷焊而成的卧式圆筒体。器内装有与管中心线相垂直的折流板若干块，板的左右两侧有液体通道，并且前后交错，以迫使铜液按弯曲路线流动。这样，不仅可防止刚进入器内的铜氨液与再生后的铜液相混合，同时还可防止解吸气体夹带铜液。再生器外壳下面有蒸汽夹套，用来加热铜液。外壳包有绝热层，以防热量损失。铜液进出口设在再生器两端的下部，再生气出口则设在一端的上部。

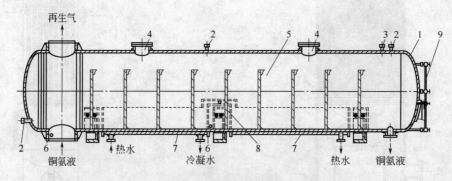

图7-4 卧式再生器

1—壳体；2—温度计接口；3—压力计接口；4—人孔；5—挡板；
6—分析取样口；7—蒸汽夹套；8—放气口；9—液位计

第四节 生产操作要点

一、铜洗操作要点

① 进塔铜液的成分（总铜、铜比、总氨、醋酸含量等）和温度，应符合工艺指标的规

定，任何一项指标不合格都会影响铜液吸收能力。

② 原料气中有害气体（CO、CO_2、O_2、H_2S 等）的含量，都要控制在要求的范围内。要求精炼以前的各工序严格控制操作指标，以减轻铜洗的负荷，确保精炼气的质量。

③ 维持铜洗塔的正常液位。液位控制是铜洗岗位的一个重要控制点。液位过高，容易使气体带出铜液，造成铜液损失和引起氨合成催化剂中毒。液位太低，易发生高压气冲入再生系统，不但使铜洗塔内压力下降，破坏生产的正常进行，而且由于高压气窜入低压系统，使再生系统压力急剧上升，损坏设备，因此，维持铜洗塔液位的操作是很重要的。

④ 注意铜洗塔进出口压差。铜洗阻力是判断塔内及管道堵塞情况的依据，而阻力的大小，可以从铜洗塔进出口压力差反映出来，压力差大，亦即阻力大，说明有阻塞。塔内阻力增加的原因有：进塔气中 CO_2 含量增加；铜洗温度太低，碳酸铵从铜液中结晶析出；进塔气体中有杂质、油污。所以生产中，应降低进塔气体中 CO_2 的含量，加强铜液过滤及适当提高温度，以防止铜洗塔阻力的增加。

⑤ 防止铜洗塔气体带液。在操作中，可以从鼓泡瓶停止鼓泡、气体取样管中有铜析出、塔内压差增大、压力波动厉害和液位跳动不正常等现象，判断出塔气体带液。严重时，甚至合成工段也可发现铜液。此时，可打开铜液分离器排放阀，并减少或停止进塔气体和铜液。

⑥ 保证铜液泵的正常运转。为了保证铜洗的正常操作，供给铜洗塔足够的铜液量，必须保持铜液泵的正常运转。在实际操作中，要经常注意电动机的电流、泵出口压力及泵运转响声的变化，要保证各转动部件及摩擦部分润滑良好。

二、再生系统操作要点

1. 温度的控制

回流塔温度的控制：此温度过高，氨和醋酸的挥发损失增大，同时使铜液中的 CO 过早地在回流塔中大量解吸，从而减弱了还原作用，引起铜比下降。相反，温度过低，虽可减少氨和醋酸的损失，但铜液中残剩的 CO 量大，还原作用太强，铜比过高，同时加重了再生器的负荷，影响了再生效率。因此，回流塔出口温度为 45～60℃，它主要受再生温度的控制。

再生温度：再生温度主要是指再生器出口铜液的温度，它是决定铜液再生是否完全的一个极重要的因素。而再生温度的高低，决定于上加热器铜液出口温度，这一温度可以利用加热器的蒸汽阀或冷凝水阀来调节。再生温度与上加热器出口温度要求控制在 77℃±1℃。

2. 再生压力的控制

再生系统压力过高，会使铜氨液再生不完全，且铜比增大。但压力过低，也会使再生气送出发生困难。通常再生是在稍微正压下进行的，以使再生气能克服管道阻力，达到回收系统为准。再生气放空时，再生后压力控制在 $\leqslant 1066Pa$，但是，再生气回收时，因管线长，阻力大，所以再生压力控制在 $\leqslant 7849Pa$。

3. 铜比的调节

在铜洗过程中，铜氨液吸收了氧气，部分低价铜被氧化为高价铜，使铜比下降，所以在再生过程中必须进行还原，恢复铜比。调节方法如下。

① 调节铜氨液流动路线。铜比的提高是依靠 CO 对高价铜的还原作用。铜氨液从下加热器底部（主线）进入还原器时，停留时间长，还原作用强，铜比升高。用副线阀调节时，铜比降低。

② 控制还原温度。铜氨液的还原温度，主要用加热器进行调节。开大加热器蒸汽进口

阀，还原器内铜液温度升高，还原速度加快，铜比上升。反之，铜比下降。

③ 控制压力。在保证精炼气中 CO 和 CO_2 含量不超过指标的条件下，适当提高再生器压力或增加再生器液位，可以使铜氨液中 CO 不易解吸，还原作用增强，铜比升高。反之，可使铜比下降。

④ 加入空气。如果铜氨液还原作用过强，造成铜比过高，而不易下降时，可从还原器底部通入空气，伸低价铜氧化成高价铜，降低铜比。但该法会使再生压力上升，并影响再生气的回收。

4. 再生器液位的控制

铜液在再生器内应有足够的停留时间，才能使再生反应进行完全。当铜液流量一定时，再生器液位的高低，决定了停留时间的长短。液位高，则停留时间长，反之则短。但液位不能控制过高，否则将会憋高再生压力，使铜液中再生气不能逸出，一般液位控制在再生器液位的 1/2 处。

第八章 氨合成

氨合成工段的任务是将精制的氢氮混合气合成为氨,并采用冷冻的方法将生成的氨冷凝,使之从系统中分离出来而得到液氨产品,分离后的 H_2、N_2 气循环使用。

第一节 氨合成的基本原理

氨合成的化学反应式为:

$$3H_2 + N_2 \rightleftharpoons 2NH_3 \qquad \Delta H^{\ominus}_{298} = -46.22\text{kJ/mol}$$

该反应的特点是可逆、放热、体积缩小的反应,反应速率比较慢,只有在催化剂作用下才具有较快的反应速率。

反应热的大小与温度、压力有关。平衡常数的大小也与温度、压力有关。在实际生产中,由于希望获得比较快的反应速率,在较短的时间内生成较多的氨,反应在远离平衡的条件下进行。

通常影响平衡氨含量的因素如下。

(1)压力 氨合成是一个体积缩小的反应,提高压力可使反应向体积缩小的方向进行,有利于提高平衡氨含量。如在 450℃的反应温度下,压力为 10MPa,混合气体中平衡氨含量为 16.4%;而当压力提高到 30MPa 时,平衡氨含量可达 35.87%。

(2)温度 温度降低,平衡氨含量增加。如在 30MPa 时,当反应温度为 450℃时,混合气体中平衡氨含量为 35.87%,而反应温度升高至 500℃时,平衡氨含量下降至 25.8%。

(3)气体成分 因为氨合成反应是由 3 分子 H_2 和 1 分子 N_2 合成为 2 分子 NH_3。所以,当温度和压力一定时,混合气体中 H_2:N_2=3:1 时,最有利于氨合成反应向右进行。

氢氮混合气体中所含的甲烷和氩等是不参加氨合成反应的气体成分,称为惰性气体。它们的存在,降低了 H_2、N_2 气的有效分压,从压力对反应平衡的影响来说,会使氨的平衡含量下降。因此,从影响平衡氨含量来讲,应该尽可能降低混合气体中的惰性气体含量。

影响反应速率的因素有压力、温度、气体成分、催化剂的活性、内扩散的影响等。

第二节 氨合成催化剂

可以作氨合成催化剂的物质很多,如铁、铂、锰、钨和铀等。但由于以铁为主体的催化剂具有原料来源广、价格低,在低温下有较好的活性,抗毒能力强,且使用寿命长等优点,因此目前国内外广泛使用。

一、催化剂的组成及作用

氨合成催化剂以磁铁矿为主体,配入一定量的助催化剂,经过熔融、冷却、破碎后制成。未还原前为 FeO 或 Fe_2O_3，具有典型的尖晶石结构，表面平坦无孔隙，不起催化作用。助催化剂成分有 K_2O、CaO、MgO、Al_2O_3、SiO_2 等多种。

（1）氧化铁 未还原的催化剂成分是 FeO 和 Fe_2O_3，其中二价铁与三价铁含量之比称为铁比。铁对催化剂影响很大，当铁比接近 0.5 即氧化组成接近 Fe_3O_4 时，催化剂的活性最高。在实际生产使用中发现，催化剂的机械强度却随铁比的增大而提高，因此国产催化剂的铁比值控制在 0.5～0.65。

（2）Al_2O_3 催化剂的主要成分是 $Fe_2O_3 \cdot FeO$，它是两种晶体，加入 Al_2O_3 后，能与 FeO 形成 $FeAlO_4$，它的晶体结构与 $Fe_2O_3 \cdot FeO$ 晶体结构相同，所以 $Fe_2O_3 \cdot FeO$ 能与 Al_2O_3 生成固溶体。在铁催化剂被 N_2、H_2 混合气还原时，FeO 被还原成 $\alpha\text{-}Fe$，而 Al_2O_3 则不被还原，它覆盖在 $\alpha\text{-}Fe$ 晶粒表面，防止 $\alpha\text{-}Fe$ 晶粒成长。此时，$\alpha\text{-}Fe$ 的粒间就出现了空隙，形成纵横交错的微型孔道结构。如果没有 Al_2O_3 的加入，则 $\alpha\text{-}Fe$ 就会由小晶体聚集成大晶体，而失去许多表面，导致催化剂活性降低。加入 Al_2O_3 也可提高催化剂的耐热性，但它也会使 $Fe_2O_3 \cdot FeO$ 还原时的速度减慢，同时使它在表面上生成的氨不易解吸，而占据了催化剂的部分表面，影响催化剂的活性。

（3）K_2O K_2O 能促使 Al_2O_3 与 Fe_3O_4 生成固溶体。它的存在能减少 Al_2O_3 对氨的吸收作用，有利于氨在催化剂上解吸，因而有助于催化剂活性的增加。

（4）CaO 它的作用有利于在催化剂制造中，Al_2O_3 在催化剂中的均匀分布。因为加入 CaO 后，可形成亚铁酸钙，降低熔融物的熔点和黏度，同时增加催化剂对毒物的抵抗能力和耐热稳定性。

（5）MgO 增加催化剂对硫化物的抗毒能力，并保护催化剂在高温下不致使晶体破坏而降低活性，延长催化剂的使用寿命。

（6）SiO_2 一般是磁铁矿的杂质，具有中和 K_2O、CaO 等碱性物质的作用，SiO_2 还具有提高催化剂抗水和耐烧结的性能。

二、催化剂的还原

氨合成催化剂未经还原是不起催化作用的，故在使用前应先进行还原，即利用氢将 Fe_3O_4 还原成 $\alpha\text{-}Fe$ 结晶，才具有活性。还原的化学反应如下：

$$Fe_3O_4 + 4H_2 =\!=\!= 3Fe + 4H_2O \quad -149kJ/mol$$

还原过程是 H_2 与 Fe_3O_4 中氧原子生成水，Fe^{2+} 和 Fe^{3+} 被还原成为 $\alpha\text{-}Fe$。由于结晶重新排列，在催化剂中形成很多纵横交错的微型通道，这些微型孔道直径很小，人的肉眼看不到。但气体分子的直径为 0.3～0.4nm，所以 H_2、N_2 等气体分子能进入微孔内进行化学反应。还原后催化剂就具有很大的内表面积。一般在还原进行得比较好的情况下，1g 催化剂的内表面积可达十多平方米。

三、催化剂的钝化

在合成氨生产中，往往由于某种原因，迫使紧急停车，需要将催化剂卸出。而催化剂的活性尚未明显衰退，还可继续使用。此时可采用将催化剂钝化的方法，钝化后卸出催化剂。钝化过的催化剂再次使用时，只需在塔内进行还原即可投入使用。

一般采用在 H_2、N_2 混合气中加入空气的办法，使氧含量控制在 0.2%～0.5%，温度为 130℃，空速在 400～800h^{-1}，操作压力为 0.3～0.47MPa。随着钝化过程的进行，将气体中氧含量逐渐增加到 20%。当催化剂温度不再上升时，合成塔出口气体中氧含量不再变化时，说明钝化已经完成。

四、催化剂的中毒与衰老

催化剂中毒是由于气体中的毒物引起的。如果催化剂中含有 CO、CO_2、H_2O、O_2 等含氧化合物，则能够使催化剂中毒。其中毒原因是氧化物中的氧被 H_2 还原成氧原子或氧中的氧原子在催化剂表面被吸附与活性铁生成氧化铁，从而使催化剂失去活性。当进入催化剂层的气体成分恢复正常时，氢气又能使氧化铁还原成活性铁，催化剂的活性即可恢复。

硫、磷、砷及其化合物与催化剂作用而生成牢固的化合物，使催化剂活性下降。而且这种化合物一经生成，催化剂的活性就不能再得到恢复，这是永久性中毒。

此外，进塔气中夹带的油雾，在高温下分解，产生的不挥发物质会覆盖在催化剂表面，也使催化剂的活性下降。

催化剂在使用过程中，活性会逐渐下降，使生产能力降低，这种现象称为催化剂的衰老。衰老到一定的程度就需要更换催化剂。催化剂衰老的原因有：催化剂长期处于高温之下，因受热而使催化剂的细小晶粒逐渐长大，表面积减小，活性下降。特别是在操作中温度波动频繁、温差过大、温度过高，就更容易使催化剂衰老；进塔气中含有少量引起催化剂暂时中毒的毒物，使催化剂表面不停地反复进行氧化还原反应，使催化剂衰老。

催化剂的中毒和衰老是不可避免的。但是选用耐热性能较好的催化剂，改善气体的质量和稳定操作，能大大延长催化剂的使用寿命。

第三节　氨合成的工艺条件

氨合成工艺条件的选择，决定于所选用催化剂的性能，因为不使用催化剂，氨合成反应的工业化就没有可能。当然，机械设备的制造水平也是重要的，在选择工艺条件时，必须考虑设备制造的可能性，而不能只顾工艺上的要求。生产条件的选择首先以催化剂的性能为依据，在满足催化剂要求的前提下，再根据氨合成反应平衡和反应速率的结论，选择适宜的条件，以实现高产、优质、低耗、安全的目的。

一、温度

由于氨合成反应是可逆放热反应，因而需选择最适宜温度。氨合成反应按最适宜温度曲线进行时，催化剂用量最少，合成率最高。但由于反应初期，合成反应速率快，反应放热很多，在短时间内不易取出，必然会使催化剂烧结而失活。此外，温度分布递降的合成塔在工艺上实施也很不合理，它不能利用反应热使反应过程自然进行，需要外加高温热源预热反应气体，以保证入口温度。所以，在床层的前半段不可能按最适宜温度操作。因此，气体刚进入催化剂层的温度应确定为比选择催化剂型号的活性温度高 20℃，经过一段绝热反应，使其温度迅速升高，以得到最高的总反应速率。当温度升高到最高点 475～500℃时（催化剂温度最高点称为热点温度，催化剂型号不同，热点温度和位置不同），气体进入冷管层反应，床层温度按先高后低的原则，使其温度逐渐降低，以保持比较大的反应总速率，然后在460～480℃时离开催化剂层。对于刚还原好的催化剂，热点温度不宜控制过高，随着使用时间的增加，催化剂的热点温度逐渐提高，以便使操作稳定。

二、压力

从化学平衡和化学反应速率的角度看，提高操作压力均是有利的。在一定空速下，合成压力越高，出口氨浓度越高，氨净值（合成塔出口与入口氨含量之差）越高，合成塔的生产能力随压力提高而增加。

生产上选择操作压力的主要依据是能量消耗以及包括能量消耗、原料费用、设备投资在内的所谓综合费用，也就是说主要取决于技术经济效果。氨合成压力的高低是影响氨合成生产中能量消耗的主要因素。氨合成系统的能量消耗主要包括原料气压缩功、循环气压缩功和氨分离的冷冻功。提高操作压力，原料气压缩功增加。但合成压力增高时由于氨净值增高，单位氨成品所需的循环气减少，因而循环气压缩功减少。同时压力高也有利于氨的分离，在较高温度下氨即可冷凝为液氨，冷冻功减少。经综合比较可知，总能量消耗在 $14.7\sim29.4$ MPa 的操作压力区间相差不大；压力过低，则循环气压缩功、氨分离冷冻功又太高。

氨合成压力高，设备紧凑，流程简单，但对设备的材质和制造的要求较高，同时，高压下反应温度一般较高，催化剂使用寿命缩短。所以，通过全面的综合权衡，目前小氮肥厂操作压力大多数采用 $19.5\sim31.35$ MPa。

三、空间速度

选择空间速度既涉及出塔气氨净值和塔的生产强度，也涉及循环气量、循环机的功耗、合成塔的压力降以及反应热的合理利用等。经研究可知：当其他操作条件一定时，提高空速，出口气体中氨净值下降，但合成塔的生产强度增大。空速增大，使气体与催化剂接触时间缩短，出塔气中氨含量下降，另一方面使催化剂层中对应于一定位置的平衡浓度与混合气中实际氨含量差值增大，即推动力增大，反应速率增加。因此，氨净值下降的幅度小，空速增加的幅度大，所以空速增加，生产强度增大。

但增大空速也有一定限度，原因如下。

① 空速增加氨净值下降，相应的循环气量增大，循环气压缩功增加，塔阻力降也相应增大。通常氨净值下降 1%，循环气量约为 10%，阻力降增大 15%。这是由于空速增大，每立方米气体中产氨量减少，使反应后体积减小程度下降，从而使循环气量增大。循环气量增大，还将影响设备安全和使用期限。

② 空速增加使出塔气中氨净值下降，使氨的冷凝分离发生困难，冷冻量势必增加，也使能耗增大。

③ 每立方米气体中产氨量减少，相应的每立方米气体的反应热随之减少，空速增大带走热量增多，导致催化剂层温度下降，下降太多时不能维持正常生产。

四、进塔气组成

进塔气组成主要指氨含量、惰性气含量及氢氮比 H_2/N_2。

进合成塔的气体氨含量越低，则氨合成反应速率越高，但分离氨所需冷冻量越大。

惰性气体（CH_4+Ar）不参加反应，也不毒害催化剂。但它的存在会降低 H_2、N_2 气的分压，对化学平衡和反应速率都不利，导致氨的生成率下降。同时由于惰性气体不参加反应，当通过合成塔时，会把塔中的热量带走，造成催化剂温度下降，而且还会使压缩机做无用功。

惰性气来自于造气，在生产过程中，合成系统循环气中的惰性气体会越来越多，因此必须将惰性气体排出，其排放量取决于新鲜气中惰性气含量和催化剂活性及操作压力。操作压力较高及催化剂活性较好时，惰性气含量高一些也能获得较高的合成率。反之，循环气惰性气含量应低一些。

对于氨合成反应的 H_2、N_2 比例，当 H_2/N_2 为 3 时，可获得最大的平衡浓度。但从氨合成的反应机理可知，氮的吸附是氨合成反应过程的控制步骤。因此适当提高氮的浓度对氨合成速度是有利的。在实际生产中，合成塔进入气的氢氮比控制在 2.5～2.9 比较合适。如果略去氢氮在液氨中的溶解损失，则氨合成反应 H_2 与 N_2 总是按 3∶1 消耗，新鲜气氢氮比应控制为 3，否则循环系统中多余的氢或氮就会积累起来，造成循环气中 H_2/N_2 的失调。

五、催化剂的颗粒和形状

通常催化剂粒度越小，内表面利用率越高，活性也越高。此外，催化剂的还原是从外表面向催化剂的中心深入的过程。当催化剂内还原生成的水分向外扩散时，使已经还原的催化剂又氧化，这种反复氧化和还原的过程，大颗粒催化剂就更为突出。因此，小颗粒催化剂还原后的活性要比大颗粒为好。

使用高活性小颗粒催化剂是强化氨合成塔生产能力的重要途径之一。催化剂粒径减小，其用量可以大大减少，从而可以缩小合成塔的尺寸。但催化剂床层阻力却增加，因为催化剂层的阻力却随着催化剂粒度的减小而显著增大。所以，通常在阻力降允许范围内，应尽可能采用小颗粒催化剂。

第四节　氨合成的工艺流程及主要设备

一、工艺流程

由压缩工段压缩机六段或七段送来的 30MPa 的新鲜 H_2、N_2 混合气，含惰性气 0.5%，温度 40℃左右，与循环气一起进入氨冷凝器管内，靠管外液氨的汽化产生冷量，使管内的混合气体冷却、冷凝降温，大部分的氨气在此冷凝下来，而后进入冷交换器下部进行液氨的分离，而在上部与要进入氨冷凝器的气体交换冷量，进一步提升温度后进入循环气压缩机加压，在油分离器中除去气体中夹带的油雾，经塔外预热器提升温度后从上部进入合成塔。在塔内反应后的混合气，温度在 280℃左右，含氨 12%～14%，该高温混合气体进入废热锅炉、软水加热器回收其中的余热，产生 1MPa 左右的蒸汽和热水，经塔外预热器回收热量后依次进入一水冷器、二水冷器冷却降温，并使部分气氨冷凝成液氨，进入氨分离器分离出其中的液氨，分离出液氨后的气体仍含有大量的气氨，此混合气体进入冷交换器进一步降温后与压缩机六段或七段来的新鲜气混合进入氨冷凝器。混合气体经降温使氨冷凝成液氨而分离，未反应的混合气体经加压后继续在此系统内循环。

二、主要设备

氨合成塔是合成氨生产的关键设备，作用是使 H_2、N_2 混合气在塔内催化剂层中合成为氨。氨在高温、高压下合成，氢、氮对碳钢有明显的腐蚀作用。造成腐蚀的原因有两种：一种是所谓氢脆，氢溶解于金属晶格中，使钢材在缓慢变形时发生脆性破坏；另一种是所谓氢腐蚀，即氢渗透到钢材内部，使碳化物分解并生成甲烷，反应生成的甲烷聚集于晶体微观孔隙中形成高压，导致应力集中以致沿晶界出现破坏裂纹。若甲烷在靠近钢表面的分层夹杂等缺陷中积聚，还可以出现宏观鼓泡，从而使钢的结构遭到破坏，机械强度下降。在高温高压下，氮也能与钢材中的铁及其合金中元素生成硬而脆的氮化物，使钢材的机械性能降低。

为了适应氨合成反应条件，合理地解决存在的问题，氨合成塔由内件和外筒两部分组成，内件置于外筒之内。进入合成塔的气体（温度较低）先经过内件与外筒之间环隙，因此，外筒主要承受高压，但不承受高温，可用普通低合金钢或优质碳钢制成。在正常情况下，使用寿命可达 40～50 年以上。内件在 500℃ 左右的高温下操作，但只承受环隙气流与内件气流的压差，一般为 1～2MPa，即内件只承受高温不承受高压，从而可降低对内件材料和强度的要求。内件一般用合金钢制作，其使用寿命比外筒短得多。内件由催化剂框、热交换器及电加热器三个主要部分构成。

氨合成塔除了在结构上要求简单、紧凑、坚固、气密和便于检修拆卸，既具有足够强度又能节省材料外，在工艺上还有下列一些基本要求：

① 在正常操作条件下，反应能维持自热，塔的结构要有利于升温、还原，保证催化剂有较大的生产强度。

② 催化剂床层温度按适宜状态分布，以提高催化剂的生产强度。为此，随着氨合成反应的进行，应能及时移出反应热。由于在催化剂上部反应速率较快，放出热量多。因此从上部取出的热量要多。在催化剂层底部，反应速率较慢，则需取出的热量就要少得多。

③ 能保证气体均匀地通过催化剂层，阻力小，气体处理量大。

④ 换热器传热强度大、体积小、充分利用空间，尽可能多装催化剂。

⑤ 操作稳定，调节方便，能适应各种操作条件的变化。

⑥ 结构简单可靠，各部件连接与保温合理，内件在塔内有自由伸缩的余地，以减少热应力。

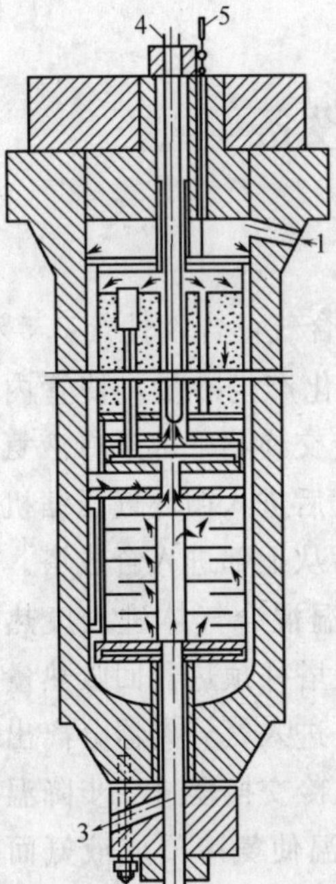

氨合成塔结构繁多，目前常用的主要有冷管式和冷激式两种塔型。冷管式内件为一个连续的催化剂床层，在床层中设置连续换热的冷管，反应前温度较低的原料气在冷管中流动，与催化剂床层内的热气流间接换热，以调节催化剂床层的温度，使反应在比较接近最适宜温度线进行。冷管有并流双套管（见图 8-1）、并流三套管、单管并流等几种形式。

图 8-1 双套管合成
塔内件结构

1—气体入口；2—冷气旁路
入口；3—合成出口；4—电
加热；5—热电偶

气体由塔外筒的上部进入塔内，沿内外筒之间环隙向下，从底部进入热交换器的管间（列管式换热器或螺旋板换热器）。经过与反应后的气体换热，被加热到 300℃ 左右，另一部分气体由塔底副阀进来，不经过热交换器，由冷气管直接进入分气盒下室，与被预热的气体汇合，分配到各冷气管的内管。气体由内管上升至顶部，沿内外管间的环隙折流而下，通过外管与催化剂床层的气体并流换热。气体被预热到 400℃ 左右，然后经气盒上室汇合后进入中心管，由此在 380～400℃ 的温度下进入催化剂床层。在中心管内设置有电加热器，以备催化剂升温还原时补加热量。氢、氮混合气在催化剂层中进行反应，反应后的气体进入下部热交换器的管内，将热量传给管外的进塔气体，然后从塔底导出。

常见的几种冷管形式有如下三种。

1. 并流双套管

并流是指双套管内外冷管环隙内气流方向与催化剂层的气流方向相同，都是自上而下。在并流双套管合成塔内，未反应 H_2、N_2 混合气先经过合成塔下部热交换器预热，然后进入催化剂层内冷管，与内外冷管环隙间的气体换热，然后进入此环隙与床层气体换热，继之进入分气盒上部，经中心管流入催化剂层。此时，气体先经过一段绝热层，这一层中不设置冷管，其目的是利用反应热将催化剂层温度迅速提升，尽快接近最适宜温度。随后，为了维持合理地分布催化剂层的温度，开始设置冷管，利用未反应的较冷气体来移走反应热，使催化剂的温度逐渐降低。但是，反应热的移走，必须以一定的速度进行，不能过快过慢，以保护催化剂的活性，又要充分发挥其作用。催化剂层的上部反应速率快，放热量大，要移走的热量较多，而催化剂层下部，由于反应速率逐渐变慢，放热量小，需移走的热量也减少。采用并流双套管，正好与这一要求相适应。双套管并流式催化床及温度分布示意图见图 8-2。

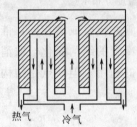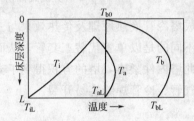

图 8-2 双套管并流式催化床及温度分布示意

但由于冷管内的冷气体在内管中已被逐渐加热，当进入内外冷管环隙与催化剂层中的热气体换热时，因温差不够大，因而催化剂床层温度分布不够理想。同时，由于传热温差小，需要较大的换热面积，冷管占去的空间较多，使合成塔的容积利用系数降低。

2. 并流三套管

它是在双套管内衬一根薄壁的衬管。内衬管与内冷管底部焊死，其间形成一层不流动的气体，称为死气层。死气层的热导率很小，是一个很好的绝热层。因此，走内衬管的冷气体在自下而上流动时，温升很小，可以略去不计。冷气体只是在流经内、外管的环隙时，才与催化剂层中的热气体换热，因而传热温差较大。内冷管实际仅起导管作用，具有传热效果的是外冷管。三套管并流式催化床及温度分布示意图见图 8-3。

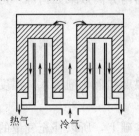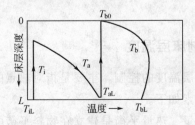

图 8-3 三套管并流式催化床及温度分布示意

三套管合成塔中催化剂层的传热温差较双套管大，故催化剂层中温度分布比双套管合理。以同样生产强度比较，三套管外冷管的传热面积比双套管小 20% 左右。但三套管结构复杂，冷管与分气盒占据较多空间，冷管传热能力强，在催化剂还原时，下层温度不易升高，很难还原彻底。

3. 单管并流式

冷气体经合成塔下部热交换器后，经两根升气管送到催化剂床层上部的分气环内，分配至各冷管内自上向下流动，与催化剂层中由上而下流动的热气体并流换热，然后汇集至下集气管，经中心管进入催化剂床层进行反应。反应后的气体经热交换器降温后从塔底引山。单管并流式催化床及温度分布示意图见图 8-4。

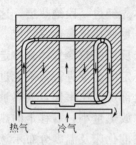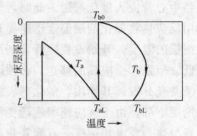

图 8-4　单管并流式催化床及温度分布示意

单管并流合成塔冷管换热原理及传热效果与三套管并流合成塔相同，催化剂层的温度分布也基本相似。不同的是以单管代替三套管，从而使冷管的结构简化，取消了与三套管相适应的分气盒。因此塔内件紧凑，塔的容积得到了充分的利用。但缺点是结构不够牢固，由于温差应力大，升气管、冷管焊缝容易开裂。

第五节　生产操作要点

一、系统压力

正常生产时，系统压力常用以下方法来调节。

① 为了防止甲烷等惰性气体在系统中积累，可排放一定量的放空气以维持系统的压力。但在排放气体时力求稳定，采用连续放空，以减少系统条件的变化。

② 氨合成反应严重恶化，氨生成大大减少时，系统的压力就要急剧上升，此时需要减少补充气量（严重时切断补充气），或增加放空量来控制系统压力。

③ 发现塔压力逐渐升高时，要检查工艺条件变化情况，如氨冷温度是否升高，循环量是否减少，或者氨分离器的液位是否太高，氨分离器内分离效果如何等？可根据不同情况分别予以处理。

二、催化剂床层温度

对催化剂床层温度的控制，主要是指对热点的温度和催化剂层入口温度的控制。影响催化剂层温度的因素如下。

（1）补充气量　热量平衡是建立在物料平衡的基础上，所以补充气量的变化，会引起床层温度的变化。补充气量大，系统压力就上升，反应速率加快，反应生成热增多，催化剂床层温度上升；反之，温度下降。

（2）循环气量　在补充气量一定时，循环气量的变化即表现为空速的变化，即通过催化剂床层气量的变化。空速大，单位质量气体生成的氨就少，生成热也少，但气体以催化床原来温度为基准带走的热量多，催化床温度下降。当循环量减少时，催化床温度升高。

（3）经塔副线的气量　经塔副线的气量增加，则进催化剂层的气体温度降低，反应放热减少，催化剂床层温度下降；反之，温度上升。

（4）H_2/N_2　过高或过低，对平衡和反应速率均不利，故生成热减少，温度下降。若比值恰当，温度则能维持一定。

（5）氨含量　进口气体中氨含量越高，反应条件越接近平衡状态，这样，一定量气体生成氨就减少，反应热就减少，催化床温度也下降。

（6）惰性气　在系统压力不变的情况下，惰性气含量高，就降低了 H_2、N_2 有效分压，氨合成反应速率减慢，反应生成热减少，催化剂床层温度下降；反之，温度上升。

第三篇 化工设备组装实训

第九章 流体输送机械

为流体提供能量的机械称为流体输送机械。输送液体的机械通称为泵，输送气体的机械通称为风机或压缩机。化工生产中要输送的流体种类繁多，流体的温度、压力、流量等操作条件也有较大的差别。为了适应不同情况下输送流体的要求，需要不同结构和特性的流体输送机械。化工厂中常用的液体输送机械，按其工作原理可分为四类：离心式、往复式、旋转式及流体动力式。

第一节 离 心 泵

一、离心泵的工作原理和主要部件

1. 离心泵的工作原理

（1）基本工作原理 离心泵装置见图 9-1，其中叶轮 1 安装在泵壳 2 内，并紧固在泵轴 3 上，泵轴由电机直接带动。泵壳中央有一液体吸入口 4 与吸入管 5 连接。液体经底阀 6 和吸入管进入泵内。泵壳上的液体排出口 8 与排出管 9 连接。

在泵启动前，泵壳内灌满被输送的液体；启动后，叶轮由轴带动高速转动，叶片间的液体也必须随着转动。在离心力的作用下，液体从叶轮中心被抛向外缘并获得能量，以高速离开叶轮外缘进入蜗形泵壳。在蜗壳中，液体由于流道的逐渐扩大而减速，又将部分动能转变为静压能，最后以较高的压力流入排出管道，送至需要场所。液体由叶轮中心流向外缘时，在叶轮中心形成了一定的真空，由于贮槽液面上方的压力大于泵入口处的压力，液体便被连续压入叶轮中。可见，只要叶轮不断地转动，液体便会不断地吸入和排出。

（2）气缚现象 当泵壳内存有空气，因空气的密度比液体的密度小得多而产生较小的离心力。从而，贮槽液面上方与泵吸入口处的压力差不足以将贮槽内液体压入泵内，即离心泵无自吸能力，使离心泵不能输送液体，此种现象称为"气缚现象"。

为了使泵内充满液体，通常在吸入管底部安装一带滤网的

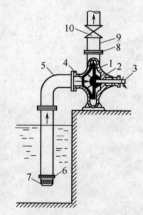

图 9-1 离心泵装置
1—叶轮；2—泵壳；3—泵轴；
4—吸入口；5—吸入管；
6—单项底阀；7—滤网；
8—排出口；9—排出管；
10—调节阀

底阀，该底阀为止逆阀，滤网的作用是防止固体物质进入泵内损坏叶轮或妨碍泵的正常操作。

（3）汽蚀现象　当贮槽液面上的压力一定时，吸上高度越高，则泵入口压力越小，至输送温度下液体的饱和蒸气压时，在泵进口处，液体就会沸腾，大量汽化，产生的大量气泡随液体进入高压区时，又被周围的液体压粹，而重新凝结为液体。在气泡凝结时，气泡处形成真空，周围的液体以极大的速度冲向气泡中心。这种极大的冲击力可使叶轮和泵壳表面的金属脱落，形成斑点、小裂缝，称为汽蚀。汽蚀发生时，泵体因受冲击而发生振动，并发出噪声；因产生大量气泡，使流量、扬程下降，严重时不能工作。

2. 离心泵的主要部件

离心泵的主要部件有叶轮、泵壳和轴封装置。

（1）叶轮　叶轮的作用是将原动机的机械能直接传给液体，以增加液体的静压能和动能（主要增加静压能）。叶轮一般有 6～12 片后弯叶片。叶轮有开式、半闭式和闭式三种，如图 9-2 所示。开式叶轮在叶片两侧无盖板，制造简单、清洗方便，适用于输送含有较大量悬浮物的物料，效率较低，输送的液体压力不高；半闭式叶轮在吸入口一侧无盖板，而在另一侧有盖板，适用于输送易沉淀或含有颗粒的物料，效率也

(a)闭式　　(b)半闭式　　(c)开式

图 9-2　离心泵的叶轮

较低；闭式叶轮在叶片两侧有前后盖板，效率高，适用于输送不含杂质的清洁液体，一般的离心泵叶轮多为此类。

叶轮有单吸和双吸两种吸液方式。

（2）泵壳　泵壳的作用是将叶轮封闭在一定的空间，以便由叶轮的作用吸入和压出液体。泵壳多做成蜗壳形，故又称蜗壳。由于流道截面积逐渐扩大，故从叶轮四周甩出的高速液体逐渐降低流速，使部分动能有效地转换为静压能。泵壳不仅汇集由叶轮甩出的液体，同时又是一个能量转换装置。

（3）轴封装置　其作用是防止泵壳内液体沿轴漏出或外界空气漏入泵壳内。常用轴封装置有填料密封和机械密封两种。填料一般用浸油或涂有石墨的石棉绳。机械密封主要是靠装在轴上的动环与固定在泵壳上的静环之间端面做相对运动而达到密封的目的。

二、离心泵的主要性能参数

1. 流量

离心泵的流量即为离心泵的送液能力，是指单位时间内泵所输送的液体体积，用 Q（m^3/h 或 m^3/s）表示。泵的流量取决于泵的结构尺寸（主要为叶轮的直径与叶片的宽度）和转速等。操作时，泵实际所能输送的液体量还与管路阻力及所需压力有关。

2. 扬程

离心泵的扬程又称为泵的压头，是指单位质量流体经泵所获得的能量，用 H（m）表示。泵的扬程大小取决于泵的结构（如叶轮直径的大小、叶片的弯曲情况等）、转速。目前对泵的压头尚不能从理论上作出精确的计算，一般用实验方法测定。

泵的扬程可用实验测定，即在泵进口处装一真空表，出口处装一压力表，若不计两表截面上的动能差（即 $\Delta u^2/2g = 0$），不计两表截面间的能量损失（即 $\sum f_{1-2} = 0$），则泵的扬程可用下式计算

$$H = h_0 + \frac{p_2 - p_1}{\rho g}$$

式中，p_2 为泵出口处压力表的读数，Pa；p_1 为泵进口处真空表的读数（负表压值），Pa。

必须注意：离心泵的扬程（压头）和升扬高度是两个不同的概念，扬程是指单位质量流体经泵后获得的能量。在一管路系统中两截面间（包括泵）列出柏努利方程式并整理可得

$$H = \Delta z + \frac{\Delta p}{\rho g} + \frac{\Delta u^2}{\rho g} + \sum h f_{1-2}$$

式中，H 为扬程，而升扬高度仅指 Δz 一项。

3. 效率

泵在输送液体过程中，轴功率大于排送到管道中的液体从叶轮处获得的功率，因为容积损失、水力损失物、机械损失都要消耗掉一部分功率，而离心泵的效率即反映泵对外加能量的利用程度。

泵的效率值 η 与泵的类型、大小、结构、制造精度和输送液体的性质有关。大型泵效率值高些，小型泵效率值低些。

4. 轴功率

泵的轴功率即泵轴所需功率，用 N（W 或 kW）表示。其值可依泵的有效功率 N_e 和效率 η 计算，即

$$N = \frac{N_e}{\eta} = \frac{QH\rho g}{\eta} = \frac{QH\rho}{102\eta}(\text{kW})$$

三、离心泵特性曲线及其应用

离心泵的特性曲线是将由实验测定的 Q、H、N、η 等数据标绘而成的一组曲线（见图 9-3）。此图由泵的制造厂家提供，供使用部门选泵和操作时参考。

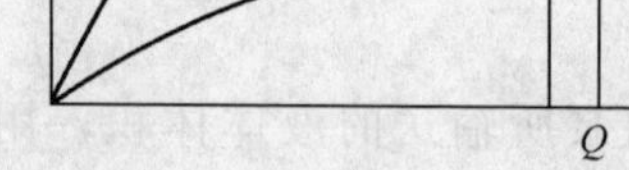

图 9-3 离心泵特性曲线

不同型号泵的特性曲线不同，但均有以下三条曲线：

① H-Q 线表示压头和流量的关系；

② N-Q 线表示泵轴功率和流量的关系；

③ η-Q 线表示泵的效率和流量的关系。

泵的特性曲线均在一定转速下测定，故特性曲线图上注出转速 n 值。离心泵特性曲线上的效率最高点称为设计点，泵在该点对应的压头和流量下工作最为经济。离心泵铭牌上标出的性能参数即为最高效率点上的工况参数。离心泵的性能曲线可作为选择泵的依据。确定泵的类型后，再依流量和压头选泵。

四、影响离心泵性能的主要因素

1. 液体物理性质对特性曲线的影响

生产厂商所提供的特性曲线是以清水作为工作介质测定的，当输送其他液体时，要考虑液体密度和黏度的影响：

（1）黏度 当输送液体的黏度大于实验条件下水的黏度时，泵体内的能量损失增大，泵

的流量、压头减小，效率下降，轴功率增大。

（2）密度 离心泵的体积流量及压头与液体密度无关，功率则随密度增大而增加。

2. 离心泵的转速对特性曲线的影响

当液体黏度不大、泵的效率不变时，泵的流量、压头、轴功率与转速可近似用比例定律计算，即

$$\frac{Q_2}{Q_1}=\frac{n_2}{n_1}, \quad \frac{H_2}{H_1}=\left(\frac{n_2}{n_1}\right)^2, \quad \frac{N_2}{N_1}=\left(\frac{n_2}{n_1}\right)^3$$

式中 Q_1、H_1、N_1——离心泵转速为 n_1 时的流量、扬程和功率；

Q_2、H_2、N_2——离心泵转速为 n_2 时的流量、扬程和功率。

上面的一组公式称为比例定律。当转速变化小于 20% 时，可认为效率不变，用上式进行计算误差不大。

若在转速为 n_1 的特性曲线上多选几个点，利用比例定律算出转速为 n_2 时相应的数据，并将结果标绘在坐标纸上，就可以得到转速为 n_2 时的特性曲线。

3. 叶轮直径对特性曲线的影响

当泵的转速一定时，其扬程、流量与叶轮直径有关，下面为切割定律：

$$\frac{Q_2}{Q_1}=\frac{D_2}{D_1}, \quad \frac{H_2}{H_1}=\left(\frac{D_2}{D_1}\right)^2, \quad \frac{N_2}{N_1}=\left(\frac{D_2}{D_1}\right)^3$$

式中 Q_1、H_1、N_1——离心泵叶轮直径为 D_1 时的流量、扬程和功率；

Q_2、H_2、N_2——离心泵叶轮直径为 D_2 时的流量、扬程和功率。

五、离心泵的工作点和流量调节

1. 管路特性曲线

当离心泵安装在特定的管路系统中时，泵应提供的流量和压头应依管路的要求而定。管路所需压头与流量的关系曲线称为管路特性曲线，其方程用下式表示

$$H_e = A + BQ_e^2$$

2. 离心泵的工作点

当泵安装在一定管路系统中时，泵的特性曲线与管路特性曲线的交点即为泵的工作点。工作点所示的流量与压头既是泵提供的流量和压头，又是管路所需要的流量和压头。离心泵只有在工作点工作，管中流量才能稳定。泵的工作点以在泵的效率最高区域内为宜（见图9-4）。

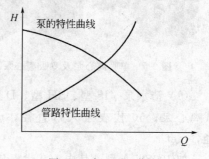

图 9-4 离心泵工作点

3. 离心泵的流量调节

对一台泵而言，特性曲线不会变，而管路特性曲线可变。当泵的工作点所提供的流量不能满足新条件下所需要的流量时，即应设法改变泵工作点的位置，即需要进行流量调节。

流量调节的方法如下。

① 在离心泵出口管路上装一调节阀，改变阀门开度，即改变管路特性曲线 $H_e = A + BQ_e^2$ 中的 B 值，阀门开大，工作点远离纵轴；阀门关小，工作点靠近纵轴。这种调节方法的优点是，操作简便、灵活。其缺点是，阀门关小时，管路中阻力增大，能量损失增大，从

而使泵不能在最高效率区域内工作，是不经济的。用改变阀门开度的方法来调节流量多用在流量调节幅度不大、而经常需要调节的场合。

② 改变泵的转速，即改变泵的特性曲线。

③ 车削叶轮外径也改变泵的特性曲线。采用以上两种方法均可改变泵的曲线。用这些方法调节流量，在一定范围内可保证泵在高效率区内工作，能量利用较经济，但不方便，流量调节范围也不大，故应用不广泛。

六、离心泵的安装和运转

离心泵的安装高度应低于允许的安装高度（即计算的安装高度），以免产生汽蚀现象。为减少吸入管段的流体阻力，吸入管径不应小于泵入口直径，吸入管应短而直，不装阀门，但当泵的吸入口高于液面时应加一止逆底阀。

离心泵启动前应灌满液体，以免产生气缚现象；关闭出口阀门，以减小启动功率。离心泵停泵前应先关闭出口阀门。离心泵运转时，应定期检查轴封有无泄漏，轴承、填料函等发热情况，轴承应注意润滑。

七、离心泵的类型和选用

1. 离心泵的类型

离心泵的分类很多，按输送液体的性质不同，可分为清水泵、耐腐蚀泵、油泵、污水泵、杂质泵；按叶轮的吸液方式不同，可分为单吸泵、双吸泵（见图9-5）；单吸泵由一侧吸入液体，双吸泵从中心的两侧吸入流体，适用于大流量、低扬程的场合。按叶轮的数目不同，可分为单级泵、多级泵。单级泵只有一片叶轮，通常扬程不高；多级泵（见图9-6）有多个叶轮，液体在多个叶轮间串联加速，扬程高。

 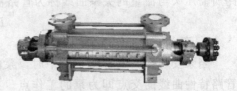

图9-5　单吸离心泵及双吸离心泵　　　　　　　图9-6　多级离心泵

（1）清水泵（IS型、SH型、D型）　如IS50-32-125型，其中，IS代表单级单吸悬臂式离心泵；50代表泵入口直径，mm；32代表泵出口直径，mm；125代表泵叶轮直径，mm。

如100S90A型，其中100代表泵入口直径，mm；S代表单级双吸式离心泵；90代表设计点的扬程，m；A代表叶轮外径经第一次切削。

如D12-25×3型，其中D代表多级泵；12代表公称流量，m^3/h；25代表每一级的扬程，m；3代表3级泵，即总扬程为75m。

（2）耐腐蚀泵　与液体接触的部件用各种耐腐蚀材料制成。如25FB-16A，其中25代表吸入口的直径，mm；B代表铬镍合金钢，用于常温、低浓度酸、碱的输送。

（3）油泵　输送石油产品及其他易燃易爆液体，其特点为密封性能好。

如50Y60A，其中50代表吸入口的直径，mm；Y代表油泵；60代表公称扬程，m。

2. 离心泵的选用

① 根据被输送流体的性质及操作条件确定类型；

② 根据流量（一般由生产任务定）及计算管路中所需压头，确定泵的型号（从样本或产品目录中选取）；

③ 若被输送液体的黏度和密度与水相差较大时，应核算泵的特性参数：流量、压头和轴功率。

选择离心泵时，可能有几种型号的泵同时满足在最佳范围内操作这一要求，此时，可分别确定各泵的工作点，比较工作点上的效率，择优选取。

离心泵的特点是：送液能力大，流量均匀，但产生的压头不高，且压头随着流量的改变而变化。

第二节　其他类型泵

一、往复泵

1. 构造和工作原理

（1）主要部件　泵缸、活塞、活塞杆及吸入阀、排出阀（见图 9-7）。

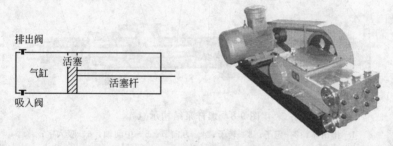

图 9-7　往复泵工作原理示意及实物

（2）工作原理　活塞自左向右移动时，泵缸内形成负压，则贮槽内液体经吸入阀进入泵缸内。当活塞自右向左移动时，缸内液体受挤压，压力增大，由排出阀排出。

活塞往复一次，各吸入和排出一次液体，称为一个工作循环，这种泵称为单动泵。若活塞往返一次，各吸入和排出两次液体，称为双动泵。活塞由一端移至另一端，称为一个冲程。

2. 往复泵的流量和压头

① 往复泵的流量与压头无关，与泵缸尺寸、活塞冲程及往复次数有关。单动泵的理论流量 Q_T 为

$$Q_T = Asn$$

式中，A 为缸体截面积；s 为活塞冲程；n 为往复次数。

往复泵的实际流量比理论流量小，且随着压头的增高而减小，这是因为漏失所致。

② 往复泵的压头与泵的流量及泵的几何尺寸无关，而由泵的机械强度、原动机的功率等因素决定。

3. 往复泵的安装高度和流量调节

往复泵启动时不需灌入液体，因往复泵有自吸能力，但其吸上真空高度亦随泵安装地区

的大气压力、液体的性质和温度而变化，故往复泵的安装高度也有一定限制。

往复泵的流量不能用排出管路上的阀门来调节，而应采用旁路管或改变活塞的往复次数、改变活塞的冲程来实现。

往复泵启动前必须将排出管路中的阀门打开。

往复泵的活塞由连杆曲轴与原动机相连。原动机可用电机，亦可用蒸汽机。

往复泵适用于高压头、小流量、高黏度液体的输送，但不宜于输送腐蚀性和含有固体杂质颗粒的液体。有时由蒸汽机直接带动，输送易燃、易爆的液体。

二、螺杆泵

螺杆泵是一种新型的内啮合回转式容积泵。它具有效率高、自吸能力强、适用范围广等优点，对各种难以输送的介质都可用螺杆泵来输送。因此，单螺杆泵在国外称为万能泵。此泵可输送中性或腐蚀性的液体，洁净的或磨削性的液体，含有气体或易产生气泡的液体，高黏度或低黏度的液体，包括含有纤维物和固体物质的液体。

单螺杆泵的工作原理是单线螺旋的转子在双线螺旋的定子孔内绕定子轴线作行星回转时，转子-定子副之间形成的密闭腔就连续、匀速、容积不变地将介质从吸入端输送到压出端（见图9-8）。

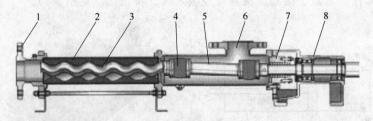

图9-8　螺杆泵结构示意
1—排出体；2—定子；3—转子；4—万向节；5—中间轴；6—吸入室；
7—轴封部件；8—轴承座部件

由于这巧妙的工作原理，使单螺杆泵具有一般性泵的通用性能外。其最显著的特点如下：

① 输送高黏度的介质。根据泵的大小不同，介质的最高黏度为37～200Pa·s。

② 可输送含固体颗粒、磨削颗粒和纤维的介质。其含量一般可高达介质的40%，当介质中所含固体为粉末状细微颗粒时，最高可达70%，根据泵的大小不同允许介质中所含固体颗粒粒径最大为2～40mm。

③ 液体连续均匀、压力稳定、搅动小，对敏感性的液体不会发生成分的改变。

④ 流量与转速之间为简单的正比关系。可通过调节转速进行流量的调节，配上变速的电动机，可成为变量泵。

⑤ 压力能随输出管道阻力自动调节。在0～3.6MPa压力之间，用户很

图9-9　螺杆泵

容易调到所需的压力。这样既节能，又避免压力太高或太低而影响工艺流程。

⑥ 结构简单、磨损少、维修方便。螺杆泵实物图见图 9-9。

与其他类型泵比较：与离心泵相比，单螺杆泵不需要装阀门，而流量是稳定的线性流动；与柱塞泵相比，单螺杆泵具有更好的自吸能力，吸上高度可达 8.5m 水柱；与隔膜泵相比，单螺杆泵可输送各种混合杂质，含有气体及固体颗粒或纤维的介质，也可输送各种腐蚀性物质；与齿轮泵相比，单螺杆泵可输送高黏度的物质。

与柱塞泵、隔膜泵及齿轮泵不同的是，单螺杆泵可用于药剂填充和计量。

三、计量泵

计量泵又称比例泵，从操作原理来看就是往复泵，它是通过偏心轮把电机的旋转运动变成柱塞的往复运动。由于偏心轮的偏心距离可以调整，使柱塞的冲程随之改变。若单位时间内柱塞的往复次数不变时，则泵的流量与柱塞的冲程成正比，所以可通过调节冲程而达到比较严格地控制和调节流量的目的。

计量泵适用于要求输液量十分准确而又便于调整的场合，例如向化工厂的反应器中输送液体。有时还可通过一台电动机带动几台计量泵的方法，使两液体的流量既稳定且各股液体流量的比例也固定。

四、齿轮泵

齿轮泵的工作原理及实物图见图 9-10。齿轮泵泵壳内有两个齿轮，一个是靠电机带动旋转，称为主动轮，另一个是靠与主动轮相啮合而转动，称为从动轮。两齿轮与泵体间形成吸入和排出两个空间。当两齿轮相向转动时，吸入空间内两轮的齿互相拨开，形成了低压而将液体吸入，然后分为两路沿泵内壁被齿轮嵌住，并随齿轮转动而达到排出空间。排出空间内两轮的齿互相合拢，于是形成高压而将液体排出。

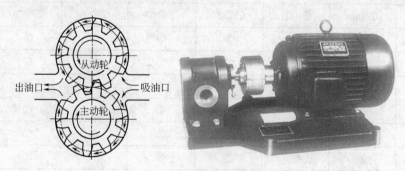

图 9-10　齿轮泵工作原理及实物

齿轮泵的压头高而流量小，适用于输送黏稠液体以至膏状物，但不能输送含有固体颗粒的悬浮液。

五、旋涡泵

旋涡泵是一种特殊类型的离心泵，它由泵壳和叶轮组成（见图 9-11）。叶轮是一个圆盘，四周铣有凹槽而构成叶片，呈辐射状排列。叶片数量可多达几十片。泵内液体随叶轮旋转的同时，又在引液道与叶片间反复运动，因而被叶片拍击多次，获得较多的能量。

旋涡泵适用于要求输液量小、压头高而黏度不大的液体。因液体在叶片与引水道的反复

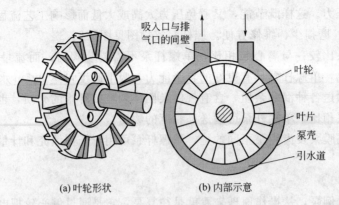

图 9-11 旋涡泵

迂回是靠离心力的作用，故旋涡泵在启动前泵内也要灌满液体。旋涡泵的最高效率一般比离心泵的低，特性曲线也与离心泵的不同。当流量减小时，压头升高很快，轴功率也增大，所以此类泵应避免在太小的流量或出口阀全关的情况下长期运转，以保证泵和电机的安全。当流量为零时，轴功率最大，所以在启动泵时，出口阀必须全开。

六、各种化工用泵的比较

各种化工用泵的性能特点比较见表 9-1。

表 9-1 各类泵的性能特点

项目	离心式		正位移式				
			往复式			旋转式	
	离心泵	旋涡泵	往复泵	计量泵	隔膜泵	齿轮泵	螺杆泵
流量	①④⑥	①④⑦	②⑤⑧	②⑤⑦	②⑤⑧	③⑤⑦	③⑤⑦
压头	①	②	③	③	③	②	②
效率	①	②	③	③	③	④	④
流量调节	①②	③	②③④	④	②③	③	③
自吸作用	②	②	①	①	①	①	①
启动	①	②	②	②	②	②	②
流体	①	②	⑦		④⑥	⑤	④⑤
结构与造价	①②	①③	⑤⑥⑦	⑤⑥	⑤⑥	③④	③④

注：流量项中，①均匀；②不均匀；③尚可；④随管路特性而变；⑤恒定；⑥范围广、易达大流量；⑦小流量；⑧较小流量。

压头项中，①不易达到高压头；②压头较高；③压头高。

效率项中，①稍低、愈偏离额定愈小；②低；③高；④较高。

流量调节项中，①出口阀；②转速；③旁路；④冲程。

自吸作用项中，①有；②没有。

启动项中，①关闭出口阀；②出口阀全开。

流体项中，①各种物料（高黏度除外）；②不含固体颗粒，腐蚀性也可；③精确计量；④可输送悬浮液；⑤高黏度液体；⑥腐蚀性液体；⑦不能输送腐蚀性或含固体颗粒的液体。

结构与造价项中，①结构简单；②造价低廉；③结构紧凑；④加工要求高；⑤结构复杂；⑥造价高；⑦体积大。

第三节 气体输送机械

一、离心式通风机

1. 结构和工作原理

离心式通风机的结构与单级离心泵相似。在蜗壳形机壳内装一叶轮，叶轮上叶片数目较多。离心式通风机的工作原理与离心泵相同。

2. 性能参数和特性曲线

（1）性能参数

① 风量 Q（m^3/h 或 m^3/s） 单位时间内风机出口排出的气体体积，以风机进口处气体状态计。

② 风压 p_t（Pa） 单位体积的气体经风机所获得的能量。当不计 $(z_2-z_1)\rho g$ 和 $\rho g \sum H_f$ 两项时，p_t 可用下式计算：

$$p_t = (p_2 - p_1) + \frac{\rho u_2^2}{2}$$

式中，p_t 称为全风压；(p_2-p_1) 称为静风压；$\rho u_2^2/2$ 称为动风压。

③ 轴功率与效率 N（W 或 kW）、η

$$N = \frac{p_t Q}{1000\eta} \, kW$$

（2）特性曲线 离心式通风机的特性曲线见图 9-12。该曲线是在一定转速、20℃及压力为 $1.0133 \times 10^5 Pa$ 条件下用空气为工作介质测定的。特性曲线有四条，即 p_t-Q、(p_2-p_1)-Q、N-Q 和 η-Q。与离心泵特性曲线相比，多一条 (p_2-p_1)-Q 曲线，这是因为风机的出口风速较大，故动风压［即全风压减去 p_t 静风压 (p_2-p_1) 值］不能忽略。

3. 离心通风机的选用

① 根据被输送气体的性质、操作条件选定类型；

② 根据实际风量（以进口状态计）和计算的全风压，从风机样本或产品目录中选择合适的型号；

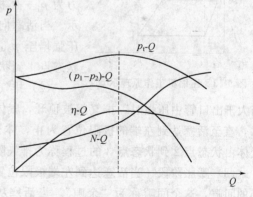

图 9-12 离心式通风机的特性曲线

③ 核算风机的轴功率。

选用时注意以下两点：① 当实际操作条件与实验条件不符合时，需将风机的风压换算成实验条件下的风压，最后用换算值选风机。换算公式如下：

$$p_t = p_t' \frac{1.2}{\rho'}$$

② 计算轴功率时，若风量 Q 用实际风量，则全风压 p_t 也应用实际风压。若全风压 p_t 用校正为实验状态（即 20℃、101.33kPa）下的风压值，则风量也应校正为实验状态下的

风量。

二、鼓风机

鼓风机分为离心式鼓风机和旋转式鼓风机。

离心式鼓风机又称透平鼓风机，工作原理与离心式通风机相同，结构类似于多级离心泵。气体由吸气口进入后，经过第一级的叶轮和导轮，然后转入第二级叶轮入口，再依次逐级通过以后的叶轮和导轮，最后由排气口排出。离心式鼓风机的送气量大，但所产生的风压仍不太高，出口表压强一般不超过 294kPa。由于在离心鼓风机中，气体的压缩比不高，所以无需设置冷却装置，各级叶轮的直径也大致相等。

旋转式鼓风机与旋转泵相似，机壳内有一个或两个旋转的转子，而没有活塞等装置。如罗茨鼓风机、液环压缩机（也称为纳氏泵），其特点是构造简单、紧凑，体积小，排气连续均匀，适用于所需压强不高而流量较大的情况。

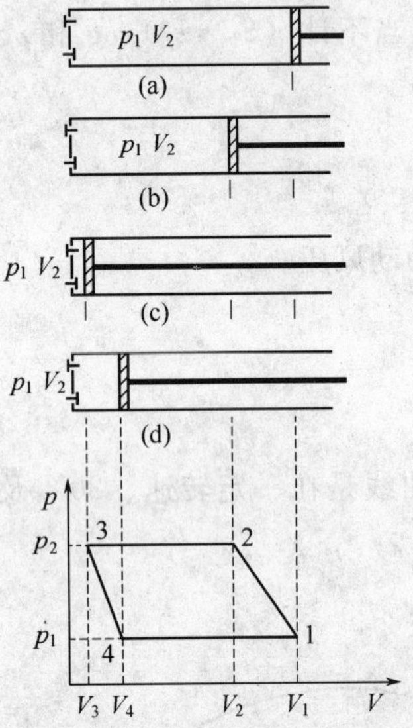

图 9-13 压缩机工作原理示意

三、压缩机

1. 往复式压缩机的简单结构和工作原理

往复式压缩机的主要部件有气缸、活塞、吸气阀和排气阀。

工作原理：与往复泵相同（见图 9-13）。

因气体密度小、可压缩，且在压缩过程中温度升高，所以压缩机的结构复杂，并附设有冷却装置。

（1）压缩阶段 活塞位于气缸右端死点，气缸内充满压力为 p_1、体积为 V_1 的气体，其状态点以 p-V 图上的点 1 表示。当活塞向左移动时，气缸内气体压强升高，体积压缩，压强增至 p_2，体积达到 V_2，其状态点以点 2 表示。气体由状态点 1 到状态点 2 的过程称为压缩阶段。

（2）排气阶段 当活塞继续向左移动，气缸内压强 p_2 稍大于出口管中压强时，排气阀被顶开，气体排出，气体体积减小，压强保持不变，恒等于 p_2，直至活塞达到左端的极限位置为止，体积为 V_3，压强仍为 p_2，其状态点以点 3 表示，气体由状态点 2 到状态点 3 的过程称为排气阶段。

（3）膨胀阶段 当活塞达到左端极限位置时，活塞与气缸之间还留有也必须留有一段很小的间隙，这个间隙称为"余隙"。当活塞从左端极端向右移动时，这部分气体将会膨胀，直至等于进口管中气体压强，即：$p_4 = p_1$，吸入阀打开，其状态点以点 4 表示，气体从状态点 3 到状态点 4 的过程称为膨胀阶段。

（4）吸气阶段 当活塞继续向右移动时，吸入阀打开，气体不断吸入，压强恒等于 p_1，直至活塞达到右端极点，状态回复到点 1 为止。气体从状态点 4 变到状态点 1 的过程称为吸气阶段。

至此，活塞往复运动一次，实现一个工作循环，由压缩→排气→膨胀→吸气四个阶段组成。

2. 往复压缩机的主要性能参数

（1）生产能力 压缩机的生产能力又称为压缩机的排气量。理论上的排气量应等于活塞扫过的容积。

$$V = ASnr$$

但①由于气缸有余隙，余隙中高压气体的膨胀，占据一部分气缸的容积；②吸入阀只能在气缸内部压强低于吸入管中气体压强下打开，进入的气体也有一个膨胀过程，也占据一部分气缸的容积；③气体通过填料函、阀门、活塞杆等处的泄漏。所以实际排气量总比理论值要小：

$$V = \lambda V'$$

式中，λ 为送气系数，$\lambda = 0.7 \sim 0.9$。

（2）压缩比 压缩比是压缩机的出口和进口压强之比。

（3）轴功率与效率 压缩机所需的理论功率与流量、压缩比以及系统与环境的换热情况有关。由于压缩过程中：①不可避免地有部分泄漏；②活塞运动，通过气阀开、启时不可避免地有能量损失等，所以压缩机的轴功率应为：

$$P = P_e / \eta$$

式中，η 为往复压缩机的效率，一般 $\eta = 0.7 \sim 0.9$。

3. 多级压缩

通常，压缩机中一级的压缩比以 $4 \sim 7$ 为宜，若生产上需要压缩比很大时，则需进行多级压缩，否则会引起以下问题：

① 气缸内润滑油碳化，严重时可能引起油雾爆炸；

② 由于余隙的影响，容积系数 λ_0 严重下降。

进行多级压缩时，需在级间将压缩气体进行冷却。

4. 往复压缩机的类型和选用

（1）往复压缩机的分类

① 按压缩机在活塞一侧吸、排气体还是在两侧都吸、排气体，分为单动和双动压缩机；

② 按气体受压缩的次数，分为单级、双级和多级压缩机；

③ 按压缩机产生的终压的高低，分为低压、中压、高压和超高压压缩机；

④ 按压缩机生产能力的大小，分为小型、中型和大型压缩机；

⑤ 按所压缩的气体种类，分为空气压缩机、氧气压缩机、氢气压缩机、氮气压缩机、氨气压缩机等；

⑥ 按气缸在空间布置的不同，分为立式、卧式、角式和对称平衡式。

（2）往复压缩机的选用 选用往复压缩机时，首先根据气体的性质定类型（如空气压缩机、氮气压缩机等；立式或卧式等），再根据生产能力和撩拨压力（或压缩比）在压缩机的样本或产品目录中选择合适的型号。

5. 往复压缩机的安装与运转

（1）安装 往复压缩机的排气量是间歇的、不均匀的。为此排出的气体要先经过缓冲罐，再进入输气管路，作用有两个：①使气体输送流量均匀；②使气体中夹带的油沫得到沉降、分离。

（2）运转 往复压缩机运转时：①注意各部分的润滑和冷却；②运行时不允许关闭出口阀门。

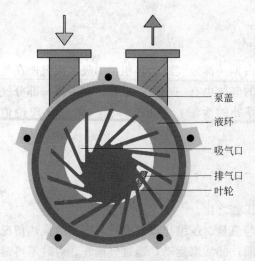

泵盖
液环
吸气口
排气口
叶轮

图 9-14　水环真空泵工作原理

四、真空泵

从设备或系统中抽出气体使其中的绝对压力低于大气压，此时所用的输送设备称为真空泵。真空泵的型式很多，此处仅介绍化工厂中较常用的型式。

1. 水环真空泵

水环真空泵工作原理如图 9-14 所示，叶轮偏心地装在泵体内，当叶轮旋转时，水受离心力的作用向四周甩出，在泵体内壁与叶轮之间形成旋转水环。水环上部内表面与叶轮轮毂相接触，当叶轮沿顺时针方向转动时，在前半转的过程中，水环内表面逐渐与轮毂脱离，相邻两叶片之间所形成的空腔逐渐增大，被抽气体通过泵进气管，经月牙形吸气孔不断被吸入空腔内；后半转的过程中，水环内表面逐渐与轮毂接近，两相邻叶片之间空腔逐渐缩小，气体被压缩，因而压力不断增加，当压力增加到大于外界压力时，气体被排出，从而不断地抽走密封容器的气体，使其形成一定的真空。

水环真空泵可以造成的最高真空度为 $0.85 kgf/cm^2$❶ 左右，也可作鼓风机用，但产生的表压强不超过 $1 kgf/cm^2$。当被抽吸的气体不宜与水接触时，泵内可充以其他液体，所以又称为液环真空泵。

此类泵结构简单、紧凑，易于制造与维修，由于旋转部分没有机械摩擦，使用寿命长，操作可靠。适用于抽吸含有液体的气体，尤其在抽吸有腐蚀性或爆炸性气体时更为合适。但效率很低，为 $30\% \sim 50\%$，所能造成的真空度受泵体中水的温度所限制。

2. 喷射泵

喷射泵是利用流体流动时的静压能与动能相互转换的原理来吸、送流体的，既可用于吸送气体，也可用于吸送液体。在化工生产中，喷射泵常用于抽真空，故又称为喷射式真空泵。

喷射泵的工作流体可以是蒸汽，也可以是液体。工作蒸汽在高压下以很高的速度从喷嘴喷出，在喷射过程中，蒸汽的静压能转变为动能，产生低压，而将气体吸入。吸入的气体与蒸汽混合后进入扩散管，速度逐渐降低，压强随之升高，而后从压出口排出。

喷射泵构造简单、紧凑，没有活动部分。但是效率很低，蒸汽消耗量大，故一般多当作真空泵使用，而不作为输送设备用。由于所输送的流体与工作流体混合，因而使其应用范围受到一定的限制。

若将几个喷射泵串联起来使用，便可得到更高的真空度。图 9-15 所示的为四级蒸汽喷射泵。工作蒸汽与由气体吸入口吸入的气体先进入第一级喷射泵、第二级喷射泵，而后顺序通过 1 号中间冷凝器、第三级喷射泵及 2 号中间冷凝器，最后由第四级喷射泵排出。各冷凝器中的冷凝液和冷却水均流入排水槽中。

---

❶ $1 kgf/cm^2 = 98.0665 kPa$。

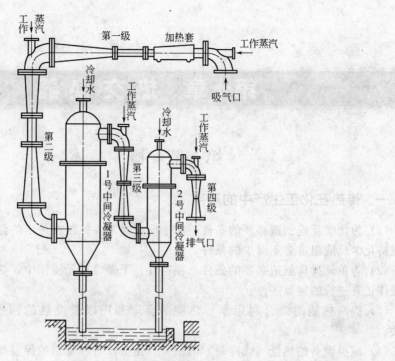

图 9-15　四级蒸汽喷射泵示意

第十章 热交换器

第一节 概　述

一、传热在化工生产中的应用

（1）为化学反应创造必要的条件　化学反应通常要控制在一定的温度下进行，热量传递是维持化学反应温度必不可少的条件。

（2）为单元操作创造必要的条件　在蒸发、干燥等单元操作中，热量传递是使以上诸分离操作正常进行的重要条件。

（3）提高热能的综合利用率　热能的合理利用以及废热的回收都与传热过程密切相关。

（4）减少设备的热量（或冷量）的损失　化工设备和管道的保温都要涉及传热。

二、化工生产对传热过程的要求

（1）如何强化传热过程　即对各种换热设备要求传热速率快，传热效果好，完成相同传热任务所需的传热面积少，传热设备的结构紧凑，设备费用低。

（2）如何减少或抑制（削弱）传热过程　如设备和管道的保温，要求传热速率慢，以减少热损失。

三、定态传热和非定态传热

（1）定态传热　在传热系统中各点的温度分布仅随位置变化而不随时间变化的传热过程。

连续生产过程中的传热多为定态传热。

特点：通过传热面的传热速率不变。

（2）非定态传热　在传热系统中各点的温度分布不仅随位置而变，而且随时间而变的传热过程。

间歇操作的传热过程为非定态传热。

四、传热的基本方式

传热的基本方式有热传导、热对流和热辐射。

1. 热传导（导热）

由于物质分子、原子或电子的运动，将热量从高温处向低温处的传递过程称为热传导。热传导发生在相互接触的两个不同温度的物体之间。热传导的特点是物体内质点不发生宏观的相互位移。

气体、液体、固体的热传导机理各不相同。气体热传导是分子不规则热运动的结果。

注意：热传导不能在真空中进行。

2. 热对流（对流传热）

热对流是指流体中质点发生相对位移和混合而引起的热量传递，对流传热仅发生在流体中。由于引起流体质点发生相对位移的原因不同，可分为自然对流传热和强制对流传热。

① 自然对流传热：由于流体各部分温度不同而引起的密度差异，使流体产生相对运动而产生的热量传递现象。

② 强制对流传热：由于泵、风机或其他外力作用引起的流体流动而产生的热量传递现象。

3. 热辐射（辐射传热）

因热的原因是物体发出辐射能的过程，称为热辐射。热辐射是一种以电磁波传递热能的方式。物体放热时，热能变成辐射能，以电磁波的形式在空间传播，当遇到另一物体时，则部分或全部被物体所吸收而变成热能。辐射传热不仅有能量的传递，而且伴有能量形式的转换。

注意：热辐射不需要任何介质作媒介，可以在真空中传播。

第二节 换 热 器

换热器是在不同温度的流体内传递热能的装置。在换热器中至少要有两种温度不同的流体，一种流体温度较高，放出热量；另一种流体温度较低，吸收热量。

换热器是化工、石油、食品、动力等许多部门的通用设备。由于生产中对换热器有不同的要求，故换热器的类型很多，设计和选用时可根据生产要求进行选择。

一、换热器的分类

换热器根据用途可分为加热器、冷却器、冷凝器、蒸发器、分凝器和再沸器等；根据传热原理可分为混合式换热器、蓄热式换热器和间壁式换热器；根据所用材料可分为金属材料换热器、非金属材料换热器。工业应用上主要以传热原理来进行分类，其中间壁式换热器应用较多。

（1）混合式换热器　两流体在换热器中直接接触，相互混合进行换热。该类型换热器结构简单，设备及操作费用均较低，传热效率高，适用于两流体允许混合的场合。

（2）间壁式换热器　化工生产过程中冷、热流体之间进行的热交换不允许直接混合，两种流体常被固体的壁面隔开，并在壁面两侧流动构成典型的间壁式换热器。该类型换热器的特点是两流体在换热过程中不混合。

（3）蓄热式换热器　借助于蓄热体将热量由热流体传给冷流体。该类型换热器结构简单，可耐高温；缺点是设备体积庞大，热效率低且不能完全避免两流体的混合。

根据换热面的型式，间壁式换热器主要有管式、板式和翅片式三种类型。

（一）管式换热器

1. 列管式换热器（管壳式换热器）

列管式换热器是化工生产中应用最广泛、最典型的间壁式换热器，主要由壳体、管束、管板、折流挡板和封头等组成。管内流动的流体称管程流体。管外流动的流体称壳程流体。

管束的壁面为传热面。

优点：单位体积设备所提供的传热面积大，传热效果好，结构简单，操作弹性大，可用多种材料制造，适用性较强，在大型装置中普遍采用。列管式换热器壳体内安装一定数目与管束相垂直的折流挡板，其作用是提高壳程流体的流速，迫使流体按规定路径多次错流，防止流体短路，增加壳程流体的湍动程度。折流挡板有圆缺形和圆盘形两种型式。

当冷、热流体的温度差大于50℃时，必须考虑温差热应力对设备变形、管子弯曲，甚至毁坏换热器等情况的影响，应采取热补偿措施消除或减少热应力。根据热补偿的方法不同，列管式换热器主要有以下几种型式。

(1) 固定管板式

结构：固定管板式换热器主要有外壳、管板、管束、封头、折流挡板等部件组成。固定管板式换热器的结构特点是在壳体中设置有管束，管束两端用焊接或胀接的方法将管子固定在管板上，两端管板直接和壳体焊接在一起，壳程的进出口管直接焊在壳体上，管板外圆周和封头法兰用螺栓紧固，管程的进出口管直接和封头焊在一起，管束内根据换热管的长度设置了若干块折流板。这种换热器管程可以用隔板分成任何程数。当两流体的温度差较大时，在外壳的适当位置上焊上一个补偿圈（或膨胀节）。当壳体和管束热膨胀不同时，补偿圈发生缓慢的弹性变形来补偿因温差应力引起的热膨胀。

固定管板式换热器的特点为：旁路渗流较小；造价低；无内漏。固定管板式换热器的缺点是：壳体和管壁的温差较大，易产生温差应力，壳程无法清洗，管子腐蚀后连同壳体报废，设备寿命较低，不适用于壳程易结垢场合。

应用场合：固定管板式换热器结构简单，制造成本低，管程清洗方便，管程可以分成多程，壳程也可以分成双程（见图10-1），规格范围广，故在工程上应用广泛。壳程清洗困难，对于较脏或有腐蚀性的介质不宜采用，壳程必须是洁净不宜结垢的物料。当膨胀之差较大时，可在壳体上设置膨胀节，以减少因管、壳程温差而产生的热应力。

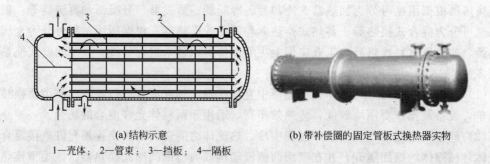

(a) 结构示意　　　　　　　　　　(b) 带补偿圈的固定管板式换热器实物

1—壳体；2—管束；3—挡板；4—隔板

图10-1　双管程列管式换热器

(2) U形管式换热器

U形管式换热器是由管箱、壳体、管束等组成。U形管式换热器只有一块管板，没有浮头，所以结构比较简单。换热管做成U形，两端固定在同一块管板上，由于壳体和管子分开，可以不考虑热膨胀，管束可以自由伸缩，不会因为流体介质温差而产生温差应力。由于换热管均做成半径不等的U形弯，除最外层损坏后可更换外，其余的管子损坏只有堵管。和固定管板式换热器相比，它的管束的中心部分存有空隙，流体很容易走短路，影响了传热效果，管板上排列的管子也比固定管板式换热器少，体积有些庞大。为增加流体介质在壳程内的流速，可在壳体内设置折流板和纵向隔板，以提高传热效果。U形管式换热器的结构

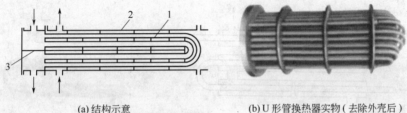

(a) 结构示意　　　　　　　　　　　(b) U 形管换热器实物 (去除外壳后)

1—U 形管；2—壳程挡板；3—管程挡板

图 10-2　U 形管式换热器

如图 10-2 所示。

U 形管式换热器的特点是：①管束可以自由抽入和抽出，方便清洗；②壳体和管子分开，管束可以自由伸缩，壳体和管壁不受温差限制；③可在高温、高压下工作，一般适用于温度大于 500℃，压力大于 10MPa 场所；④可用于壳程结垢比较严重的场合；⑤可用于管程易腐蚀的场合；⑥管子的 U 形处易冲蚀，应控制管内的流速；⑦单管程换热器不适用；⑧管间距较大，所以传热性能较差。

适用场合：这种换热器适用于两种介质温差较大，或壳程介质易结垢，需要清洗，管程介质应是无杂质、不易结垢的物料。

（3）浮头式换热器

结构：换热器两端的管板，一端不与壳体相连，该端称浮头。管子受热时，管束连同浮头可以沿轴向自由伸缩，完全消除了温差应力。浮头式换热器的结构型式如图 10-3 所示。

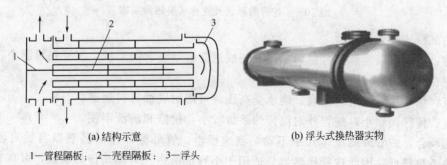

(a) 结构示意　　　　　　　　　　　(b) 浮头式换热器实物

1—管程隔板；2—壳程隔板；3—浮头

图 10-3　浮头式换热器

特点：这种换热器壳体和管束的热膨胀是自由的，完全消除温差应力。管束可以抽出，便于清洗管间和管内。其缺点是结构复杂，造价高（比固定管板高 20％），在运行中浮头处发生泄漏，不易检查处理。

应用场合：浮头式换热器适用于壳体和管束温差较大或壳程介质易结垢的条件。

2. 套管式换热器

结构：由直径不同的直管制成的同心套管，可根据换热要求，将 n 段套管用 U 形管连接，目的是增加传热面积。冷热流体可以逆流或并流。

优点：结构简单，应用方便。能耐高压，传热系数较大。传热面积可根据需要增减，能保持完全逆流，使对数平均温差最大。

缺点：结构不紧凑，金属消耗量大，管间接头较多，易泄漏，占地面积较多。用途：适用于流量不大、所需传热面积不多而要求压强较高的场合。套管式换热器的型式如图 10-4

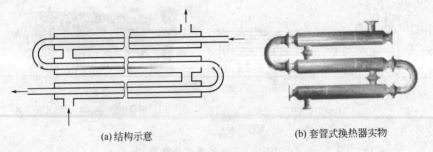

(a)结构示意 (b)套管式换热器实物

图 10-4 套管式换热器

所示。

3. 蛇管式换热器

蛇管的形状及蛇管式换热器实物图见图 10-5。

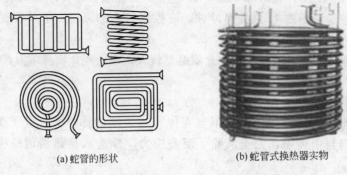

(a)蛇管的形状 (b)蛇管式换热器实物

图 10-5 蛇管的形状及蛇管式换热器实物

（1）沉浸式蛇管换热器

结构：蛇管多以金属管弯制而成，或制成适应容器要求的形状，沉浸在容器中，冷热两流体分别在蛇管内、外流动进行热交换。

优点：结构简单，造价低廉、能承受高压，可用耐腐蚀材料制造。

缺点：传热面积小，蛇管外对流传热系数较小，检修和清洗不便。

使用场合：蛇管外的流体几乎不动，流速很小。管外流体中的传热以自然对流方式进行，给热系数很低，因此这种换热器只适用于小容量换热。为提高传热系数，可在容器内设折流板或机械搅拌，以提高蛇管外流体速度。

（2）喷淋式换热器

结构：蛇管成行地固定在支架上，热流体在蛇管内流动，冷却水从最上面的淋水管喷淋下来，被冷却的流体自最上面的管子流入，从最下面的管子流出，与喷淋而下的冷却水进行热交换。喷淋流下的冷却水可收集再进行重新分配，见图 10-6。

优点：结构简单、造价低廉，能耐高压，便于检修、清洗，传热效果好。

缺点：冷却水喷淋不易均匀影响传热效果。

用途：用于冷却或冷凝管内液体。

4. 翅片式换热器

当两流体的对流传热系数相差很大时，在传热系数较小的一侧加翅片可以强化传热。当用水蒸气加热空气时，此传热过程的热阻主要由空气侧的对流传热热阻决定。故在空气侧加装翅片，增加了传热面积，强化了传热效果。

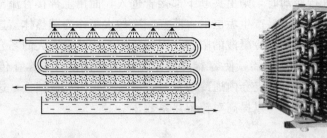

(a)结构示意   (b)喷淋式换热器实物

图 10-6 喷淋式换热器

特点：管外安装翅片，增加了传热面积，提高了管外流体的湍动，增大了传热效果。

用途：广泛应用于空气冷却器上。

常见的几种翅片形式如图 10-7 所示。

(a) 常见的几种翅片形式   (b) 翅片式换热器实物

图 10-7 翅片式换热器

（二）板式换热器

1. 夹套式换热器

结构：是在容器（内筒）的外壁焊接各种形状且带进出口的封闭夹套，供载热体流动并对容器内介质进行加热或冷却。夹套的形式有两类，一类是直径比容器大的壳体，为强化传热，有的做成带凹腔的蜂窝状壳体，有的在内筒外壁焊螺旋形导流板；另一类是直接在容器外壳上焊各种形状的条形管，如螺旋形盘管、螺旋形半管或弓形管、直条管等，用以强化换热过程，同时可起到增加容器刚度、提高容器承受外压的作用。制造时，需在内筒压力试验合格后再焊夹套。应预先校核内筒在夹套试验压力下的稳定性，若不能满足要求，则应规定在作夹套压力试验时，必须同时在内筒内保持一定压力，以使夹套和内筒的压力差不超过设计压差（见图 10-8）。

特点：结构简单，加工方便，传热面积小，传热效率低。

使用场合：夹套式换热器主要用于反应器的加热或冷却。当蒸汽进行加热时，蒸汽由上部接管进入夹套，冷凝水由下部

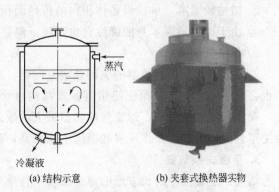

蒸汽

冷凝液

(a)结构示意   (b)夹套式换热器实物

图 10-8 夹套式换热器

接管排出。如用冷却水进行冷却时，则由夹套下部接管进入，而由上部接管流出。由于夹套内部清洗比较困难，故一般用不易产生垢层的水蒸气、冷却水等作为载热体。这种换热器的传热系数较小，传热面又受到容器冷凝液的限制，因此适用于传热量不大的场合。为了提高其传热性能，可在容器内安装搅拌器，使容器内液体作强制对流。为了弥补传热面积的不足，还可在容器内加设蛇管等。当夹套内通冷却水时，可在夹套内加设挡板，这样既可使冷却水流向一定，又可使流速增大，以提高对流传热系数。

2. 螺旋板式换热器

结构：螺旋板式换热器是由两张间距一定的平行的薄金属板卷制而成，构成一对互相隔开的螺旋形流道。冷、热两流体以螺旋板为传热面相间流动，两板之间焊有定距柱以维持流道间距，同时也可增加螺旋板的刚度。在换热器中心设有中心隔板，使两个螺旋通道隔开。在顶、底部分别焊有盖板或封头和两流体的出入接管（见图10-9）。

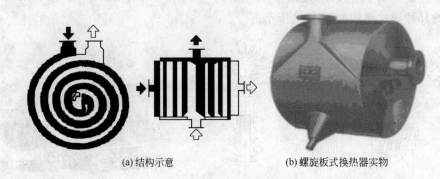

(a) 结构示意 　　　　　(b) 螺旋板式换热器实物

图 10-9　螺旋板式换热器

螺旋板换热器的特点、使用场合如下。

① 传热效能好。弯曲的螺旋通道和定距柱，有利于增强流体的湍流状态，通道内流体阻力小，可提高设计流速，有利于提高传热系数。对于水-水换热，传热系数可达 $1.8\sim3.5kW/(m^2 \cdot ℃)$。

② 有自清洗作用。单通道内的流体通过通道内杂质沉积处时，流速会相对提高，容易把杂质冲掉。

③ 不可拆式结构的密封性能好。适用于剧毒、易燃、易爆或贵重流体的换热。

④ 相邻通道内的流体呈纯逆流方式流动，可得到最大的对数平均温差，有利于小温差传热，适用于回收低温位热能。

⑤ 结构较紧凑，单位设备体积内的传热面积可达 $150m^2/m^3$。

⑥ 由于螺旋通道本身的弹性自由膨胀，温差应力小。

⑦ 价格低廉。

能否选用螺旋板换热器的关键是堵塞问题，尽管它有自清洗作用，但由于设计或操作不当也会发生堵塞，这时即使使用可拆式结构也难于用机械方法清洗。采用水、气或蒸汽吹洗，操作方便效果更好。螺旋板换热器最大的缺点是检修困难，如发生内圈螺旋板破裂，便会使整台设备报废。操作压强和温度不能太高，流体阻力较大。

3. 平板式换热器

结构：主要由一组长方形的薄金属板平行排列、夹紧组装在支架上而构成。两相邻板片的边缘衬有垫片，压紧后板间形成流体通道，且可用垫片的厚度调节通道的大小。每块板的四个角上各开一个圆孔，其中有一对圆孔和板面上的流通道相通，另外一对圆孔则不相通，它们的位置在相邻的板上是错开的，以分别形成两流体的通道。冷热流体交错地在板片两侧流过，通过板片进行换热。板上可被压制成多种形状的波纹，可增加刚性，提高湍动程度，增加传热面积，易于液体的均匀分布（见图 10-10）。

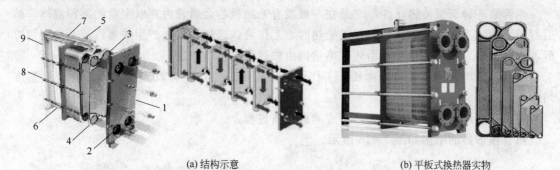

(a) 结构示意　　　　　　　　　　　　　(b) 平板式换热器实物

图 10-10　平板式换热器

1—固定压紧板；2—连接口；3—垫片；4—板片；5—活动压紧板；
6—下导杆；7—上导杆；8—夹紧螺栓；9—支柱

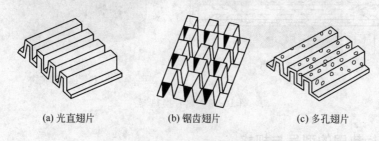

(a) 光直翅片　　　　(b) 锯齿翅片　　　　(c) 多孔翅片

图 10-11　板翅式换热器的翅片形式

特点：优点是传热系数高，结构紧凑，安装检修方便，单位体积的换热器换热面积大。缺点是处理量小，操作压强和温度不高，易渗漏。

使用场合：两流体清洁，压力不高的场合。

4. 板翅式换热器

结构：板翅式换热器是一种更为紧凑、轻巧、高效的换热器。基本结构是由两块平行的薄金属板间夹入波纹状或其他形状的金属翅片，两边以侧条密封，组成一个换热单元。将各基本单元进行不同的叠积和适当地排列，并用钎焊固定，即可制成并流、逆流或错流的板束（又称芯部）。然后将带有流体进、出口的集流箱焊接到板束上，就成为板翅式换热器。板翅式换热器的翅片形式见图 10-11，实物图见图 10-12。

特点：优点是总传热系数高，传热效率好，结构紧凑，轻巧牢固，适应性强，操作范围广。

图 10-12　板翅式换热器实物

缺点是制造工艺复杂，检修清洗困难；要求介质对铝无腐蚀性。

应用场合：板翅式换热器广泛地用于石油化工、空气分离、低温工程、船舶、车辆及原子能等行业。

（三）热管换热器

热管换热器是一种新型的高效换热器，换热器由热管束构成，中间用隔板把冷、热流体隔开。

热管是一种新型传热元件，它是在一根装有毛细吸芯金属管内充以定量的某种液体，然后封闭并抽除不凝性气体。当加热段受热时，工作液体遇热沸腾，产生的蒸汽流至冷凝段冷凝，再次沸腾。如此过程反复循环，热量则由加热段传至冷却段。

特点：结构简单，使用寿命长，工作可靠，应用范围广，蒸汽流动阻力小，管壁温度均匀。

用途：适用于气-气、气-液和液-液间的换热过程。

热管换热器的结构如图 10-13 所示。

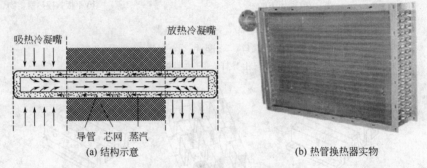

(a) 结构示意　　　　　　　　　　　(b) 热管换热器实物

图 10-13　热管换热器

二、列管换热器的型号与规格

（1）基本参数　①公称换热面积 SN；②公称直径 DN；③公称压力 PN；④换热管的规格；⑤换热管的长度 L；⑥管子数量 n；⑦管程数 NP。

（2）型号表示　如 G600Ⅱ-1.6-55，其中 G—固定管板式换热器；600—公称直径，mm；Ⅱ—管程数；1.6—公称压力 MPa；55—换热器面积，m^2。

三、列管式换热器的选用与设计原则

换热器的设计即是通过传热过程计算确定经济合理的传热面积以及换热器的结构尺寸，以完成生产工艺中所要求的传热任务。换热器的选用也是根据生产任务，计算所需的传热面积，选择合适的换热器。由于参与换热流体特性的不同，换热设备结构特点的差异，因此为了适应生产工艺的实际需要，设计或选用换热器时需要考虑多方面的因素，进行一系列的选择，并通过比较才能设计或选用出经济上合理和技术上可行的换热器。

下面将以列管式换热器为例，说明换热器选用或设计时需要考虑的问题。

1. 流体通道的选择

流体通道的选择可参考以下原则进行：

① 不洁净和易结垢的流体宜走管程，以便于清洗管子；

② 腐蚀性流体宜走管程，以免管束和壳体同时受腐蚀，而且管内也便于检修和清洗；

③ 高压流体宜走管程，以免壳体受压，并且可节省壳体金属的消耗量；

④ 饱和蒸汽宜走壳程，以便于及时排出冷凝液，且蒸汽较洁净，不易污染壳程；

⑤ 被冷却的流体宜走壳程，可利用壳体散热，增强冷却效果；

⑥ 有毒流体宜走管程，以减少流体泄漏；

⑦ 黏度较大或流量较小的流体宜走壳程，因流体在有折流板的壳程流动时，由于流体流向和流速不断改变，在很低的雷诺数（$Re<100$）下即可达到湍流，可提高对流传热系数。但是有时在动力设备允许的条件下，将上述流体通入多管程中也可得到较高的对流传热系数。

在选择流体通道时，以上各点常常不能兼顾，在实际选择时应抓住主要矛盾。如首先要考虑流体的压力、腐蚀性和清洗等要求，然后再校核对流传热系数和阻力系数等，以便作出合理的选择。

2. 流体流速的选择

换热器中流体流速的增加，可使对流传热系数增加，有利于减少污垢在管子表面沉积的可能性，即降低污垢热阻，使总传热系数增大。然而流速的增加又使流体流动阻力增大，动力消耗增大。因此，适宜的流体流速需通过技术经济核算来确定。充分利用系统动力设备的允许压降来提高流速是换热器设计的一个重要原则。在选择流体流速时，除了经济核算以外，还应考虑换热器结构上的要求。

表 10-1 给出工业上的常用流速范围。除此之外，还可按照液体的黏度选择流速，按材料选择允许流速以及按照液体的易燃、易爆程度选择安全允许流速。

表 10-1　列管式换热器中常用的流速范围

流 体 种 类		一般液体	易结垢液体	气体
流速/(m/s)	管程	0.5～3	>1	5～30
	壳程	0.2～15	>0.5	3～15

3. 流体两端温度的确定

若换热器中冷、热流体的温度都由工艺条件所规定，则不存在确定流体两端温度的问题。若其中一流体仅已知进口温度，则出口温度应由设计者来确定。例如用冷水冷却一热流体，冷水的进口温度可根据当地的气温条件作出估计，而其出口温度则可根据经济核算来确定：为了节省冷水量，可使出口温度提高一些，但是传热面积就需要增加；为了减小传热面积，则需要增加冷水量，两者是相互矛盾的。一般来说，水源丰富的地区选用较小的温差，缺水地区选用较大的温差。不过，工业冷却用水的出口温度一般不宜高于 45℃，因为工业用水中所含的部分盐类（如 $CaCO_3$、$CaSO_4$、$MgCO_3$ 和 $MgSO_4$ 等）的溶解度随温度升高而减小，如出口温度过高，盐类析出，将形成传热性能很差的污垢，而使传热过程恶化。如果是用加热介质加热冷流体，可按同样的原则选择加热介质的出口温度。

4. 管径、管子排列方式和壳体直径的确定

小直径管子能使单位体积的传热面积大，因而在同样体积内可布置更多的传热面。或者说，当传热面积一定时，采用小管径可使管子长度缩短，增强传热，易于清洗。但是减小管径将使流动阻力增加，容易积垢。对于不清洁、易结垢或黏度较大的流体，宜采用较大的管径。因此，管径的选择要视所用材料和操作条件而定，总的趋向是采用小直径管子。

管长的选择是以合理使用管材和清洗方便为原则。国产管材的长度一般为 6m，因此管壳式换热器系列标准中换热管的长度分为 1.5m、2m、3m 或 6m 几种，常用 3m 或 6m 的规格。长管不易清洗，且易弯曲。此外，管长 L 与壳体内径 D 的比例应适当，一般 $L/D=4\sim6$。

管子的排列方式有等边三角形、正方形直列和正方形错列三种，如图 10-14 所示。

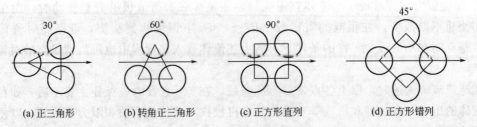

(a) 正三角形　　(b) 转角正三角形　　(c) 正方形直列　　(d) 正方形错列

图 10-14　热管排列方式示意

等边三角形排列比较紧凑，管外流体湍动程度高，对流传热系数大；正方形直列比较松散，对流传热系数较三角形排列时低，但管外壁清洗方便，适用于壳程流体易结垢的场合；正方形错列则介于上述两者之间，对流传热系数较直列高。

管子在管板上的间距 t 跟管子与管板的连接方式有关：胀管法一般取 $t=(1.3\sim1.5)d_0$，且相邻两管外壁的间距不小于 6mm；焊接法取 $t=1.25d_0$。

换热器壳体内径应等于或稍大于管板的直径。根据计算出的实际管数、管径、管中心距及管子的排列方式等可用作图法确定。但是管数较多又要反复计算时，用作图法就太麻烦。一般在初步设计中，可先分别选定两流体的流速，然后计算所需的管程和壳程的流通截面积，于系列标准中查出外壳的直径。待全部设计完成后，仍应用作图法画出管子排列图。为了使管子排列均匀，防止流体走"短流"，可适当增减一些管子。

另外，初步设计中也可以用下式计算壳体的内径：

$$D=t(n_e-1)+2b$$

式中　D——壳体内径，m；

　　　t——管中心距，m；

　　　n_e——横过管束中心线的管数；

　　　b——管束中心线上最外层管的中心至壳体内壁的距离，一般取 $b=(1\sim1.5)d_0$，m。

n_e 值可有下面公式估算，即管子按正三角形排列，则 $n_e=1.1\sqrt{n}$；管子按正方形排列，则 $n_e=1.19\sqrt{n}$。式中，n 为换热器的总管数，按上述方法计算得到的壳内径应圆整。

5. 管程和壳程数的确定

当流体的流量较小而所需的传热面积较大时，需要管数很多，这可能会使流速降低，对流传热系数减小。为了提高流速，可采用多管程。但是管程数过多将导致流动阻力增大，平均温差下降，同时由于隔板占据一定面积，使管板上可利用的面积减少，设计时应综合考虑。采用多管程时，一般应使各程管数大致相同。

当列管式换热器的温差修正系数大于 0.8 时，可采用多壳程，如壳体内安装与管束平行的隔板。但由于在壳体内纵向隔板的制造、安装和检修都比较困难，故一般将壳体分为两个或多个，将所需总管数分装在直径相等而较小的壳体中，然后将这些换热器串联使用。

6. 折流板

折流板又称折流挡板，安装折流板的目的是为了提高壳程流体的对流传热系数。其常见型式有弓形折流板、圆盘形折流板以及螺旋折流板等，如图 10-15 所示。常用型式为弓形折流板。折流板的形状和间距对壳程流体的流动和传热具有重要影响，挡板的形状和间距必须适当（见图 10-15）。

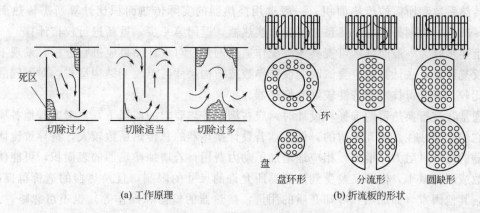

(a) 工作原理   (b) 折流板的形状

图 10-15 换热器的折流挡板

通常弓形缺口的高度为壳体直径的 $10\% \sim 40\%$，一般取 $20\% \sim 25\%$。两相邻折流板的间距也需选择适当，间距过大，则不能保证流体垂直流过管束，流速减小，对流传热系数降低；间距过小，则流动阻力增大，也不利于制造和检修。一般折流板的间距取为壳体内径的 $20\% \sim 100\%$。

7. 换热器中传热与流体流动阻力的计算

有关列管式换热器的传热计算可按已选定的结构型式，根据传热过程中各个环节分别计算出两侧流体的对流传热热阻及导热热阻，得到总传热系数，再按本节前述内容进行换热器传热计算。

列管式换热器中流动阻力计算应按壳程和管程两个方面分别进行。它与换热器的结构型式和流体特性有关。一般对特定型式换热器可按经验方程计算，计算式比较繁杂，具体内容可参阅有关的换热器设计教科书或手册。

8. 列管式换热器的选用和设计的一般步骤

列管式换热器的选用和设计的计算步骤基本上是一致的，其基本步骤如下：

（1）估算传热面积，初选换热器型号

① 根据传热任务，计算传热速率；

② 确定流体在换热器中两端的温度，并按定性温度计算流体物性；

③ 计算传热温差，并根据温差修正系数不小于 0.8 的原则，确定壳程数或调整加热介质或冷却介质的终温；

④ 根据两流体的温差，确定换热器的型式；

⑤ 选择流体在换热器中的通道；

⑥ 依据总传热系数的经验值范围，估取总传热系数值；

⑦ 依据传热基本方程，估算传热面积，并确定换热器的基本尺寸或按系列标准选择换热器的规格；

⑧ 选择流体的流速，确定换热器的管程数和折流板间距。

（2）计算管程和壳程流体的流动阻力 根据初选的设备规格，计算管程和壳程流体的流动阻力，具体的计算方法可参考文献的有关内容。检查计算结果是否合理和满足工艺要求，若不符合要求，再调整管程数或折流板间距，或选择其他型号的换热器，重新计算流动阻力，直到满足要求为止。

（3）计算传热系数，校核传热面积 计算管程、壳程的对流传热系数，确定污垢热阻，计算传热系数和所需的传热面积。一般选用换热器的实际传热面积比计算所需传热面积大10%～25%，否则另设总传热系数，另选换热器，返回第一步，重新进行校核计算。

上述步骤为一般原则，可视具体情况作适当调整，对设计结果应进行分析，发现不合理处要反复计算。在计算时应尝试改变设计参数或结构尺寸甚至改变结构型式，对不同的方案进行比较，以获得技术经济性较好的换热器。

通常，进行换热器的选择和设计时，应在满足传热要求的前提下，再考虑其他各项的问题。它们之间往往是相互矛盾的。例如，若设计换热器的总传热系数较大，将导致流体通过换热器的压降（阻力）增大，相应地增加了动力费用；若增加换热器的表面积，可能使总传热系数或压降减小，但却又要受到换热器所允许的尺寸的限制，且换热器的造价也提高了。此外，其他因素（如加热和冷却介质的用量，换热器的检修和操作等）也不可忽略。总之，设计者应综合分析考虑上述因素，给予细心的判断，以便作出一个适宜的设计。

第十一章 塔 器

塔设备是一类重要的传质设备，它可使气液或液液两相密切接触，通过相际传质、传热，达到分离目的。塔设备可用于精馏、吸收、解吸、萃取和干燥等单元分离操作。塔设备的种类，从不同的角度有不同的分类，按操作压力来分，塔设备可分为加压塔、常压塔和减压塔；按功能分可分为精馏塔、吸收塔、解吸塔、萃取塔和干燥塔等。最常用的分类是按塔内件的结构分为板式塔和填料塔。

第一节 板 式 塔

工业上最早出现的板式塔是筛板塔和泡罩塔。筛板塔出现于 1830 年，很长一段时间内被认为难以操作而未得到重视。泡罩塔结构复杂，但容易操作，自 1854 年应用于工业生产以来，很快得到推广，直到 20 世纪 50 年代初，它始终处于主导地位。第二次世界大战后，炼油和化学工业发展迅速，泡罩塔结构复杂、造价高的缺点日益突出，而结构简单的筛板塔重新受到重视。通过大量的实验研究和工业实践，逐步掌握了筛板塔的操作规律和正确设计方法，还开发了大孔径筛板，解决了筛孔容易堵塞的问题。因此，50 年代起，筛板塔迅速发展成为工业上广泛应用的塔型。与此同时，还出现了浮阀塔，它操作容易，结构也比较简单，同样得到了广泛应用。而泡罩塔的应用则日益减少，除特殊场合外，已不再新建。60年代以后，石油化工的生产规模不断扩大，大型塔的直径已超过 10m。为满足设备大型化及有关分离操作所提出的各种要求，新型塔板不断出现，已有数十种。

一、结构

板式塔总体上由塔体和裙座、塔盘、除沫装置、设备管道、塔附件等几部分组成，其中塔板是其核心部件。

塔板又称塔盘，是板式塔中气液两相接触传质的部位，决定塔的操作性能，通常由以下三部分组成。

1. 气体通道

为保证气液两相充分接触，塔板上均匀地开有一定数量的通道供气体自下而上穿过板上的液层。气体通道的形式很多，它对塔板性能有决定性影响，也是区别塔板类型的主要标志。筛板塔塔板的气体通道最简单，只是在塔板上均匀地开设许多小孔（通称筛孔），气体穿过筛孔上升并分散到液层中。泡罩塔塔板的气体通道最复杂，它是在塔板上开有若干较大的圆孔，孔上接有升气管，升气管上覆盖分散气体的泡罩。浮阀塔塔板则直接在圆孔上盖以可浮动的阀片，根据气体的流量，阀片自行调节开度。

2. 溢流堰

为保证气液两相在塔板上形成足够的相际传质表面，塔板上需保持一定深度的液层，为此，在塔板的出口端设置溢流堰。塔板上液层高度在很大程度上由堰高决定。对于大型塔板，为保证液流均布，还在塔板的进口端设置进口堰。

3. 降液管

液体自上层塔板流至下层塔板的通道，也是气（汽）体与液体分离的部位。为此，降液管中必须有足够的空间，让液体有所需的停留时间。此外，还有一类无溢流塔板，塔板上不设降液管，仅是块均匀开设筛孔或缝隙的圆形筛板。操作时，板上液体随机地经某些筛孔流下，而气体则穿过另一些筛孔上升。无溢流塔板虽然结构简单，造价低廉，板面利用率高，但操作弹性太小，板效率较低，故应用不广。

降液管的结构有弓形和圆形两类，由于圆形降液管的截面积较小，故除了液体负荷较小时采用外，一般常用弓形降液管。

塔盘在结构方面要有一定的刚度，以维持水平，塔板与塔壁之间应有一定的密封性，以避免气液短路，塔板应便于制造、安装、维修，并且成本要低。

塔板有整块式和分块式两种，当塔径在 $800 \sim 900mm$ 以下时，建议采用整块式塔板，当塔径在 $800 \sim 900mm$ 以上时，一般采用分块式塔板，人可以在塔内进行拆装。

一般来说，各层塔板的结构是相同的，只有最高一层、最低一层和进料层的结构和塔板间距有所不同，塔板间距根据塔径大小在 $300 \sim 800mm$ 间不等。

为了有效地实现气、液两相之间的物质传递，要求塔板具有以下两个作用。

① 塔板上保持良好的气、液接触条件，造成较大的接触表面，而且气液接触表面不断更新，以增加传质速率。

② 保证气、液多次逆流接触，防止气、液短路夹带及返混，使塔内各处能提供最大的传质推动力。

因此，一块好的塔板，既要能使气、液接触良好，又要在气、液充分接触后能够很好地分离，使气体向上，液体向下，实现两相逆流。

二、气、液两相在塔板上的流动状况

早期在塔板上气、液两相流动状况及传质性能的研究及设计是以鼓泡或泡沫状态为基础的，20 世纪 60 年代以来，人们不但在实验室小设备中证实，而且在工业塔板上观察到塔板上气、液两相不同流动状态及其间的转变。塔板上气液接触好坏，主要取决于流体的流动速度，气液两相的物性、板的结构等。以筛板塔为例，根据空气和水的接触实验，当液体流量一定，气体速度从小到大变化时，可以观察到以下四种接触状态。

1. 鼓泡状态

当气速从零增加时，塔板上液相中的气相滞留量也增加，气相以鼓泡形式通过液相。塔板上存在着大量的清液，气泡数量不多，板上液层表面十分清晰，随着气速增加到一定值时，可以认为鼓泡状态已终止。在鼓泡状态，气液两相接触面为气泡表面。因气速很低，气相鼓泡状态较小，液相中气泡数量少，气泡表面的湍动程度较低，因此气、液两相在鼓泡接触状态时传质阻力较大。

2. 蜂窝状态

气速继续增加使气泡互相碰撞，开始形成类似于多边体的大气泡。蜂窝状态一般只在小型设备的塔板上出现，因为此时设备的壁面提供了形成多边气泡的条件，而工业生产的塔板上很难出现气、液两相蜂窝状态。

3. 泡沫状态

气速进一步增加使蜂窝气泡破裂。泡沫状态的特征是存在着大小不同的气泡及强烈的液体环流，气液界面不断变化，不容易用肉眼观察到。塔板上液体大部分液膜的形式存在于气泡之间，而在靠近塔板表面处看到清液层。泡沫接触状态的两相接触面是面积很大的液膜，而且气液两相高度湍动，液膜不断合并和破裂，为两相传质提供了良好的流体力学条件。

4. 喷射状态

当气速再增加时，动量很大的气体从塔板开口通道以喷射流形式穿过液层，将塔板上的液层破碎成大小不等的液滴抛于塔板上方空间，液滴落回板上又被抛出。在喷射状态下，液体为分散相而气体为连续相，两相传质面积是液滴的外表面，液滴的多次形成使传质表面不断更新，为两相传质提供了良好的流体力学条件。

三、限制板式塔生产能力的因素

气液的流量、物系的性质、踏板的几何结构等都影响塔的操作，对一定的物系在一定的塔内，气液的流量是塔操作时的可变因素，必须将它控制在一个许可的范围内，超过这个范围，塔的正常操作将被破坏。以下是几个极限情况：

（1）液泛 气液的流量过大，使气体通过塔板的压力降大，同时液体通过降液管的阻力也大，引起降液管内液体泛滥，使板上泡沫层上升到上层塔板，破坏了塔的正常操作。

（2）过量液体夹带 板式塔中气流带着液滴上升至上层塔板。过量液沫夹带将导致板效率大幅度下降。

（3）操作受降液管尺寸所限 降液管尺寸过小将使液体流量受限，液体在降液管内停留时间不足，所含气泡来不及解脱被液体卷入下层塔板，从而降低了溢流管内泡沫层平均密度，使降液管的通过能力减小，液体不能顺利地流入下一层塔板。

（4）液相负荷下限 流量过小，板上液体流动严重不均导致板效率急剧下降。

（5）漏液 气速不够大，液体大部分跨过溢流堰落入降液管，少部分从气孔中漏下。少许漏液不影响塔的正常操作，但会使板效率大幅度下降。

对塔板的一般要求如下：

① 生产能力大，即单位塔截面上气体和液体的通量大。

② 板效率高，塔板效率高塔板数就少，对于塔板数一定的塔，板效率高可以提高产品质量或减少回流比，较少能耗，降低操作费用。

③ 压降小，气体通过单板的压降小，能耗低。对于精馏则可以降低塔釜温度，这对于处理高沸点和易发生自聚分解的物系尤其重要。

④ 操作范围宽，当塔内操作的气液负荷波动时不至于影响塔的正常操作。

⑤ 结构简单，制造维修方便，造价低廉。

实际上各种塔板很难全面地满足以上要求，它们大多各具特色，而且各种生产过程对塔的要求也是有侧重的，因此应根据生产对象的具体情况选择合适的塔板形式。

四、特点与使用场合

优点：重量轻、效率高、处理量大、便于维修。

缺点：结构复杂、压力降大。

使用场合：由于板式塔比填料塔便于清洗，板式塔可以有效处理易于聚合或含有固体悬浮物的物料；当有侧线出料或多股进料的复杂精馏时，板式塔比填料塔方便可靠。

第二节 筛 板 塔

一、筛板塔的结构

长期以来，筛板塔一直被误认为操作范围狭窄，筛孔容易堵塞而受到冷遇。但是筛板塔结构简单，在经济上有很大的吸引力。因此，从 20 世纪 50 年代以来，许多研究者对筛板塔重新进行了研究，研究结果表明，造成筛板塔操作范围狭窄的原因是设计不良，而设计良好的筛板塔是具有足够宽的操作范围的，至于筛孔容易堵塞的问题，可采用大孔径筛板得以解决。

筛板塔为板式塔的一种，其内装若干层水平塔板，板上有许多小孔，孔径一般为 3～8mm，形状如筛，筛孔在塔板上正三角排列；并装有溢流管或没有溢流管。操作时，液体由塔顶进入，经溢流管（一部分经筛孔）逐板下降，并在板上积存液层。气体（或蒸汽）由塔底进入，经筛孔上升穿过液层，鼓泡而出，因而两相可以充分接触，并相互作用，它是泡沫式接触气液传质过程的一种形式，性能优于泡罩塔。为克服筛板安装水平要求过高的困难，发展了环流筛板；为克服筛板在低负荷下出现漏液现象，设计了板下带盘的筛板；为减轻筛板上雾沫夹带缩短板间距，制造出板上带挡的筛板和突孔式筛板和用斜的增泡台代替进口堰，塔板上开设气体导向缝的林德筛板。筛板塔是最早应用的塔型之一。近年来已发展成化工生产中主要传质设备之一，应用于蒸馏、吸收和除尘等。不同类型的筛板结构见图11-1，筛板塔的整体结构和塔板局部示意见图11-2。

图 11-1 不同类型的筛板结构

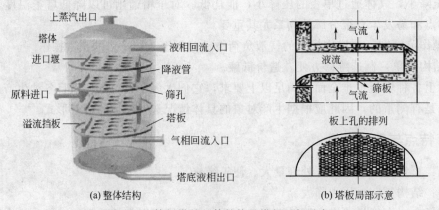

上蒸汽出口
塔体
进口堰
降液管
原料进口
筛孔
塔板
溢流挡板
液相回流入口
气相回流入口
塔底液相出口

气流
液流
气流
筛板

板上孔的排列

(a) 整体结构   (b) 塔板局部示意

图 11-2 筛板塔的整体结构及塔板局部示意

二、筛板塔的特点及使用场合

筛板塔具有结构简单、制造方便、成本低于泡罩塔及浮阀塔、且处理量及板效率均高于泡罩塔等优点。但因其生产弹性小，不适宜于低气液负荷的条件。

新垂直筛板塔是在塔板上开有直径较大的升气孔，孔上设置圆筒形罩体，其侧壁上部开有筛孔，下端与塔板保持一定距离（见图 11-3）。操作时，液体从底隙进入罩体，气体经升气孔进入罩体，其动能将液体拉成液膜并破碎成液滴，两相在罩体内进行传热传质，然后从筛孔喷出，气体上升，液体落回板面，液相在塔板上前进的过程中，重复上述过程，最后由降液管流至下一层塔板。

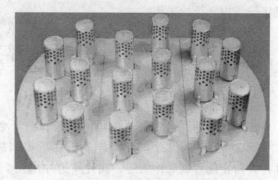

图 11-3　新垂直筛板塔筛板实物图

新垂直筛板塔的特点是：与一般鼓泡型板式塔相比，新垂直筛板塔的关键是连续相和分散相发生了相转变，即气相转为连续相，液相转为分散相，使相际面积明显增加，从而强化传质。为了减少塔板阻力提高处理能力，将升气孔由平孔改成喷嘴孔，使塔板阻力降低 40％ 以上，可用于真空系统。

第三节　泡　罩　塔

一、泡罩塔的结构

泡罩塔板是工业上应用最早的塔板，它主要由升气管及泡罩构成。泡罩安装在升气管的顶部，分圆形和条形两种，以前者使用较广。泡罩有 $\phi80mm$、$\phi100mm$、$\phi150mm$ 三种尺寸，可根据塔径的大小选择。泡罩的下部周边开有很多齿缝，齿缝一般为三角形、矩形或梯形。泡罩在塔板上为正三角形排列。泡罩塔板的塔盘及泡罩见图 11-4。

(a) 大型泡罩塔盘

(b) 小型泡罩塔盘

(c) 泡罩塔板的单个泡罩

图 11-4　泡罩塔板的塔盘及泡罩

操作时，液体横向流过塔板，靠溢流堰保持板上有一定厚度的液层，齿缝浸没于液层之中而形成液封。升气管的顶部应高于泡罩齿缝的上沿，以防止液体从中漏下。上升气体通过齿缝进入液层时，被分散成许多细小的气泡或流股，在板上形成鼓泡层，为气液两相的传热和传质提供大量的界面。

二、泡罩塔的特点及使用场合

泡罩塔板的优点是操作弹性较大，塔板不易堵塞；缺点是结构复杂、造价高，板上液层厚，塔板压降大，生产能力及板效率较低。泡罩塔板已逐渐被筛板、浮阀塔板所取代，在新建塔设备中已很少采用。

第四节 浮 阀 塔

一、浮阀塔的结构

浮阀塔板的结构特点是在塔板上开有若干个阀孔，每个阀孔装有一个可上下浮动的阀片，阀片本身连有几个阀腿，插入阀孔后将阀腿底脚拨转 90°，以限制阀片升起的最大高度，并防止阀片被气体吹走。阀片周边冲出几个略向下弯的定距片，当气速很低时，由于定距片的作用，阀片与塔板呈点接触而坐落在阀孔上，在一定程度上可防止阀片与板面的黏结（见图 11-5）。

单个浮阀

图 11-5　浮阀塔板实物

操作时，由阀孔上升的气流经阀片与塔板间隙沿水平方向进入液层，增加了气液接触时间，浮阀开度随气体负荷而变，在低气量时，开度较小，气体仍能以足够的气速通过缝隙，避免过多的漏液；在高气量时，阀片自动浮起，开度增大，使气速不致过大。

二、浮阀塔特点及使用场合

浮阀塔板的优点是结构简单、造价低，生产能力大，操作弹性大，塔板效率较高。其缺点是处理易结焦、高黏度的物料时，阀片易与塔板黏结；在操作过程中有时会发生阀片脱落或卡死等现象，使塔板效率和操作弹性下降。

浮阀塔具有以下优点：

① 由于浮阀可以根据气速大小自由升降、关闭或开启，当气速变化时，开度大小可以自动调节，因此它的操作"弹性"大（一般 5～9），适于生产量有波动和变化的情况；

② 浮阀塔生产能力较大，比泡罩塔提高 20%～40%，与筛板塔相近；

③ 浮阀塔气液两相接触充分，因此，塔板效率较高，一般比泡罩塔高 15%左右；

④ 浮阀塔气体沿阀片周边上升时，只经一次收缩、转弯和膨胀，因此浮阀塔比泡罩塔的塔板压降小；

⑤ 浮阀塔因浮阀不断上下运动，阀孔不易被脏物或黏性物料堵塞，塔板的清洗也比较容易；

⑥ 浮阀塔与泡罩塔相比，结构较简单，制造容易，检修方便，因此制造费用较泡罩塔低 60%～80%。浮阀塔板具有泡罩塔板和筛孔塔板的优点，应用广泛。

浮阀的类型很多，国内常用的有 F1 型、V-4 型及 T 型等，如图 11-6 所示，新型浮阀塔板见图 11-7。

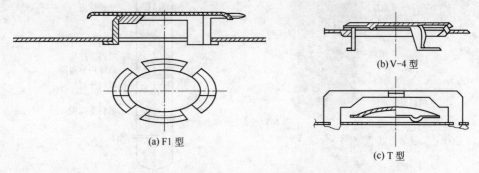

(a) F1 型　　(b) V-4 型　　(c) T 型

图 11-6　浮阀的类型

图 11-7　新型浮阀塔板

第五节　填　料　塔

一、填料塔的结构

填料塔的总体结构由塔体、喷淋装置、填料、再分布器、栅板以及气液的进出口等部件组成，其中填料、再分布器、喷淋装置是其核心部件。

填料塔是以塔内的填料作为气液两相间接触构件的传质设备。填料塔的塔身是一直立式圆筒（见图 11-8），底部装有填料支承板，填料以乱堆或整砌的方式放置在支承板上。填料的上方安装填料压板，以防被上升气流吹动。液体从塔顶经液体分布器喷淋到填料上，并沿填料表面流下。气体从塔底送入，经气体分布装置（小直径塔一般不设气体分布装置）分布后，与液体呈逆流连续通过填料层的空隙，在填料表面上，气液两相密切接触进行传质。填料塔属于连续接触式气液传质设备，两相组成沿塔高连续变化，在正常操作状态下，气相为连续相，液相为分散相。

当液体沿填料层向下流动时，有逐渐向塔壁集中的趋势，使得塔壁附近的液流量逐渐增大，这种现象称为壁流。壁流效应造成气液两相在填料层中分布不均，从而使传质效率下降。因此，当填料层较高时，需要进行分段，中间设置再分布装置。液体再分布装置包括液体收集器和液体再分布器两部分，上层填料流下的液体经液体收集器收集后，送到液体再分布器，经重新分布后喷淋到下层填料上。

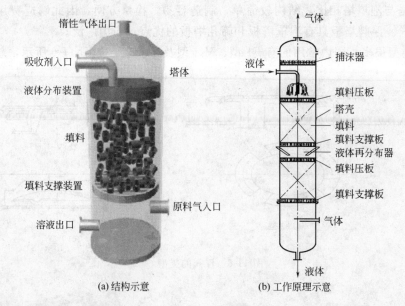

(a) 结构示意　　　　(b) 工作原理示意

图 11-8　填料塔

二、特点与使用场合

填料塔具有生产能力大，分离效率高，压降小，持液量小，操作弹性大等优点。但填料塔也有一些不足之处，如填料造价高；当液体负荷较小时不能有效地润湿填料表面，使传质效率降低；不能直接用于有悬浮物或容易聚合的物料；对侧线进料和出料等复杂精馏不太适合等。

三、常见的填料类型

常见的填料类型见图 11-9。

(1) 拉西环　最早使用的塔填料，其几何形状是外径和高相等的小圆环，属于散堆填料。常用材质为陶瓷、金属、塑料、石墨等。特点是结构简单、加工方便、造价较低、空隙率小，气液相通过能力小，液相的沟流和壁流现象严重，传质效率低。由于这种填料层内液体的持液量大，气体通过填料层时的阻力大。

(2) 鲍尔环　拉西环填料改进结构，开有矩形孔和形成向内的舌片，属于散堆填料。常用材质为陶瓷、金属、塑料。特点是内表面和外表面沟通，改善了塔内气液相分布，气相通量较拉西环大 50% 以上，传质效率比拉西环大 30% 以上。

(3) 阶梯环　壁面开有矩形孔和形成向内的舌片，但其环高度仅仅是直径的 $1/3\sim1/2$。属于散堆填料。常用材质为陶瓷、金属、塑料。特点是环的一端制成锥形翻边，阶梯环较小的高径比和它的锥形翻边结构，使得填料之间呈点式接触，形成的填料层较大，有利于液体的均匀分布。

(4) 弧鞍形填料　弧鞍形填料又称为贝尔鞍填料，形状如同马鞍。属于散堆填料。常用材质为陶瓷、金属、塑料。特点是表面全部敞开，结构对称，流体可以在填料的两侧表面流动，因此其表面利用率高，另外，其表面流道呈弧线形，故阻力小。但由于其结构对称，易造成填料装填时表面重合，既减少了暴露的表面，又破坏了填料层的均匀性，影响了传质

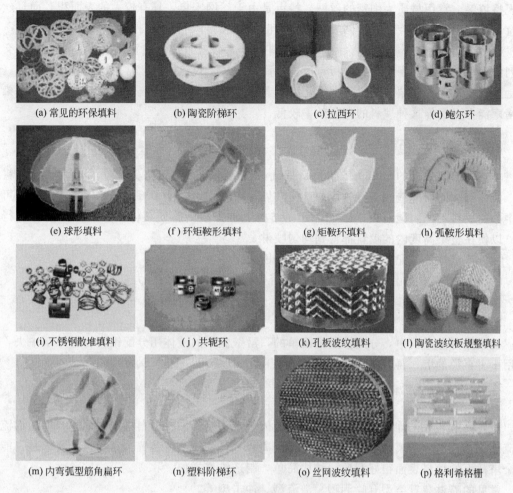

(a) 常见的环保填料　　(b) 陶瓷阶梯环　　(c) 拉西环　　(d) 鲍尔环

(e) 球形填料　　(f) 环矩鞍形填料　　(g) 矩鞍环填料　　(h) 弧鞍形填料

(i) 不锈钢散堆填料　　(j) 共轭环　　(k) 孔板波纹填料　　(l) 陶瓷波纹板规整填料

(m) 内弯弧型筋角扁环　　(n) 塑料阶梯环　　(o) 丝网波纹填料　　(p) 格利希格栅

图 11-9　常见的几种填料

效率。

（5）矩鞍形填料　其两面是不对称结构，属于散堆填料。常用材质为陶瓷、金属、塑料。特点为不对称结构克服了弧鞍形填料易重叠的缺点，使得填料层空隙率均匀，从而具有较好的液体分布性能和传质性能。

（6）环矩鞍形填料　将环形填料和鞍形填料的结构特点集于一体，属于散堆填料。一般为金属材质。特点是兼有环形填料和鞍形填料的优点，即具有气体通过能力大、传质效率高等明显优点，是目前性能十分优良的散堆填料，被广泛使用。

（7）球形填料　由很多板片构成的球体或由许多格栅结构构成的球体，属于散堆填料。一般采用塑料材质。特点是具有结构对称性，因而其装填成的填料床层均匀，气液相分布性能好。

（8）孔板波纹填料　由金属薄板先冲孔后，再压制成波纹状的若干片波纹板，平行叠合而成的圆盘单体，属于规整填料。常用材质为金属薄板。特点是在填料塔内填料时，上下两盘填料的排列方向交错 90°。气体通量大，流体阻力小，传质效率高，而且加工制作方便，造价较低，是目前十分通用的高效规整填料之一。

（9）丝网波纹填料　特别适用于难分离的物系，在精密精馏和真空蒸馏中广泛应用，属于规整填料。常用材质为细密的丝网。特点是由于丝网密集，具有较大的表面积，而且丝网具有毛细作用，使得液体在丝网表面极易润湿伸展成膜，但该填料材质较贵，造价高。

（10）格利希格栅 由垂直、水平和倾斜的金属嵌板组成，在垂直嵌板上设有左右交替排列的水平突边，格栅由金属嵌板点焊连接而成。属于规整填料。常用材质为金属嵌板。特点是这种填料形成的填料层空隙率大，因而其气相通量大，流体流动阻力小，填料抗污染和抗堵塞能力强。但这种填料的传质效率较低。

四、液体再分布器

填料塔分离效果的好坏，塔填料是基础，气、液分布装置是保证。当液体流经填料层时，液体有流向塔壁造成壁流的倾向，使液体分布不均，降低了填料塔的效率，严重时可使塔中心的填料不能润湿而成干锥，因此在结构上宜采取措施使液体流经一段距离后再行分布，以使在整个高度内的填料都得到均匀喷淋。

在设计液体再分配装置时，需考虑如下因素：

① 再分布器的自由截面积不能过小，否则将会过大地增加阻力。

② 结构既要简单，也要牢固可靠，能承受气、液流体的冲击。

③ 便于拆装。

在液体再分布器中，分配锥是最简单的，沿壁流下的液体用分配锥再将它导至中央，通常用于小直径的塔，再分布器的间距为 H，一般 $H \leqslant 6D$，其中 D 为塔径。

五、喷淋装置

液体喷淋装置设计的不合理，将导致液体分布不良，减少填料的润湿面积，增加沟流和壁流现象，直接影响填料塔的处理能力和分离效率。液体喷淋装置的结构设计要求是：能使整个塔截面的填料表面很好润湿，结构简单，制造维修方便。

常见的喷淋装置类型有喷洒型、溢流型、冲击型等。

1. 喷洒型

对于小直径的填料塔（塔径在 300mm 以下），可以采用管式喷洒器，通过在填料上面的进液管（可以是直管、弯管或缺口管）喷洒。其结构简单，但喷淋面积小而且不均匀。

对于直径稍大的填料塔（如塔径在 1200mm 以下），可以采用环管多孔喷洒器，环状管的下面开有小孔，小孔直径为 4~8mm，共有 3~5 排，小孔面积总和约与管横截面积相等。其结构简单，制造和安装方便，但喷洒面积小而且不够均匀，液体要求清洁，否则小孔易堵塞。

莲蓬头是应用较为普遍的喷洒器，可以做成半球形、碟形或杯形。它悬于填料上方中央处，液体经小孔分股喷出，小孔直径为 3~15mm。其结构简单，喷洒较均匀。

2. 溢流型

盘式分布器是常见的一种溢流式喷淋装置，液体经过进液管加到喷淋盘内，然后从喷淋盘内的降液管溢流，淋洒到填料上。其结构简单，流体阻力小，液体分布尚称均匀，但当塔体直径大于 3000mm 左右时，板上的液面高差较大，不宜使用该形式。

3. 冲击型

它是利用液流冲击反射板（可以是平板、凸板或锥形板）的反散飞散作用而分布液体的，反射板中央钻有小孔，以喷淋填料的中央部分。

六、板式塔与填料塔的比较

① 填料塔不宜处理易聚合或含有固体悬浮物的物料，而某些类型的填料塔则可以有效地处理这些物质，板式塔比填料塔便于清洗。

② 当有侧线出料或多股进料的复杂精馏，板式塔要比填料塔方便可靠。同理当气液接触过程需要冷却以移除反应热或溶解热时，填料塔因涉及液体均匀分布问题而使结构复杂化，板式塔可方便地在塔板上安装冷却盘管。

③ 下降液量远大于上升气量的精馏，若用板式塔则降液管面积占过多的塔板截面，此时采用填料塔较为适宜。

④ 填料塔的压降比板式塔小，因而对真空操作更为适宜，对于热敏性物系宜采用填料塔。因为填料塔压降低，可以控制在较低的温度下操作，同时因填料塔内的持液量比板式塔少，物料在塔内的停留时间短。

⑤ 对于腐蚀性物系，填料塔更合适。因可采用瓷质填料、塑料填料或浸防腐材料。对于易起泡物系，填料塔更合适，因填料对泡沫有限制和破碎的作用。

⑥ 不宜安装塔板的小直径塔，填料塔较适宜，填料塔因结构简单而造价便宜。板式塔直径一般不小于 0.6m。

第十二章 阀 门

阀门主要用来改变流体的流向和调节流量，工业生产中常见的阀门主要有：球阀、闸阀、蝶阀、截止阀、单向（止回）阀、疏水阀、安全阀、隔膜阀、旋塞阀、呼吸阀、针形阀、高压角阀等。

第一节 球 阀

一、球阀的工作原理

球阀的关闭件是一个开有圆柱孔的球体，球体绕阀体中心线旋转来达到开启与关闭。球阀在管路中主要用来切断、分配和改变介质的流动方向。

二、球阀的结构

球阀按结构形式可分为浮动球式球阀、固定球式球阀和弹性球式球阀。

球体按功能可分为：二通球、三通球、四通球、弯通球、浮动球、固定球、V形球、偏心半球体、带柄球体、软密封球体、硬密封球体、实心球、空心球等（见图12-1）。

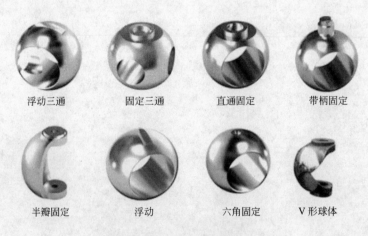

| 浮动三通 | 固定三通 | 直通固定 | 带柄固定 |
| 半瓣固定 | 浮动 | 六角固定 | V形球体 |

图 12-1 常见的几种球阀芯结构

三、球阀的特点

球阀开关轻便，体积小，可以做成很大口径，密封可靠，结构简单，维修方便，密封面与球面常在闭合状态，不易被介质冲蚀，在各行业得到广泛的应用。旋转90°可以从全开状态到全关状态，实现快速启、闭。

四、球阀的适用场合

球阀的适用范围很广，其可适用范围为：①公称通径为 8～1200mm；②公称压力从真空到 42MPa；③工作温度为−204～815℃。

球阀选型的适用原则如下。

① 石油、天然气的输送主管线、需要清扫管线的，又需埋设在地下的，选用全通径、全焊接结构的球阀；埋设在地上的，选择全通径焊接连接或法兰连接的球阀；支管，选用法兰连接、焊接连接，全通径或缩径的球阀。

② 成品油的输送管线和贮存设备，选用法兰连接的球阀。

③ 城市煤气和天然气的管路上，选用法兰连接和内螺纹连接的浮动球阀。

④ 冶金系统中的氧气管路系统中，宜选用经过严格脱脂处理、法兰连接的固定球球阀。

⑤ 低温介质的管路系统和装置上，宜选用加上阀盖的低温球阀。

⑥ 炼油工作中催化裂化装置的管路系统上，可选用升降杆式球阀。

⑦ 化工系统的酸碱等腐蚀性介质的装置和管路系统中，宜选用奥氏体不锈钢制造的、聚四氟乙烯为阀座密封圈的全不锈钢球阀。

⑧ 冶金系统、电力系统、石化装置、城市供热系统中的高温介质的管路系统或装置上，可选用金属对金属密封球阀。

⑨ 需要进行流量调节时，可选用蜗轮蜗杆传动的、气动或电动的带 V 形开口的调节球阀。

五、球阀的使用与维护

（1）**球阀的使用** 球阀在安装时没有方向的区分；使用时可根据阀杆上标示的凹槽或凸起来判断球阀的开、关状态。若凹槽或凸起的方向与管路方向一致时，球阀处于完全开启状态，若凹槽或凸起的方向与管路方向垂直时，球阀处于完全关闭状态（见图 12-2）。

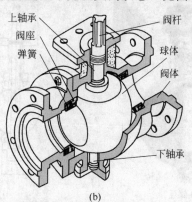

(a)　　　　　　　　　(b)

图 12-2　球阀外观图（a）与固定球球阀结构图（b）

（2）**球阀的维修**

① 只有卸除球阀前后的压力，才能对球阀进行拆卸分解操作。

② 在对球阀的分解与再装配过程中，需要对有密封性零部件的保护，特别是非金属零部件，像 O 形圈等部件最好使用专用的工具。

③ 球阀阀体重新装配时螺栓必须对称、逐步、均匀地拧紧。

④ 清洗剂应与球阀中的橡胶件、塑料件、金属件及工作介质（例如燃气）等均不相溶。工作介质为燃气时，可用汽油（GB 484—89）清洗金属零件。非金属零件用纯净水或酒精清洗。

⑤ 分解下来的单个零件可以用浸洗方式清洗。尚留有未分解下来的非金属件上的金属件可采用干净细洁的浸渍有清洗剂的绸布（为避免纤维脱落黏附在零件上）擦洗。清洗时须去除一切黏附在壁面上的油脂、污垢、积胶、灰尘等。

⑥ 非金属零件清洗后应立即从清洗剂中取出，不得长时间浸泡。

⑦ 清洗后需待被洗壁面清洗剂挥发后（可用未浸清洗剂的绸布擦）进行装配，但不得长时间搁置，否则会生锈、被灰尘污染。

⑧ 新零件在装配前也需清洗干净。

⑨ 使用润滑脂润滑。润滑脂应与球阀金属材料、橡胶件、塑料件及工作介质均相溶。工作介质为燃气时，可用例如特221润滑脂。在密封件安装槽的表面上涂一薄层润滑脂，在橡胶密封件上涂一薄层润滑脂，阀杆的密封面及摩擦面上涂一薄层润滑脂。

⑩ 装配时应不允许有金属碎屑、纤维、油脂（规定使用的除外）灰尘及其他杂质、异物等污染、黏附或停留在零件表面上或进入内腔。

第二节 蝶 阀

一、蝶阀的工作原理

蝶阀是用圆形蝶板作启闭件并随阀杆转动来开启、关闭和调节流体通道的一种阀门（见图 12-3）。蝶阀的蝶板安装于管道的直径方向，在蝶阀阀体圆柱形通道内，圆盘形蝶板绕轴线旋转，旋转角度为 0°～90°之间，旋转到 90°时，阀门则呈全开状态。

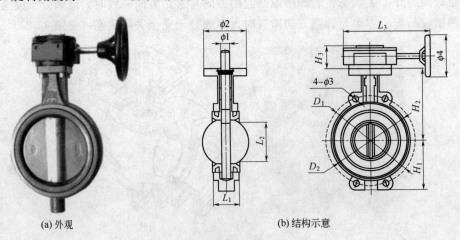

(a) 外观　　　　　　　　　　　(b) 结构示意

图 12-3　蝶阀外观图及结构

二、蝶阀的结构

蝶阀主要由阀体、蝶板、阀杆、密封圈和传动装置组成。

（1）阀体　阀体呈圆筒状，上下部分各有一个圆柱形凸台，用于安装阀杆。蝶阀与管道多采用法兰连接；如采用对夹连接，其结构长度最小。

（2）阀杆　阀杆是蝶板的转轴，轴端采用填料函密封结构，可防止介质外漏。阀杆上端与传动装置直接相接，以传递力矩。

（3）蝶板　蝶板是蝶阀的启闭件。

常用的蝶阀有对夹式蝶阀和法兰式蝶阀两种。对夹式蝶阀是用双头螺栓将阀门连接在两管道法兰之间，法兰式蝶阀是阀门上带有法兰，用螺栓将阀门上两端法兰连接在管道法兰上。

三、蝶阀的特点

① 结构简单，外形尺寸小。由于结构紧凑，结构长度短，体积小，重量轻，适用于大口径的阀门。

② 流体阻力小。全开时，阀座通道有效流通面积较大，因而流体阻力较小。

③ 启闭方便迅速，调节性能好。蝶板旋转90°即可完成启闭，通过改变蝶板的旋转角度可以分级控制流量。

④ 启闭力矩较小。由于转轴两侧蝶板受介质作用基本相等，而产生转矩的方向相反，因而启闭较省力。

⑤ 低压密封性能好。密封面材料一般采用橡胶、塑料，故密封性能好。受密封圈材料的限制，蝶阀的使用压力和工作温度范围较小。但硬密封蝶阀的使用压力和工作温度范围，都有了很大的提高。

蝶阀有弹性密封和金属密封两种密封型式。弹性密封阀门，密封圈可以镶嵌在阀体上或附在蝶板周边。

四、蝶阀的适用场合

由于蝶阀阀板的运动带有擦拭性，故大多数蝶阀可用于带悬浮固体颗粒的介质，依据密封件的强度也可用于粉状和颗粒状的介质。

蝶阀的结构长度和总体高度较小，开启和关闭速度快，在完全开启时，具有较小的流体阻力，当开启到大约 15°～70°时，又能进行灵敏的流量控制，蝶阀的结构原理最适合于制作大口径阀门。

在下列工况条件下，推荐选用蝶阀：①要求节流、调节控制流量；②泥浆介质及含固体颗粒介质；③要求阀门结构长度短的场合；④要求启闭速度快的场合；⑤ 压差较小的场合。

在双位调节、缩口的通道、低噪声、有气穴和气化现象，向大气少量渗漏，有磨蚀性介质时，可以选用蝶阀。

在特殊工况条件下节流调节或要求密封严格，或磨损严重、低温（深冷）等工况条件下使用蝶阀时，需使用特殊设计金属密封带调节装置的三偏心或双偏心的专用蝶阀。

软密封蝶阀适用于通风除尘管路的双向启闭及调节，冶金、轻工、电力、石油化工系统的煤气管道及水道等。金属对金属线密封双偏心蝶阀适用于供热、供汽、供水及煤气、油品、酸碱等管路，作为调节和截流装置。

金属对金属面密封三偏心蝶阀除作为大型变压吸附气体分离控制阀外，还可广泛用于石油、化工、冶金、电力、食品、医药、给排水、气体输送等领域。

五、使用与维护

（1）蝶阀的安装

① 蝶阀的蝶板安装于管道的直径方向上。

② 蝶板在安装时，蝶板要停在关闭的位置上。

③ 开启位置应按蝶板的旋转角度来确定。

④ 带有旁通阀的蝶阀，开启前应先打开旁通阀。

⑤ 应按蝶阀制造厂的安装说明书进行安装，较重的蝶阀，应设置牢固的基础。

（2）蝶阀的使用维护注意事项

① 蝶阀的开度与流量之间的关系，基本上呈线性比例变化。如果用于控制流量，其流量特性与配管的流阻也有密切关系，如两条管道安装阀门口径、形式等完全相同，而管道损失系数不同，阀门的流量差别也会很大。

② 如果阀门处于节流幅度较大的状态，阀板的背面容易发生气蚀，有损坏阀门的可能，一般均在 15°外使用。

③ 蝶阀处于中开度时，阀体与蝶板前端形成的开口形状以阀轴为中心，两侧形成完全不同的状态，一侧的蝶板前端顺流水方向而动，另一侧逆流水方向而动，因此，一侧阀体与阀板形成似喷嘴形开口，另一侧类似节流孔形开口，喷嘴侧比节流侧流速快得多，而节流侧阀门下面会产生负压，往往会出现橡胶密封件脱落。

④ 蝶阀操作力矩，因开度及阀门启闭方向不同其值各异。卧式蝶阀，特别是大口径阀，由于水深，阀轴上、下水头差所产生的力矩也不容忽视。另外，阀门进口侧装置弯头时，形成偏流，力矩会增加。阀门处于中间开度时，由于水流动力矩起作用，操作机构需要自锁。

第三节 闸 阀

一、闸阀的工作原理

闸阀是指关闭件（闸板）沿通路中心线的垂直方向移动的阀门。闸阀是使用范围很广的一种阀门，一般口径 $DN \geqslant 50mm$ 的切断装置都选用它，有时口径很小的切断装置也选用闸阀。几种常见的闸阀见图 12-4。

(a) 手动闸阀　　　　　　(b) 电动、气动闸阀　　　　　(c) 液压自动闸阀

图 12-4 常见的几种闸阀

二、闸阀的结构

（1）按闸板的构造分类

① 平行式闸阀　密封面与垂直中心线平行，即两个密封面互相平行的闸阀。在平行式闸阀中，以带推力楔块的结构最为常见，即在两闸板中间有双面推力楔块，这种闸阀适用于低压中小口径（$DN40\sim300$mm）闸阀。也有在两闸板间带有弹簧的，弹簧能产生预紧力，有利于闸板的密封。

② 楔式闸阀　密封面与垂直中心线成某种角度，即两个密封面成楔形的闸阀。密封面的倾斜角度一般有 $2°52'$、$3°30'$、$5°$、$8°$、$10°$等，角度的大小主要取决于介质温度的高低。一般工作温度愈高，所取角度应愈大，以减小温度变化时发生楔住的可能性。

在楔式闸阀中，又有单闸板、双闸板和弹性闸板之分。单闸板楔式闸阀，结构简单，使用可靠，但对密封面角度的精度要求较高，加工和维修较困难，温度变化时楔住的可能性很大。双闸板楔式闸阀在水和蒸汽介质管路中使用较多。它的优点是：对密封面角度的精度要求较低，温度变化不易引起楔住的现象，密封面磨损时，可以加垫片补偿。但这种结构零件较多，在黏性介质中易黏结，影响密封。更主要是上、下挡板长期使用易产生锈蚀，闸板容易脱落。弹性闸板楔式闸阀，它具有单闸板楔式闸阀结构简单，使用可靠的优点，又能产生微量的弹性变形弥补密封面角度加工过程中产生的偏差，改善工艺性，现已被大量采用。

（2）按阀杆的构造分类

① 明杆闸阀　阀杆螺母在阀盖或支架上，开闭闸板时，用旋转阀杆螺母来实现阀杆的升降。这种结构对阀杆的润滑有利，开闭程度明显，因此被广泛采用。可根据阀杆外露的多少判断闸阀的开启程度。阀杆外露多的，阀门开启度大；阀杆外露少的，阀门开启度小。

② 暗杆闸阀　阀杆螺母在阀体内，与介质直接接触。开闭闸板时，用旋转阀杆来实现。这种结构的优点是：闸阀的高度总保持不变，因此安装空间小，适用于大口径或对安装空间受限制的闸阀。此种结构要装有开闭指示器，以指示开闭程度。这种结构的缺点是：阀杆螺纹不仅无法润滑，而且直接接受介质侵蚀，容易损坏。

三、闸阀的特点

（1）闸阀的优点

① 流体阻力小。因为闸阀阀体内部介质通道是直通的，介质流经闸阀时不改变其流动方向，所以流体阻力小。

② 启闭力矩小，开闭较省力。因为闸阀启闭时闸板运动方向与介质流动方向相垂直，与截止阀相比，闸阀的启闭较省力。

③ 介质流动方向不受限制，不扰流、不降低压力。介质可从闸阀两侧任意方向流过，均能达到使用的目的。更适用于介质的流动方向可能改变的管路中。

④ 结构长度较短。因为闸阀的闸板是垂直置于阀体内的，而截止阀阀瓣是水平置于阀体内的，因而结构长度比截止阀短。

⑤ 密封性能好。全开时密封面受冲蚀较小。

⑥ 全开时，密封面受工作介质的冲蚀比截止阀小。

⑦ 体型比较简单，铸造工艺性较好，适用范围广。

（2）闸阀的缺点

① 密封面易损伤。启闭时闸板与阀座相接触的两密封面之间有相对摩擦，易损伤，影响密封件能与使用寿命，维修比较困难。

② 启闭时间长，高度大。由于闸阀启闭时须全开或全关，闸板行程大，开启用要一定的空间，外形尺寸高，安装所需空间较大。

③ 结构复杂。闸阀一般都有两个密封面，给加工、研磨和维修增加一些困难，零件较多，制造与维修较困难，成本比截止阀高。

四、闸阀的使用场合

闸阀是作为截止介质使用的，在全开时整个流道直通，此时介质运行的压力损失最小。闸阀通常适用于不需要经常启闭，而且保持闸板全开或全闭的工况，不适于作为调节或节流使用。对于高速流动的介质，闸板在局部开启状况下可以引起闸门的振动，而振动又可能损伤闸板和阀座的密封面，而节流会使闸板遭受介质的冲蚀。

五、闸阀的使用与维护

闸阀的安装与维护应注意以下事项：

① 手轮、手柄及传动机构均不允许作起吊用，并严禁碰撞；

② 双闸板闸阀应垂直安装（即阀杆处于垂直位置，手轮在顶部）；

③ 带有旁通阀的闸阀在开启前应先打开旁通阀（以平衡进出口的压差及减小开启力）；

④ 带传动机构的闸阀，按产品使用说明书的规定安装；

⑤ 如果阀门经常开关使用，每月至少润滑一次。

开启阀门时，当闸板提升高度等于阀门通径的 1.1 倍时，流体的通道完全畅通，但在运行时，此位置是无法监视的。实际使用时，是以阀杆的顶点作为标志，即开不动的位置作为它的全开位置。为防止温度变化出现锁死现象，通常在开到顶点位置上，再倒回 1/2～1 圈，作为全开阀门的位置。因此，阀门的全开位置，按闸板的位置（即行程）来确定。

第四节 截 止 阀

一、截止阀的工作原理

截止阀的启闭件是塞形的阀瓣，密封面呈平面或锥面，阀瓣沿流体的中心线做直线运动。它的闭合原理是，依靠阀杆压力，使阀瓣密封面与阀座密封面紧密贴合，阻止介质流通。

二、截止阀的结构

截止阀的种类按阀杆螺纹的位置分有外螺纹式和内螺纹式。按介质的流向分，有直通式、直流式和角式。截止阀按密封形式分，有填料密封截止阀和波纹管密封截止阀。

截止阀属于强制密封式阀门，所以在阀门关闭时，必须向阀瓣施加压力，以强制密封面不泄漏。当介质由阀瓣下方进入阀腔时，操作力所需要克服的阻力，是阀杆和填料的摩擦力与由介质的压力所产生的推力，关阀门的力比开阀门的力大，所以阀杆的直径要大，否则会发生阀杆顶弯的故障。近年来，自从密封的阀门出现后，截止阀的介质流向就改由阀瓣上方进入阀腔，这时在介质压力作用下，关阀门的力小，而开阀门的力大，阀杆的直径可以相应地减少。同时，在介质作用下，这种形式的阀门也较严密。我国阀门"三化给"曾规定，截止阀的流向，一律采用自上而下。截止阀实物及结构见图12-5。

阀杆的运动形式，有升降杆式（阀杆升降，手轮不升降），也有升降旋转杆式（手轮与阀杆一起旋转升降，螺母设在阀体上）。

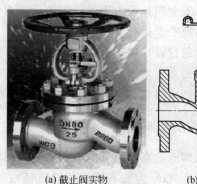

(a) 截止阀实物　　　　　(b) 结构示意

图 12-5　截止阀实物及结构图

截止阀开启时，阀瓣的开启高度，为公称直径的 25％～30％时，流量已达到最大，表示阀门已达全开位置。所以截止阀的全开位置，应由阀瓣的行程来决定。

三、截止阀的特点

（1）截止阀的优点
① 结构简单，制造和维修比较方便。
② 工作行程小，启闭时间短。
③ 密封性好，密封面间摩擦力小，寿命较长。
（2）截止阀的缺点
① 流体阻力大，开启和关闭时所需力较大。
② 不适用于带颗粒、黏度较大、易结焦的介质。
③ 调节性能较差。

四、截止阀的使用场合

截止阀主要用于接通或截断管路中的介质，一般不用来调节流量。截止阀只许介质单向流动，安装时有方向性。它的结构长度大于闸阀，同时流体阻力大，长期运行时，密封可靠性不强。开闭过程中密封面之间摩擦力小，比较耐用，开启高度不大，制造容易，维修方便，不仅适用于中、低压，而且适用于高压。

五、使用与维护

截止阀的安装与维护应注意以下事项：
① 手轮、手柄操作的截止阀可安装在管道的任何位置上。
② 手轮、手柄及传动机构，不允许作起吊用。
③ 介质的流向应与阀体所示箭头方向一致。

第五节　安　全　阀

一、安全阀的工作原理

安全阀是为了防止压力设备和容器或易引起压力升高或容器内部压力超过限度而发生爆

裂的安全装置。安全阀是压力容器、锅炉、压力管道等压力系统使用广泛的一种安全装置，它可保证压力系统安全运行。

当容器压力超过设计规定时，安全阀自动开启，排出气体降低器内的过高压力，防止容器或管线破坏。而当容器内的压力降至正常操作压力时，即自动关闭。避免因容器超压排出全部气体，从而造成浪费和生产中断。

二、安全阀的结构

按安全阀阀瓣开启高度可分为微启式安全阀和全启式安全阀，微启式安全阀的开启行程高度为：$\leqslant 0.05 d_0$。（d_0 为最小排放喉部口径）；全启式安全阀开启高度为$\leqslant 0.25 d_0$。（d_0 为最小排放喉部口径）。安全阀按结构形式来分，要分为垂锤式、杠杆式、弹簧式和先导式（脉冲式）；按阀体构造来分，可分为封闭式和不封闭式两种。封闭式安全阀即排除的介质不外泄，全部沿着出口排泄到指定地点，一般用在有毒和腐蚀性介质中。对于空气和蒸汽用安全阀，多采用不封闭式安全阀。对于安全阀产品的选用，应按实际密封压力来确定。对于弹簧式安全阀，在一种公称压力（PN）范围内，具有几种工作压力级的弹簧。

安全阀主要由阀座、阀瓣（阀芯）和加载机构三部分组成。阀座有的和阀体是一个整体，有的是和阀体组装在一起的，它与设备连通。阀瓣常连带有阀杆，它紧扣在阀座上。阀瓣上面是加载机构，载荷的大小可以调节。当设备内的压力在一定的工作压力范围之内时，内部介质作用于阀瓣上面的力小于加载机构加在阀上面的力，两者之差构成阀瓣与阀座之间的密封力，使阀瓣紧压着阀座，设备的介质无法排出。当设备内的压力超过规定的工作压力并达到安全阀的开启压力时，内部介质作用于阀瓣上面的力大于加载机构施加在它上面的力，于是阀瓣离开阀座，安全阀开启，设备内的介质即通过阀座排出。如果安全阀的排量大于设备的安全泄放量，设备内压力即逐渐下降，而且通过短时间的排气后，压力即降回至正常工作压力。此时内压作用于阀瓣上面的力又小于加载机构施加在它上面的力，阀瓣又紧压着阀座，介质停止排出，设备保持正常的工作压力继续运行。所以，安全阀是通过阀瓣上介质作用力与加载机构作用力的消长，自行关闭或开启以达到防止设备超压的目的。弹簧式安全阀结构与实物图见图12-6。

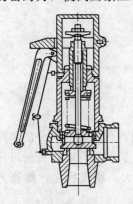

(a) 结构示意　　　　(b) 安全阀实物

图 12-6　弹簧式安全阀结构及实物

三、安全阀的特点

安全阀是一种自动阀门，介质超压时自动开启排出额定数量的流体，当压力恢复正常后自动关闭并阻止介质流出。

四、安全阀的使用场合

安全阀是一种安全保护用阀，它的启闭件在受外力作用下处于常闭状态，当设备或管道内的介质压力升高，超过规定值时自动开启，通过向系统外排放介质来防止管道或设备内介质压力超过规定数值。安全阀属于自动阀类，主要用于锅炉、压力容器和管道上，控制压力不超过规定值，对人身安全和设备运行起重要保护作用。

五、安全阀的使用与维护

安全阀的安装和维护应注意以下事项：

① 各种安全阀都应垂直安装；

② 安全阀出口处应无阻力，避免产生受压现象；

③ 安全阀在安装前应专门测试，并检查其密封性；

④ 对使用中的安全阀应作定期检查。

第六节 隔 膜 阀

一、隔膜阀的工作原理

隔膜阀是一种特殊形式的截断阀，它的启闭件是一块用软质材料制成的隔膜，把阀体内腔与阀盖内腔及驱动部件隔开，故称隔膜阀。隔膜阀的关闭与开启是通过力作用于增强橡胶隔膜实现的。当压力介质进入阀门控制腔时，隔膜下压，关闭阀门通道；当控制腔压力排向大气或下游管道时，隔膜上升，阀门通道被打开。简单地说，隔膜阀实际上不过是"钳夹"的阀，一个弹性的、可扰的膜片，用螺杆连接在压缩件上，压缩件是由阀杆所操作而上下移动，当压缩件上升时，膜片就高举，而形成通路；当压缩件下降时，膜片就压在阀体堰上（假使为堰式阀）或压在轮廓的底部（假使为直通式），而达到关闭的作用。

二、隔膜阀的结构

隔膜阀按结构形式可分为：屋式、直流式、截止式、直通式、闸板式和直角式六种；隔膜阀按驱动方式可分为手动、电动和气动三种，其中气动驱动又分为常开式、常闭式和往复式三种。隔膜阀的结构及实物图见图 12-7。

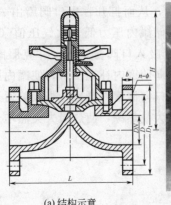

(a) 结构示意　　　　　　　　(b) 隔膜阀实物

图 12-7　隔膜阀结构及实物

三、隔膜阀的特点

隔膜阀最突出的特点是：①隔膜把下部阀体内腔与上部阀盖内腔隔开，使位于隔膜上方的阀杆、阀瓣等零件不受介质腐蚀，省去了填料密封结构，且不会产生介质外漏；②采用橡胶或塑料等软质密封制作的隔膜，密封性较好。

四、隔膜阀的适用场合

由于其操纵机构与介质流道隔开，可保证介质的纯净，它适用于化学腐蚀性或悬浮颗粒的介质，甚至难以输送的危险介质。但由于衬里材料限制了其使用温度及压力不能过高。隔膜阀适于开关及节流之用。

五、隔膜阀的使用与维护

由于隔膜为易损件，应视介质特性而定期更换。受隔膜材料限制，隔膜阀适用于低压和温度相对不高的场合。

第七节 呼 吸 阀

一、呼吸阀的工作原理

呼吸阀用于油及液体罐上，来排除罐内的正压和负压气体，使罐内液体进出方便。如罐体上不装呼吸阀，罐内的液体进出有一定的障碍，很可能出现罐体变形和振动。

二、呼吸阀的结构

呼吸阀的类型有单呼阀、单吸阀、呼吸阀，各种结构型式均可与阻火器组合构造，也可配制所需的接管。

呼吸阀用弹簧限位阀板，由正负压力决定或呼或吸。还有重力式呼吸阀，是靠重力来调节的，当容器里面的气压达到或超过重压时该阀打开卸压。具体描述为：当储罐内压力与大气压力平衡时，呼吸阀呼出阀瓣与呼出口阀座严密配合，吸入阀瓣与吸入口阀座严密配合。当储罐内压力超过大气压值（即产生过高正压）时，罐内高压直接作用于呼出口阀瓣下方，并克服阀瓣重力以及作用于阀瓣上的外气压力，从而打开呼出口阀瓣由 A 通道排出罐内过高气压，使罐内压力与大气压力保持平衡。当储罐内压力低于大气压值（即产生过低负压）时，大气压通过吸气通道 B 进入并直接作用于吸入口阀瓣下方，并克服阀瓣重力以及作用于阀瓣上方的罐内压力，从而打开吸入口阀瓣向储罐内补充压力，使罐内压力与大气压力保持平衡。当发生火警时，火源有可能通过进入口向储罐内蔓延，当火焰通过呼吸阀内阻火芯层的狭小孔隙时，由于器壁效应，波纹板吸收大量热源，使热损失突然增大，从而使火焰熄灭。呼吸阀结构及实物图见图 12-8。

三、呼吸阀的特点

呼吸阀具有的特点如下：

① 新型全天候呼吸阀壳体选用铸铁、铸钢和铝合金，耐腐蚀性好；

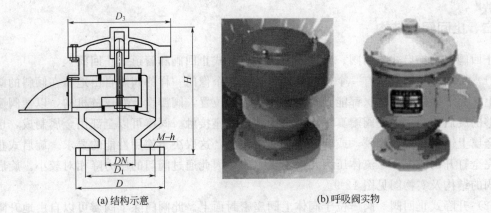

(a) 结构示意　　　　　　　　　(b) 呼吸阀实物

图 12-8　呼吸阀结构和实物

② 阀盘采用聚四氟乙烯材料，耐低温，防冻性能好；

③ 结构简单，易检修，安全方便。

四、呼吸阀的使用场合

该产品适用于储存闪点低于 28℃ 的甲类油品和闪点低于 60℃ 的乙类油品，如汽油、苯、甲苯、煤油、轻柴油、机油、原油等油品及性质相同的化工产品储罐使用，它在 −35～60℃ 的温度环境下正常工作。呼吸阀通常与阻火器配套使用。

五、呼吸阀的使用与维护

呼吸阀是安装于原油、汽油、煤油、轻柴油、芳烃等固定顶式储罐上的主要安全设备，起蒸发损耗与保护储罐在受超压或真空时免遭破坏的作用。呼吸阀的使用与维护注意事项如下：

① 呼吸阀应安装在储罐气源的最高点，以降低物料蒸发损耗和便顺利地提供通向呼吸阀最直接和最大的通道。通常对于立式罐，该阀应尽量安装在罐顶中央顶板范围内，对于罐顶需设隔热层的储罐，可安装在梯子平台附近；

② 当需要安装两个呼吸阀时，它们与罐顶中心应对称布置；

③ 若呼吸阀用在氮封罐上，则氮气供气管的接管位置应远离该阀接口，并由罐顶部插入储罐内约 200mm，这样氮气进罐后不直接排出，达到氮封的目的；

④ 为了呼吸阀的使用安全，在使用前先检查导杆和阀盘是否灵活；

⑤ 要定期（6 个月内）检查通气口正、负阀盘是否灵活，阀盘接触面有无损坏，如有损坏应立即检修。检修完毕后，一切正常可重新使用。

第八节　止　回　阀

一、止回阀的工作原理

止回阀的作用是只允许介质向一个方向流动，而且阻止反方向流动。通常这种阀门是自动工作的，在一个方向流动的流体压力作用下，阀瓣打开；流体反方向流动时，由流体压力和阀瓣的自重使阀瓣作用于阀座，从而切断流动。

二、止回阀的结构

止回阀包括旋启式止回阀、升降式止回阀、碟式止回阀和管道式止回阀。

（1）旋启式止回阀 有一个铰链机构，还有一个像门一样的阀瓣自由地靠在倾斜的阀座表面上。为了确保阀瓣每次都能到达阀座面的合适位置，阀瓣设计有铰链机构，以便阀瓣具有足够的旋启空间，并使阀瓣真正地、全面地与阀座接触。阀瓣可以全部用金属制成，也可以在金属上镶嵌皮革、橡胶，或者采用合成覆盖面，这取决于使用性能的要求。旋启式止回阀在完全打开的状况下，流体压力几乎不受阻碍，因此通过阀门的压力降相对较小。旋启式止回阀的结构及实物图见图 12-9。

（2）升降式止回阀 阀瓣位于阀体上阀座密封面上。此阀门除了阀瓣可以自由地升降之外，其余部分如同截止阀一样，流体压力使阀瓣从阀座密封面上抬起，介质回流导致阀瓣回落到阀座上，并切断流动。根据使用条件，阀瓣可以是全金属结构，也可以是在阀瓣架上镶嵌橡胶垫或橡胶环的形式。像截止阀一样，流体通过升降式止回阀的通道也是狭窄的，因此通过升降式止回阀的压力降比旋启式止回阀大些，而且旋启式止回阀的流量受到的限制很少。升降式止回阀的结构及实物图见图 12-10。

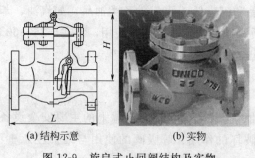

(a) 结构示意　　　　(b) 实物

图 12-9 旋启式止回阀结构及实物

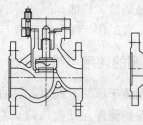

图 12-10 升降式止回阀结构

（3）碟式止回阀 指阀瓣围绕阀座内的销轴旋转的止回阀。碟式止回阀结构简单，只能安装在水平管道上，密封性较差。

（4）管道式止回阀 指阀瓣沿着阀体中心线滑动的阀门。管道式止回阀是新出现的一种阀门，它的体积小，重量较轻，加工工艺性好，是止回阀发展方向之一。但流体阻力系数比旋启式止回阀略大。

三、止回阀的特点

止回阀只允许介质向一个方向流动，安装时注意介质流动的方向应与阀体所示箭头方向一致。

四、止回阀的使用场合

旋启式止回阀的阀瓣呈圆盘状，绕阀座通道的转轴做旋转运动，因阀内通道成流线形，流动阻力比升降式止回阀小，适用于低流速和流动不常变化的大口径场合，但不宜用于脉动流，其密封性能不及升降式止回阀。

升降式止回阀的阀瓣沿着阀体垂直中心线上下滑动，升降式止回阀只能安装在水平管道上，在高压小口径止回阀上阀瓣可采用圆球。升降式止回阀的阀体形状与截止阀一样（可与截止阀通用），因此它的流体阻力系数较大。其结构与截止阀相似，阀体和阀瓣与截止阀相同。阀瓣上部和阀盖下部加工有导向套筒，阀瓣导向筒可在阀盖导向筒内自由升降，当介质顺流时，阀瓣靠介质推力开启，当介质停流时，阀瓣靠自重降落在阀座上，起阻止介质逆流的作用。直通式升降止回阀介质进出口通道方向与阀座通道方向垂直；立式升降式止回阀，其介质进出口通道方向与阀座通道方向相同，其流动阻力较直通式小。

五、止回阀的使用与维护

止回阀的使用与维护注意事项如下：

① 在管线中不要使止回阀承受重量，大型的止回阀应独立支撑，使之不受管系产生的压力的影响；

② 安装时注意介质流动的方向应与阀体所示箭头方向一致；

③ 升降式垂直瓣止回阀应安装在垂直管道上；

④ 升降式水平瓣止回阀应安装在水平管道上。

第九节 旋 塞 阀

一、旋塞阀的工作原理

旋塞阀的启闭件是一个有孔的圆柱体或圆锥体，绕垂直于通道的轴线旋转，从而达到启闭通道的目的。旋塞阀主要用于开启和关闭管道和设备中的介质。

二、旋塞阀的结构

旋塞阀按结构形式可分为紧定式旋塞阀、自封式旋塞阀、填料式旋塞阀和注油式旋塞阀四种。按通道形式分，可分为直通式、三通式和四通式三种。

旋塞阀是用带通孔的塞体作为启闭件，塞体随阀杆转动，以实现启闭动作。小型无填料的旋塞阀又称为"考克"。旋塞阀的塞体多为圆锥体（也有圆柱体），与阀体的圆锥孔面配合组成密封副。旋塞阀的结构及实物图见图 12-11。

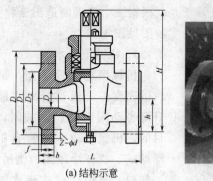

(a) 结构示意　　　　　　　(b) 实物

图 12-11　旋塞阀结构及实物

三、旋塞阀的特点

旋塞阀主要优点：①适用于经常操作，启闭迅速、轻便，流体阻力小的场所；②结构简单，密封性能好，相对体积小，重量轻，便于维修；③旋塞阀不受安装方向的限制，介质的流向可任意，无振动，噪声小。

四、旋塞阀的使用场合

普通旋塞阀靠精加工的金属塞体与阀体间的直接接触来密封，所以密封性较差，启闭力大，容易磨损，通常只能用于低压（不高于1MPa）和小口径（小于100mm）的场合。为了扩大旋塞阀的应用范围，已研制出许多新型结构，油润滑旋塞阀是最重要的一种。特制的润滑脂从塞体顶端注入阀体锥孔与塞体之间，形成油膜以减小启闭力矩，提高密封性和使用寿命。它的工作压力可达6.4MPa，最高工作温度可达325℃。

旋塞阀的通道有多种形式。常见的直通式主要用于截断流体。三通式和四通式旋塞阀适用于流体换向。

五、旋塞阀的使用与维护

旋塞阀安装与维护应注意以下事项：①要留有阀柄旋转的位置；②不能用作节流；③带传动机构的旋塞阀应直立安装。

第十节 疏 水 阀

一、疏水阀的工作原理

疏水阀是用于蒸汽管网及设备中，能自动排出凝结水、空气及其他不凝结气体，并阻水蒸气泄漏的阀门。在蒸汽加热系统中起到阻汽排水的作用，选择合适的疏水阀，可使蒸汽加热设备达到最高工作效率。要想达到最理想的效果，就要对各种类型疏水阀的工作性能、特点进行全面的了解。

二、疏水阀的结构

疏水阀要能"识别"蒸汽和凝结水，才能起到阻汽排水的作用。"识别"蒸汽和凝结水基于三个原理：密度差、温度差和相变。于是就根据三个原理制造出三种类型的疏水阀：机械型、热静力型和热动力型。疏水阀结构及实物图见图12-12。

1. 机械型疏水阀

机械型也称浮子型，是利用凝结水与蒸汽的密度差，通过凝结水液位变化，使浮子升降带动阀瓣开启或关闭，达到阻汽排水的目的。机械型疏水阀有自由浮球式、自由半浮球式、杠杆浮球式、倒吊桶式等。

（1）自由浮球式疏水阀　自由浮球式疏水阀的结构简单，内部只有一个活动部件，精细研磨的不锈钢空心浮球，既是浮子又是

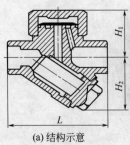
(a) 结构示意

(b) 实物

图 12-12 疏水阀结构及实物

启闭件，无易损零件，使用寿命很长，疏水阀内部带有自动排空气装置，非常灵敏，能自动排空气，工作质量高。

设备刚启动工作时，管道内的空气经过自动排空气装置排出，低温凝结水进入疏水阀内，凝结水的液位上升，浮球上升，阀门开启，凝结水迅速排出，蒸汽很快进入设备，设备

迅速升温，自动排空气装置的感温液体膨胀，自动排空气装置关闭。疏水阀开始正常工作，浮球随凝结水液位升降，阻汽排水。自由浮球式疏水阀的阀座总处于液位以下，形成水封，无蒸汽泄漏，节能效果好。最小工作压力 0.01MPa，从 0.01MPa 至最高使用压力范围内不受温度和工作压力波动的影响，连续排水。能排饱和温度凝结水，最小过冷度为 0℃，加热设备内不存水，能使加热设备达到最佳换热效率。背压率大于 85％，是生产工艺加热设备最理想的疏水阀之一。

（2）自由半浮球式疏水阀　自由半浮球式疏水阀只有一个半浮球式的球桶为活动部件，开口朝下，球桶既是启闭件，又是密封件。整个球面都可以密封，使用寿命很长，能抗水锤，没有易损件，无故障，经久耐用，无蒸汽泄漏。背压率大于 80％，能排饱和温度凝结水，最小过冷度为 0℃，加热设备内不存水，能使加热设备达到最佳换热效率。当装置刚启动时，管道内的空气和低温凝结水经过发射管进入疏水阀内，阀内的双金属片排空元件把球桶弹开，阀门开启，空气和低温凝结水迅速排出。当蒸汽进入球桶内时，球桶产生向上浮力，同时阀内的温度升高，双金属片排空元件收缩，球桶漂向阀口，阀门关闭。当球桶内的蒸汽变成凝结水时，球桶失去浮力往下沉，阀门开启，凝结水迅速排出。当蒸汽再进入球桶之内，阀门再关闭，间断和连续工作。

（3）杠杆浮球式疏水阀　杠杆浮球式疏水阀基本特点与自由浮球式相同，内部结构是浮球连接杠杆带动阀芯，随凝结水的液位升降进行开关阀门。杠杆浮球式疏水阀利用双阀座增加凝结水排量，可达到小体积大排量，最大疏水量达 100t/h，是大型加热设备最理想的疏水阀。

（4）倒吊桶式疏水阀　倒吊桶式疏水阀内部是一个倒吊桶，为液位敏感件，吊桶开口向下，倒吊桶连接杠杆带动阀芯开闭阀门。倒吊桶式疏水阀能排空气，不怕水击，抗污性能好。过冷度小，漏汽率小于 3％，最大背压率为 75％，连接件比较多，灵敏度不如自由浮球式疏水阀。因倒吊桶式疏水阀是靠蒸汽向上浮力来关闭阀门的，工作压差小于 0.1MPa 时，不适合选用。

当装置刚启动时，管道内的空气和低温凝结水进入疏水阀内，倒吊桶靠自身重量下坠，倒吊桶连接杠杆带动阀芯开启阀门，空气和低温凝结水迅速排出。当蒸汽进入倒吊桶内，倒吊桶的蒸汽产生向上浮力，倒吊桶上升连接杠杆带动阀芯关闭阀门。倒吊桶上开有一小孔，当一部分蒸汽从小孔排出，另一部分蒸汽产生凝结水，倒吊桶失去浮力，靠自身重量向下沉，倒吊桶连接杠杆带动阀芯开启阀门，循环工作，间断排水。

（5）组合式过热蒸汽疏水阀　组合式过热蒸汽疏水阀有两个隔离的阀腔，由两根不锈钢管连通上下阀腔，它是由浮球式和倒吊桶式疏水阀的组合。该阀结构先进合理，在过热、高压、小负荷的工作状况下，能够及时地排放过热蒸汽消失时形成的凝结水，有效地阻止过热蒸汽泄漏，工作质量高。最高允许温度为 600℃，阀体为全不锈钢，阀座为硬质合金钢，使用寿命长，是过热蒸汽专用疏水阀，取得两项国家专利，填补了国内空白。

当凝结水进入下阀腔，副阀的浮球随液位上升，浮球封闭进汽管孔。凝结水经进水导管上升到主阀腔，倒吊桶靠自重下坠，带动阀芯打开主阀门，排放凝结水。当副阀腔的凝结水液位下降时，浮球随液位下降，副阀打开。蒸汽从进汽管进入上主阀腔内的倒吊桶里，倒吊桶产生向上的浮力，倒吊桶带动阀芯关闭主阀门。当副阀腔的凝结水液位再升高时，下一个循环周期又开始，间断排水。

2. 热静力型疏水阀

热静力型疏水阀是利用蒸汽和凝结水的温差引起感温元件的变形或膨胀带动阀芯启闭阀

门。热静力型疏水阀有膜盒式、波纹管式和双金属片式疏水阀。

(1) 膜盒式疏水阀 膜盒式疏水阀的主要动作元件是金属膜盒,内充一种汽化温度比水的饱和温度低的液体,有开阀温度低于饱和温度 15℃ 和 30℃ 两种供选择。膜盒式疏水阀的反应特别灵敏,不怕冻,体积小,耐过热,任意位置都可安装。背压率大于 80%,能排不凝结气体,膜盒坚固,使用寿命长,维修方便,使用范围很广。

装置刚启动时,管道出现低温冷凝水,膜盒内的液体处于冷凝状态,阀门处于开启位置。当冷凝水温度渐渐升高,膜盒内充液开始蒸发时,膜盒内压力上升,膜片带动阀芯向关闭方向移动,在冷凝水达到饱和温度之前,疏水阀开始关闭。膜盒随蒸汽温度变化控制阀门开关,起到阻汽排水的作用。

(2) 波纹管式疏水阀 波纹管式疏水阀的阀芯不锈钢波纹管内充有一种汽化温度低于水饱和温度的液体。随蒸汽温度变化控制阀门开关,该阀设有调整螺栓,可根据需要调节使用温度,一般过冷度调整范围低于饱和温度 15~40℃。背压率大于 70%,不怕冻,体积小,任意位置都可安装,能排不凝结气体,使用寿命长。

当装置启动时,管道出现冷却凝结水,波纹管内液体处于冷凝状态,阀芯在弹簧的弹力下,处于开启位置。当冷凝水温度渐渐升高,波纹管内充液开始蒸发膨胀时,内压增高,变形伸长,带动阀芯向关闭方向移动,在冷凝水达到饱和温度之前,疏水阀开始关闭,随蒸汽温度变化控制阀门开关,阻汽排水。

(3) 双金属片式疏水阀 双金属片式疏水阀的主要部件是双金属片感温元件,随蒸汽温度升降受热变形,推动阀芯开关阀门。双金属片式疏水阀设有调整螺栓,可根据需要调节使用温度,一般过冷度调整范围低于饱和温度 15~30℃,背压率大于 70%,能排不凝结气体,不怕冻,体积小,能抗水锤,耐高压,任意位置都可安装。双金属片有疲劳性,需要经常调整。当装置刚启动时,管道出现低温冷凝水,双金属片是平展的,阀芯在弹簧的弹力下,阀门处于开启位置。当冷凝水温度渐渐升高,双金属片感温元件开始弯曲变形,并把阀芯推向关闭位置。在冷凝水达到饱和温度之前,疏水阀开始关闭。双金属片随蒸汽温度变化控制阀门开关,阻汽排水。

3. 热动力型疏水阀

热动力型疏水阀根据相变原理,靠蒸汽和凝结水通过时的流速和体积变化的不同热力学原理,使阀片上下产生不同压差,驱动阀片开关阀门。热动力型疏水阀有热动力式(圆盘式)、脉冲式、孔板式。

(1) 热动力式疏水阀 热动力式疏水阀内有一个活动阀片,既是敏感件又是动作执行件。根据蒸汽和凝结水通过时的流速和体积变化的不同热力学原理,使阀片上下产生不同压差,驱动阀片开关阀门。漏汽率 3%,过冷度为 8~15℃。

当装置启动时,管道出现冷却凝结水,凝结水靠工作压力推开阀片,迅速排放。当凝结水排放完毕,蒸汽随后排放,因蒸汽比凝结水的体积和流速大,使阀片上下产生压差,阀片在蒸汽流速的吸力下迅速关闭。当阀片关闭时,阀片受到两面压力,阀片下面的受力面积小于上面的受力面积,因疏水阀汽室里面的压力来源于蒸汽压力,所以阀片上面受力大于下面,阀片紧紧关闭。当疏水阀汽室内的蒸汽降温成凝结水,汽室内的压力消失。凝结水靠工作压力推开阀片,凝结水又继续排放,循环工作,间断排水。

(2) 圆盘式蒸汽保温型疏水阀 圆盘式蒸汽保温型疏水阀的工作原理和热动力式疏水阀相同,它在热动力式疏水阀的汽室外面增加一层外壳。外壳内室和蒸汽管道相通,利用管道自身蒸汽对疏水阀的主汽室进行保温。使主汽室的温度不易降温，保持气压，疏水阀紧紧关闭。当管线产生凝结水，疏水阀外壳降温，疏水阀开始排水；在过热蒸汽管线上如果没有凝结水产生，疏水阀不会开启，工作质量高。阀体为合金钢，阀芯为硬质合金，该阀最高允许温度为550℃，经久耐用，使用寿命长，是高压、高温过热蒸汽专用疏水阀。

（3）脉冲式疏水阀　脉冲式疏水阀有两个孔板，其根据蒸气压降变化调节阀门开关，即使阀门完全关闭入口和出口也是通过第一、第二个小孔相通，始终处于不完全关闭状态，蒸汽不断逸出，漏汽量大。该疏水阀动作频率很高，磨损厉害、寿命较短。体积小、耐水击，能排出空气和饱和温度水，接近连续排水，最大背压25%，因此使用者很少。

（4）孔板式疏水阀　孔板式疏水阀是根据不同的排水量，选择不同孔径的孔板以控制排水量。孔板式疏水阀结构简单，选择不合适会出现排水不及或大量跑汽，不适用于间歇生产的用汽设备或冷凝水量波动大的用汽设备中。

三、疏水阀的特点

机械型疏水阀的过冷度小，不受工作压力和温度变化的影响，有水即排，加热设备内不存水，能使加热设备达到最佳换热效率。最大背压率为80%，工作质量高，是生产工艺加热设备最理想的疏水阀。

图 12-13　常见的疏水阀实物

热静力型疏水阀的过冷度比较大，一般过冷度为 15～40℃，它能利用凝结水中的一部分显热，阀前始终存有高温凝结水，无蒸汽泄漏，节能效果显著。

热动力式疏水阀的工作动力来源于蒸汽，所以蒸汽浪费比较大。结构简单、耐水击、最大背压为 50％，有噪声，阀片工作频繁，使用寿命短。

四、疏水阀的使用场合

疏水阀适用于蒸汽管道、伴热管线、小型加热设备、采暖设备等需要进行汽、水分离的地方。

五、疏水阀的使用与维护

疏水阀具有方向性，安装时要注意按箭头指示的方向安装。常见的疏水阀实物图见图 12-13。

第十一节 针 形 阀

一、针形阀的工作原理

针形阀是仪表测量管路系统中的重要组成部分，主要有截止阀和球阀，其作用是作开启或切断管道通路。针形阀是一种可以精确调整的阀门，用途较广，比如火焰切割用的割距，调整火焰温度的旋钮就是针形阀，针形阀的阀芯是一个很尖的圆锥体，好像针一样插入阀座，由此得名。

二、针形阀的结构

针形阀的阀芯是针形的锥体，靠阀杆带动来调节锥体与锥形密封面间环隙的大小来调节流量及密封。

三、针形阀的特点

针形阀具有安装拆卸方便、连接紧固，有利于防火、防爆和耐压能力高、密封性能好等优点，是电站、炼油、化工装置和仪表测量管路中一种先进连接方式的阀门。针形阀的密封性良好，使用寿命长，即使密封面损坏后，也只需要更换易损零件，即可继续使用。针形阀结构及实物见图 12-14。

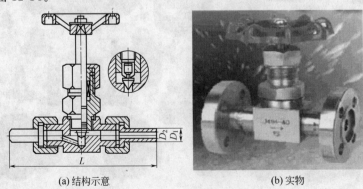

(a) 结构示意　　　　　　(b) 实物

图 12-14　针形阀结构及实物

四、针形阀的使用场合

针形阀比其他类型的阀门能够耐受更大的压力，密封性能好，所以一般用于较小流量、较高压力的气体或者液体介质的密封。针形阀与压力表配合使用是最合适的了。一般的针形阀都做成螺纹连接。

针形阀的选用原则如下。

① 石油、天然气的输送主管线、需要清扫管线的，又需埋设在地下的，选用全通径、全焊接结构的针形阀；埋设在地上的，选择全通径焊接连接或法兰连接的球阀。

② 成品油的输送管线和贮存设备，选用法兰连接的针形阀。

③ 城市煤气和天然气的管路上，选用法兰连接和内螺纹连接的针形阀。

④ 冶金系统中的氧气管路系统中，宜选用经过严格脱脂处理、法兰连接的针形阀。

⑤ 低温介质的管路系统和装置上，宜选用加上阀盖的低温针形阀。

⑥ 炼油装置的催化裂化装置的管路系统上，可选用升降杆式针形阀。

⑦ 化工系统的酸碱等腐蚀性介质的装置和管路系统中，宜选用奥氏体不锈钢制造的、聚四氟乙烯为阀座密封圈的全不锈钢针形阀。

⑧ 冶金系统、电力系统、石化装置、城市供热系统中的高温介质的管路系统或装置上，可选用金属对金属密封针形阀。

⑨ 需要进行流量调节时，可选用蜗轮蜗杆传动的、气动或电动的带 V 形开口的调节针形阀。

五、针形阀的使用与维护

安装针形阀时应使介质的流向与阀体上的箭头方向一致。手动截止阀、球阀可安装在管路的任何位置上。

第十二节　高压角式截止阀

一、高压角式截止阀的工作原理

高压角式截止阀的启闭件是塞形的阀瓣，密封面呈平面或锥面，阀瓣沿流体的中心线做直线运动。阀杆的运动形式有升降杆式（阀杆升降，手轮不升降），也有升降旋转杆式（手轮与阀杆一起旋转升降，螺母设在阀体上）。截止阀只适用于全开和全关，不允许作调节和节流。

截止阀属于强制密封式阀门，所以在阀门关闭时，必须向阀瓣施加压力，以强制密封面不泄漏。当介质由阀瓣下方进入阀门时，操作力所需要克服的阻力是阀杆和填料的摩擦力与由介质的压力所产生的推力，关阀门的力比开阀门的力大，所以阀杆的直径要大，否则会发生阀杆顶弯的故障。近年来，自从密封的阀门出现后，截止阀的介质流向就改由阀瓣上方进入阀腔，这时在介质压力作用下，关阀门的力小，而开阀门的力大，阀杆的直径可以相应地

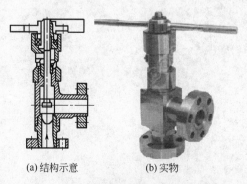

(a) 结构示意　　　　(b) 实物

图 12-15　高压角式截止阀结构及实物

减少。同时，在介质作用下，这种形式的阀门也较严密。高压角式截止阀的结构及实物见图 12-15。

二、高压角式截止阀的结构

高压角式截止阀，亦称自力式压差控制阀、差压控制器、稳压变量同步器、压差平衡阀等，它是用压差作用来调节阀门的开度，利用阀芯的压降变化来弥补管路阻力的变化，从而使在工况变化时能保持压差基本不变，它的原理是在一定的流量范围内，可以有效地控制被控系统的压差恒定，即当系统的压差增大时，通过阀门的自动关小动作，能保证被控系统压差增大；反之，当压差减小时，阀门自动开大，压差仍保持恒定。

三、高压角式截止阀的特点

高压角式截止阀具有以下优点：
① 结构简单，制造和维修比较方便；
② 工作行程小，启闭时间短；
③ 密封性好，密封面间摩擦力小，寿命较长。

四、高压角式截止阀的使用场合与维护注意事项

高压角式截止阀适用于压力较高、密封要求高的场合。高压角式截止阀安装有方向性，应注意使阀杆方向与流体流动方向一致。

第十三章　法兰与垫片

第一节　法　兰

法兰连接由一对法兰、一个垫片及若干个螺栓、螺母组成。垫片放在两法兰密封面之间，拧紧螺母后，垫片表面上的比压达到一定数值后产生变形，并填满密封面上凹凸不平处，使连接严密不漏。

法兰连接是一种可拆式连接。其作用是：①连接管路或容器并保持管路密封性能；②便于某段管路或容器的更换；③便于拆开检查管路或容器情况；④便于某段管路或容器的封闭。

一、法兰的分类

1. 按所连接的部件分类

按所连接的部件分类，法兰可分为容器法兰及管法兰。连接于容器上的法兰称为容器法兰，连接于管子上的法兰称为管法兰。

压力容器法兰分为平焊法兰和对焊法兰。其中平焊法兰又分甲型平焊法兰、乙型平焊法兰两种形式。

(1) 平焊法兰　乙型平焊法兰：与甲型平焊法兰相比，乙型平焊法兰带有一个壁厚不小于16mm圆柱形短筒体，因此刚性较甲型平焊法兰好，可用于压力较高、直径较大的场合。

(2) 对焊法兰　由于有长颈，并采用对焊，故刚性更好，用于压力更高处。

2. 按法兰与设备或管道的连接方式分类

按法兰与设备或管道的连接方式分，可分为整体法兰、松套法兰及螺纹法兰。

(1) 整体法兰　将法兰与壳体锻或铸成一体或全焊透，典型的整体法兰有一个锥形的颈脖，故又称高（长）颈法兰。

(2) 松套法兰　法兰不直接固定在壳体上或虽然固定而不能保证法兰与壳体作为一个整体承受螺栓载荷的结构。

(3) 螺纹法兰　法兰和管壁通过螺纹进行连接，法兰对管壁产生的附加应力较小。常用于高压管道。

二、影响法兰密封的因素

1. 螺栓预紧力

① 预紧力不能过大，也不能过小。过大，使垫片压坏或挤出；过小，达不到垫片压紧并实现初始密封条件。

② 适当提高预紧力，可以增加垫片的密封能力。这是因为提高预紧力可使渗透性垫片材料的毛细管孔隙减小。

③ 使预紧力均匀作用于垫片，可以采取减小螺栓直径以及增加螺栓个数的办法来实现。

2. 压紧面（密封面）型式

中、低压法兰常用的密封面形式有平面、凹凸面及榫槽面三种。

（1）平面密封面 该种法兰的密封面是一光滑平面，有时也在密封面上车有两条截面为三角形的同心圆沟槽（俗称水线）。如图 13-1（a）所示。

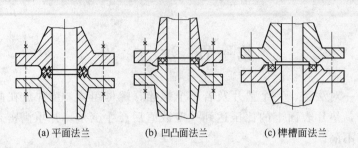

(a) 平面法兰 　　 (b) 凹凸面法兰 　　 (c) 榫槽面法兰

图 13-1 中、低压法兰密封面型式

适用于平面法兰的垫片有各种非金属平垫片、包覆垫、金属包垫、缠绕式垫片（可同时带内环或外环或内外环）。由于结构简单、加工方便，便于防腐衬里的施工，故可在公称压力 $PN < 2.5\text{MPa}$ 时使用。在 0.6MPa 压力以下、温度不高的场所尤为适宜，但这种密封面与垫片接触面积较大（特别是管道用宽面法兰），所需压紧力大，安装时垫片不宜定位。预紧后，垫片易向两侧伸展或移动。故如聚四氟乙烯等摩擦系数较小的垫片，不宜采用这种密封面。另外，如使用缠绕垫片，为了重复利用垫片，密封面上不车制三角槽。

平面密封面的优点是：结构简单，加工方便。缺点是：接触面积大，需要的预紧比压大，螺栓承载大，故法兰等零件要求高、笨重，垫片易挤出，密封性能较差。使用压力 $PN \leqslant 2.5\text{MPa}$，有毒、易燃、易爆介质中不能使用。

（2）凹凸型密封面 凹凸型法兰密封面由一凹面和一凸面组合而成，垫片放置在凹面内，如图 13-1（b）所示。其适用的垫片有：各种非金属平垫片、包覆垫、金属包垫、缠绕垫片（基本型或带内环的）、金属波形垫、金属齿形垫。

与平面法兰相比，凹凸面法兰中垫片不易被挤出，装配时便于对中，工作压力范围比平面法兰宽，适用于密封要求较严的场合。但对于操作温度高、封口直径大的设备，使用该种密封面时，垫片仍存在被挤出的可能。例如某换热器，压力为 2.45MPa，温度为 250℃，使用纯铝平垫片。根据提供的数据，纯铝最高使用温度为 425℃，其密封应该可靠。事实上，换热器投入运转不久就出现泄漏，二次紧固后也仅维持一段时间。经停车检查，发现垫片内径发生显著变形。原因是纯铝的塑性良好，250℃时的屈服强度约是常温下的 15%，延伸率高达 4～5 倍，这就是说在高温下铝垫的压延、蠕变现象严重。因此垫片和法兰面之间无法保持所需要的密封比压，故必须更换垫片材质或采用榫槽面法兰以及带有两道止口的凹凸面法兰（如高压密封中，金属平垫所采用的法兰面结构）予以解决。

凹凸型密封面的优点是：便于对中，能防垫片挤出。适用于 $PN \leqslant 6.4\text{MPa}$、$DN \leqslant$ 800mm 的场合。

（3）榫槽型密封面 榫槽型法兰密封面由一榫面和一槽面配合组成，垫片置于槽内，如图 13-1（c）所示。适用垫片有：金属及非金属平垫、金属包垫、缠绕垫（基本型）等。与凹凸面法兰一样，榫槽面法兰在槽中不会被挤出，压紧面积最小（只有平面法兰和凹凸面法兰的 52%～68%），垫片受力均匀。由于垫片与介质不直接接触，介质腐蚀影响和压力机制的渗透影响最小，可用于高压、易燃、易爆、有毒介质等密封要求严格的场合。

榫槽型密封面的优点是对中性好，密封预紧力小，垫片不易挤出，也不受介质冲刷，适用于易燃易爆密封要求高的场合。缺点是更换较困难，榫面易损坏。

（4）锥形压紧面　通常用于高压密封，其缺点是需要的尺寸精度和表面粗糙度高。需与透镜垫片配合，常用于高压管路。

（5）梯形槽压紧面　槽底不起密封作用，是槽的内外锥面与椭圆或八角形截面的金属垫圈配合而形成的密封。

3. 垫片

垫片是一种能产生塑性变形、并具有一定强度的材料制成的圆环。主要考虑变形能力和回弹能力，回弹能力大的，适应范围广，密封性能好，注意回弹能力仅取决于弹性变形，与塑性变形无关。操作压力和温度是影响密封的主要因素，也是选用垫片的主要依据。

按材料分常用垫片可分为以下三种。

（1）非金属垫片　橡胶、石棉橡胶、聚四氟乙烯和膨胀石墨，断面形状一般为平面或 O 形，柔软，耐腐蚀，但使用压力较低，耐温度和压力的性能较金属垫片差。

（2）金属垫片　$PN \geqslant 6.4 MPa$，$t \geqslant 350℃$ 时，一般都采用金属垫片或垫圈，材料有软铝、钢、铁、铬钢和不锈钢等。断面形状有平面形、波纹形、齿形、椭圆形和八角形等，一般要求软韧，并不要求强度高，对压紧面的加工质量和精度要求较高。

（3）非金属组合垫片　增加了金属的回弹性，提高了耐蚀、耐热、密封性能，适用于较高压力和温度的场合。

普通橡胶垫片适用于温度低于 120℃ 的场合；石棉橡胶垫片适用于对水蒸气温度低于 450℃，对油类温度低于 350℃、压力低于 5MPa 的场合，对于一般的腐蚀性介质，最常用的是耐酸石棉板。在高压设备及管道中，采用铜、铝、10 号钢、不锈钢制成的透镜形或其他形状的金属垫片。高压垫片与密封面的接触宽度非常窄（线接触），密封面与垫片的加工粗糙度较低。

4. 法兰刚度

刚度不足，产生过大的翘曲变形，往往是导致密封失效的原因。刚性大的，法兰变形小，并可以使分散分布的螺栓力均匀地传给垫片，故可以提高密封性能。

提高法兰刚度的措施有：增加法兰厚度；减小螺栓力作用的力臂（即缩小中心圆直径）；增大法兰盘外径。

5. 操作条件

操作条件指压力、温度、介质。单纯的压力或介质因素对泄漏的影响并不是主要的，但当压力、介质和温度联合作用时，问题会显得严重。

三、如何选用标准法兰

常见法兰的结构见图 13-2，实物见图 13-3。选用法兰时，先确定法兰的公称直径和公称压力，然后查标准。

1. 公称直径 *DN*

DN（mm）是将容器及管子直径加以标准化以后的标准直径。

压力容器法兰的公称直径与其相连的压力容器的公称直径取同一数值，压力容器的公称直径 *DN* 即容器的内径（用管子作筒体的公称直径为其外径）。

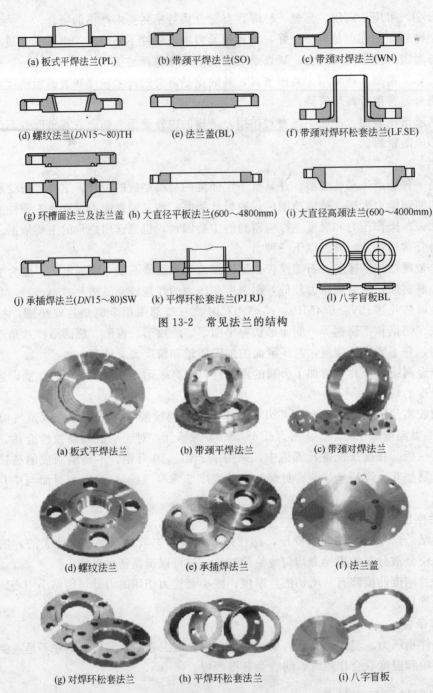

(a) 板式平焊法兰(PL)　(b) 带颈平焊法兰(SO)　(c) 带颈对焊法兰(WN)

(d) 螺纹法兰(DN15~80)TH　(e) 法兰盖(BL)　(f) 带颈对焊环松套法兰(LF.SE)

(g) 环槽面法兰及法兰盖　(h) 大直径平板法兰(600~4800mm)　(i) 大直径高颈法兰(600~4000mm)

(j) 承插焊法兰(DN15~80)SW　(k) 平焊环松套法兰(PJ.RJ)　(l) 八字盲板BL

图 13-2　常见法兰的结构

(a) 板式平焊法兰　(b) 带颈平焊法兰　(c) 带颈对焊法兰

(d) 螺纹法兰　(e) 承插焊法兰　(f) 法兰盖

(g) 对焊环松套法兰　(h) 平焊环松套法兰　(i) 八字盲板

图 13-3　常见法兰实物

管法兰的公称直径等于与其相连接的管子的公称直径。管子的公称直径既不等于其内径，也不等于其外径，而是与两者相近的某一数值，为一名义直径。

注意：相同公称直径的容器法兰与管法兰尺寸不同，两者不能相互代替。

2. 公称压力 PN

法兰公称压力 PN（MPa）与法兰的最大操作压力和操作温度以及法兰材料三个因素有关。因为在制定法兰尺寸系列、计算法兰厚度时，是以 16MnR 在 200℃时，它的最大允许操作压力就认为是具有该尺寸法兰的公称压力。

公称压力 $PN=0.6$MPa 的法兰指：用材料 16MnR 在 200℃时，该法兰的最大操作压力为 0.6MPa。如果把这个 $PN=0.6$MPa 的法兰用在高于 200℃的条件下，那么它的最大允许操作压力将低于其公称压力 0.6MPa。反之，如果将它用在低于 200℃的条件下，仍按 200℃确定其最高工作压力。如果把法兰的材料改为 Q235-A，那么 Q235-A 钢的机械性能比 16MnR 差，这个公称压力 $PN=0.6$MPa 的法兰即使在 200℃的条件下，它的最大允许操作压力也将低于它的公称压力。反之如果把法兰的材料由 16MnR 改为 15MnVR，那么由于 15MnVR 的机械性能优于 16MnR，这个公称压力 $PN=0.6$MPa 的法兰在 200℃操作时，它的最大允许操作压力将高于它的公称压力。总之，只要法兰的公称直径、公称压力一定，法兰的尺寸也就确定了。至于这个法兰允许的最大操作压力是多少，那就要看法兰的操作温度和用什么材料制造了。通常有一个不同温度、不同材料的法兰在对应公称压力下的最大允许工作压力表，使用时需要查该表。总体要求是选择的公称压力在对应的操作条件下的最大允许工作压力大于或等于设备或管道的最高工作压力。确定了法兰的公称直径、公称压力后，查相关表格进行选取即可。

四、法兰标记与示例

1. 国家标准标记

法兰应按公称直径、公称压力、密封面形式代号、配用的钢管系列代号（配用米制管代号为"系列 2"，配用英制管不标记）和标准编号进行标记。

标记示例：公称直径 80mm、公称压力 4.0MPa 的凸面对焊钢制管法兰（配用米制管）

法兰　DN80-PN40　M（系列 2）　GB/T 9115.2—2000

公称直径 100mm、公称压力 5.0MPa 的突面带颈平焊钢制管法兰（配用英制管）

法兰　DN100-PN50　RF　GB/T 9116.1—2000

2. 机械部标准标记

标记示例：公称直径 500mm、公称压力 1.6MPa，系列 2 的突面平焊钢制管法兰

法兰　500—16　JB/T 81—1994

公称直径 300mm、公称压力 6.4MPa，系列 1 的凹面对焊钢制管法兰

法兰　300—64B（系列 1）JB/T 82.2—1994

（注：机械部标准默认管子外径为系列 2，对焊法兰分类为：A 型，凸面；B 型，凹面；C 型，榫面；D 型，槽面）

3. 原化工部标准标记

法兰应按下列规定标记（推荐采用此种标记方法）

① 标准号：各种类型管法兰均以本标准的标准号统一标记：HG 20592。

② 法兰类型代号按表 13-1 的规定。

螺纹法兰采用按 GB/T 7306 规定的锥管螺纹时，标记为"Th（Rc）"或"Th（Rp）"；

螺纹法兰采用按 GB/T 12716 规定的锥管螺纹时，标记为"Th（NPT）"；

螺纹法兰如未标记螺纹代号，则为 Rp（GB/T 7306.1）。

③ 法兰公称直径 DN（mm）与适用钢管外径系列：整体法兰、法兰盖、衬里法兰盖、螺纹法兰，适用钢管外径系列的标记可省略；适用于国际通用系列钢管（俗称英制管）的法兰，标记"DN（A）"；适用于国内沿用系列钢管（俗称公制管）的法兰，标记为

"DN（B）"。

④ 法兰公称压力 PN（MPa）。

⑤ 密封面形式代号按表 13-1 的规定，突面法兰如车制密纹水线，则标记为"RF（A）"。

⑥ 应由用户提供的钢管壁厚。带颈对焊法兰、对焊环松套法兰应标注钢管壁厚。

⑦ 材料牌号。

⑧ 其他。采用与本标准系列规定不一致的要求或附加要求，如密封面的表面粗糙度等。

标记示例：

公称直径 1200mm、公称压力 0.6MPa、配用公制管的突面板式平焊钢制管法兰，材料为 Q235-A；

HG 20592 法兰 PL1200（B）—0.6 RF Q235A

公称直径 300mm、公称压力 2.5MPa、配用英制管的凸面带颈平焊钢制管法兰，材料为 20 号钢；

HG 20592 法兰 SO300（A）—2.5 M 20

公称直径 150mm、公称压力 16.0MPa、配用英制管的环连接面带颈对焊钢制管法兰，材料为 16Mn，钢管壁厚为 10mm；

HG 20592 法兰 WN150（A）—16.0 RJ S＝10mm 16Mn

公称直径为 200mm、公称压力为 1.0MPa、配用公制管的突面对焊环松套钢制管法兰，材料为：法兰 20、对焊环 316，钢管壁厚为 4mm

HG 20592 法兰 PJ/SE200（B）—1.0 RF S＝4mm 20/316

表 13-1 法兰类型和密封面形式

法兰		标准号	密封面		压力等级 PN /MPa	常用阀门配套法兰
类型	代号		形式	代号		
板式平焊	PL	HG 20593、JB/T 81—1994、GB/T 9119—2000	突面	RF	0.25～2.5	突面平焊法兰是常用的法兰,可与各种法兰式的低、中压阀门配套,如闸阀、截止阀、球阀等
			全平面	FF	0.25～1.6	
带颈平焊	SO	HG 20594、GB/T 9116—2000	突面	RF	0.6～4.0	突面带颈平焊法兰是近年来引进的石油化工装置中普遍使用的结构型式
			凹凸面	MFM	1.0～4.0	
			榫槽面	TG	1.0～4.0	
			全平面	FF	0.6～1.6	
带颈对焊	WN	HG 20595、JB/T 82—1994、GH/T 9115—2000	突面	RF	1.0～25.0	$PN4.0～PN10.0$MPa 的阀门通常配用凸面的管法兰,如 Z41H-40、J41H-64、H44H-100 等,160MPa 压力以上则选用环连接面,如 J41H-160 突面对焊法兰也可配用对夹式连接的蝶阀及止回阀
			凹凸面	MFM	1.0～16.0	
			榫槽面	TG	1.0～16.0	
			环连接面	RJ	6.3～25.0	
			全平面	FF	1.0～1.6	
整体法兰	IF	HG 20596、JB/T 79—1994、GB/T 9113—2000	突面	RF	0.6～25.0	阀门上的整体法兰一般 $PN≤2.5$MPa 为突面,$PN≥4.0$MPa 为凹面,$PN≥16.0$MPa 为环连接面,但也有厂家 $PN10.0$MPa 采用环连接面,$PN16.0$MPa 采用凹面,$PN2.5$MPa 的氨用阀门采用凹面（FM）需配凸面的管法兰
			凹凸面	MFM	1.0～16.0	
			榫槽面	TG	1.0～16.0	
			环连接面	RJ	0.6～25.0	
			全平面	FF	1.0～1.6	

法兰		标准号	密封面		压力等级 PN /MPa	常用阀门配套法兰
类型	代号		形式	代号		
承插焊	SW	HG 20597、GB/T 9114—2000	突面	RF	1.0～10.0	近年来引进的石油人工装置中普遍使用的结构形式
			凹凸面	MFM	1.0～10.0	
			榫槽面	TG	1.0～10.0	
螺纹法兰	Th	HG 20598、GB/T 9114—2000	突面	RF	0.6～4.0	在工程建设中比较常用,安装方便不需焊接,适用 DN10～150mm
			全平面	FF	0.6～1.6	
对焊环松套	PJ/SE	HG 20599、JB/T 84—1994、GB/T 9120—2000	突面	RF	0.6～4.0	适用腐蚀性介质的管道系统
平焊环松套	PJ/RJ	HG 20600、JB/T 83—1994、GB/T 9121—2000	突面	RF	0.6～1.6	
			凹凸面	MFM	1.0～1.6	
			榫槽面	TG	1.0～1.6	
法兰盖	BL	HG 20601、JB/T 84—1994、GB/T 9123—2000	突面	RF	0.25～25.0	用于管道端部或作封头用
			凹凸面	MFM	1.0～16.0	
			榫槽面	TG	1.0～16.0	
			环连接面	RJ	6.3～25.0	
			全平面	FF	0.25～1.6	
衬里法兰盖	BL(S)	HG 20602	突面	RF	0.6～4.0	为节省不锈钢等贵重金属材料而编制
			凸面	M	1.0～4.0	
			榫面	T	1.0～4.0	
美标带颈平焊	SO	HG 20616 美标	突面	RF	2.0～26.0	PN2.5～5.0MPa 的美标阀门配套
美标带颈对焊	WN	HG 20617 美标	突面	RF	2.0～42.0	一般 PN≤11.0MPa 选用突面,PN≥15.0MPa 选用环连接面
			环连接面	RJ	2.0～11.0	

第二节　垫　片

垫片有很多种区分方法,通常按材料类别可分为全金属(八角椭圆垫等)、半金属(缠绕垫片/波纹垫等)和非金属(CFS等)。

一、垫片原材料

选择垫片材料主要取决于下列因素,即温度、压力和介质。

1. 金属材料

(1)碳钢　推荐最大工作温度不超过538℃,特别当介质具有氧化性时。优质薄碳钢板不适用于制造无机酸、中性或酸性盐溶液的设备中,如果碳钢受到较大的应力,会使用于热水工况条件下的设备事故率非常高。碳钢垫片通常用于高浓度的酸和许多碱溶液。布氏硬度约120。

(2)304 不锈钢　18-8(铬18%～20%、镍8%～10%),推荐最大工作温度不超过760℃。在温度-196～538℃区间内,易发生应力腐蚀和晶界腐蚀。布氏硬度160。

（3）316 不锈钢 18-12（铬 18%、镍 12%），在 304 不锈钢中增加约 2%钼，当温度提高，其强度和耐腐蚀性能提高。当温度提高时比其他普通不锈钢具有更高的抗蠕变性能。推荐最大工作温度不超过 760℃。布氏硬度约 160。

（4）20 合金 45%铁、24%镍、20%铬和少量钼和铜。推荐最大工作温度不超过 760～815℃。特别适用于制造耐硫酸腐蚀的设备，布氏硬度约 160。

（5）铝 铝（含量不低于 99%）。铝具有优秀耐腐蚀性能和加工性能，适用于制造双夹垫片。布氏硬度约 35。推荐最大连续工作温度不超过 426℃。

（6）紫铜 紫铜的成分接近于纯铜，其含有微量的银以增加其连续工作温度。推荐最大连续工作温度不超过 260℃。布氏硬度约 80。

（7）黄铜 （铜 66%、锌 34%），在大多数工况条件下，具有良好耐腐蚀性能，但不适应醋酸、氨、盐和乙炔。推荐最大连续工作温度不超过 260℃。布氏硬度约 58。

（8）钛 在高温条件下，具有优异的耐腐蚀性能。众所周知耐氯离子的侵蚀，在较宽的温度和浓度区间，具有优异的耐硝酸腐蚀。钛材在大多数碱溶液用得很少，适应用于氧化工况条件下。推荐最大工作温度不超过 1093℃。布氏硬度约 216。

2. 非金属材料

（1）天然橡胶 NR 对弱酸、碱、盐和氯化物溶液具有良好的耐蚀性能，对油和溶剂耐蚀性能是差的，并不推荐用于臭氧介质。推荐工作温度为 −57～93℃。

（2）氯丁橡胶 CR 氯丁橡胶是一种合成橡胶，适应于耐中等腐蚀的酸、碱和盐溶液的腐蚀。对商业用油和燃料具有良好的耐腐蚀作用。但在强氧化性酸、芳香烃和氯代烃中其耐腐蚀性能是差的。推荐工作温度为 −51～121℃。

（3）氟橡胶 对油、燃料、氯化物溶液、芳烃、脂类碳氢化合物和强酸具有良好的耐腐蚀性能，但不适用于胺类、酯类、酮类和蒸汽，推荐工作温度为 −40～232℃。

（4）氯磺化聚乙烯合成橡胶 对酸、碱和盐溶液具有良好的耐蚀性能，同时不受气候、光照、臭氧、商业燃料（如柴油和煤油等）影响。但不适用于芳香烃、氯代烃、铬酸和硝酸。推荐工作温度为 −45～135℃。

（5）硅橡胶 对热空气具有良好的耐蚀性能。硅橡胶不受阳光和臭氧影响。但不适应用于蒸汽、酮类、芳香烃和脂类化合物。

（6）乙丙橡胶 对强酸、强碱、盐和氯化物溶液具有良好的耐蚀性能。但不适用于油类、溶剂、芳香烃和碳氢化合物。推荐工作温度为 −57～176℃。

（7）石墨 该材料为不含树脂或无机物的全石墨材料，可分为掺入金属或不掺入金属元素的石墨材料。该材料可粘接，以致可制造直径超过 600mm 管道垫片。对许多酸、碱、盐和有机化合物和传热溶液，甚至高温溶液具有非常优异的耐蚀性能。它不能熔化，但超过 3316℃时将升华。在高温条件下，在强氧化性介质中使用该材料应慎重。除用于垫片外，该材料也可制作填料和缠绕垫片中的非金属缠绕带。

（8）聚四氟乙烯（PTFE） 集中了大多数塑料垫片材料的优点，包括耐温从 −95～232℃。除游离氟和碱金属外，对化学物品、溶剂、氢氧化物和酸具有优异的耐蚀性能。PTFE 材料能充填玻璃，其目的是降低 PTFE 的冷流性和蠕变性。

（9）石棉橡胶垫片 石棉橡胶垫片以石棉纤维、橡胶为主要原料，再辅以橡胶配合剂和填充料，经过混合搅拌、热辊成型、硫化等工序制成。石棉橡胶垫片根据其配方、工艺性能及用途的不同，可分为普通石棉橡胶垫片和耐油石棉橡胶垫片。根据使用的温度和压力不同，可以分为低压石棉橡胶垫片、中压石棉橡胶垫片和高压石棉橡胶垫片。适用于水、水蒸气、油类、溶剂、中等酸、碱的密封，石棉垫片主要应用在中、低压法兰连接的密封中。

二、特性

任何一种类型的垫片，在恶劣的使用环境中，要保证长时间的有效密封，都必须具备以下八个重要特性：

（1）气密性　对于密封系统的介质，垫片在推荐的温度和压力下，工作一定时间内不发生泄漏。

（2）可压缩性　垫片和法兰的接触面在连接螺栓紧固后，应能很好地吻合，以保证密封。

（3）抗蠕变性　垫片在压力负荷和使用温度的影响下，抗蠕变性应较好，否则会造成螺栓扭矩损失，导致垫片的表面应力减小，从而引起系统泄漏。

（4）抗化学腐蚀　所选用的垫片应不受化学介质的腐蚀，而且不能污染介质。

（5）回弹性　即使在系统稳定的状况下，相连接的两个法兰由于温度和压力的影响肯定会存在微小位移，垫片的弹性功能应能弥补此位移，以保证系统的密封性。

（6）抗粘接性　垫片在使用后应能方便地从法兰上拆除，不粘接。

（7）无腐蚀性　垫片应对连接的法兰表面无腐蚀性。

（8）耐温度　所选用的垫片应保证在系统的最低温度和最高温度下正常使用。

三、结构

各种垫片的结构见图 13-4。

四、垫片使用失败的原因

（1）辅助备件的原因　初装压力欠缺；螺栓负载不平；螺栓上的螺纹损坏；错误的螺栓；法兰面未对准。

（2）垫片原料的原因　旧垫片的二次使用；与介质不相溶；不适合工况条件；使用不相配的复合物；尺寸不当；高泄漏率。

（3）设计因素　螺栓负载不足；负载过量；法兰与螺栓的错误选用。

（4）法兰　表面破损；工作面不平。

五、垫片的安装

垫片安装的注意事项如下：

① 将润滑剂均匀地涂于螺母、垫圈、承压的各表面等；

② 请勿使用任何复合物将垫片粘接在法兰盘上；

③ 用合适的工具来安装；

④ 正确扭紧螺栓；

⑤ 垫片在一定的温度工作后切勿二度扭紧螺栓；

⑥ 用标准中指定的螺栓；

⑦ 采用的螺栓材质应一样；

⑧ 请勿使用用过的螺栓；

⑨ 常用垫圈；

⑩ 尽可能使用薄一些的垫片；

⑪ 切勿在法兰上切割垫片；

⑫ 储存在阴凉、干燥之处平放，远离阳光直射。

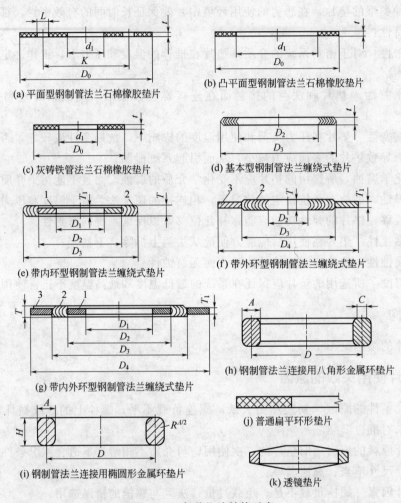

(a) 平面型钢制管法兰石棉橡胶垫片

(b) 凸平面型钢制管法兰石棉橡胶垫片

(c) 灰铸铁管法兰石棉橡胶垫片

(d) 基本型钢制管法兰缠绕式垫片

(e) 带内环型钢制管法兰缠绕式垫片

(f) 带外环型钢制管法兰缠绕式垫片

(g) 带内外环型钢制管法兰缠绕式垫片

(h) 钢制管法兰连接用八角形金属环垫片

(i) 钢制管法兰连接用椭圆形金属环垫片

(j) 普通扁平环形垫片

(k) 透镜垫片

图 13-4 各种垫片结构示意

1—内环；2—密封环；3—外环

第十四章 压力表与温度计

第一节 压 力 表

一、压力表的规格型号

从公称直径看，压力表有 ϕ40mm、ϕ60mm、ϕ100mm、ϕ150mm、ϕ200mm、ϕ250mm 等。

从安装结构型式看，有直接安装式、嵌装式和凸装式，其中嵌装式又分为径向嵌装式和轴向嵌装式，凸装式也有径向凸装式和轴向凸装式之分。直接安装式，又分为径向直接安装式和轴向直接安装式。其中径向直接安装式是基本的安装型式，一般在未指明安装结构型式时，均指径向直接安装式。轴向直接安装式考虑其自身支撑的稳定性，一般只在公称直径小于 150mm 的压力表上才选用。所谓嵌装式和凸装式压力表，就是人们常说的带边（安装环）压力表。轴向嵌装式即轴向前带边，径向嵌装式是指径向前带边，径向凸装式（也叫墙装式）是指径向后带边压力表。

从量域和量程区段看，在正压量域分为微压量程区段、低压量程区段、中压量程区段、高压量程区段、超高压量程区段，每个量程区段内又细分出若干种测量范围（仪表量程）；在负压量域（真空）又有 3 种负压（真空表）；正压与负压联程的压力表是一种跨量域的压力表。其规范名称为压力真空表，也有称之为真空压力表。它不但可以测量正压压力，也可测量负压压力。

二、压力表的精度等级

常见精度等级有 4 级、2.5 级、1.6 级、1 级、0.4 级、0.25 级、0.16 级、0.1 级等。精度等级一般应在其度盘上进行标识，其标识也有相应规定，如"①"表示其精度等级是 1 级。对于一些精度等级很低的压力表，如 4 级下的，还有一些并不需要测量其准确的压力值，只需要指示出压力范围的，如灭火器上的压力表，则可以不标识精度等级。

三、压力表的分类

（1）普通压力表 （规范的名称为"一般压力表"）是最基础的压力表类型。其系列完整、结构简单、性能可靠、指示直观、造价低廉，是应用最为广泛的一种压力表。

（2）精密压力表 原称标准压力表，从精度等级角度讲，它是压力表的高端产品。规范中将 0.4 级（包括 0.4 级）以上精度等级的压力表划归为精密压力表。精密压力表基本上是用于压力量值的传递。随着工业流程中对压力测量精度要求的提升，这种压力表在测量环节的应用量也明显增多。

精密压力表的制造工艺相对复杂，不管是从弹性敏感元件，还是从传动放大机构看，为确保其性能，工艺都十分严谨。除制造精密压力表弹性敏感元件的材料需具有优良的弹性性能外，轧制弹性敏感元件的冷作硬化工艺参数、人工时效和自然时效工艺参数、弹性敏感元件的几何尺寸和形状等都是各制造厂的技术机密。可以说，精密压力表的制造能力代表着制造厂家的压力表水平。

精密压力表的量域很广，从 $-0.1 \sim 0MPa$ 至 $0 \sim 100MPa$ 都有产品生产。其中微压表和高压表因其制造难度甚大，产量不高，价格较为昂贵。

（3）电接点压力表　是一种能发出开关信号的压力表。电接点压力表又细分有单电接点、双电接点和多接点电接点压力表，通过各类电接点来适应不同的操控需求。从电接点压力表的电接点功率来看，又有常规电接点压力表、光电式电接点压力表、感应式电接点压力表和磁助式电接点压力表之分，其中磁助式电接点压力表是通过磁力辅助来增大电接点的接触力矩，具有相对较高的电接点功率。但由于磁力对电接点的作用，其电接点的接点信号精度较低。从应对使用环境要求看，又有常规电接点压力表、耐振电接点压力表、耐腐电接点压力表、耐高温电接点压力表、隔膜电接点压力表、防爆电接点压力表之分。其中防爆电接点压力表又细分有隔爆型电接点压力表和安全火花型电接点压力表。

电接点压力表的关键部件是电接点的信号机构，其主要技术指标是电接点信号机构的绝缘电阻和绝缘强度。在电接点压力表的出厂检验时，对电接点的这两个主要技术指标应逐台检验。

由于电接点压力表弹性敏感元件的管端力要同时拖动指示机构和电接点信号机构，加上这种电接点压力表不仅有指示精度要求，还有电接点所发信号的精度要求，所以，电接点压力表的精度等级一般都在 0.4 级以下。各种电接点压力表的测量范围都很齐全，有真空电接点压力表、低压电接点压力表、中压电接点压力表、高压电接点压力表、微压电接点压力表。其中，微压电接点压力表因其管端力较小，电接点的制造难度较大，因此，很少有厂家生产这种微压电接点压力表。

（4）远传压力表　是一种能在感知压力并进行指示的同时，还可远传出一个同步线性信号的压力表。以实现本地测量指示，同步向远程传递压力信号的实践需要。从远传压力表的工作原理看，目前有两种型式。一种是通过传递电阻信号表达压力量值的电阻远传压力表，它的同步压力信号是一个电阻值"Ω"，由此得名电阻远传压力表。一种是采用电流信号传递压力量值的电感远传压力表，通常称为差动远传压力表，它传递的同步压力信号是一个电流值"mA"。不管是电阻远传压力表，还是电感（差动）远传压力表，它们各自都有自己的派生系列产品。如各种安装结构形式、各类介质的适应能力、各种环境条件的实用能力的远传压力表。这些远传压力表都可以为二次仪表和单元仪表或执行机构提供标准的电阻信号或电流信号。

（5）不锈钢压力表　是一种采用不锈钢材料制造的压力表。不锈钢压力表又分为常规不锈钢压力表和全不锈钢压力表。常规不锈钢压力表主要用来测量具有腐蚀性的介质压力。全不锈钢压力表是用于在具有腐蚀性成分的环境中测量具有腐蚀性介质的压力。像这类用于测量特定介质的压力表有多种，不锈钢压力表仅是其一。还有氨用压力表、氧气压力表、氢气压力表、氯气压力表等，都是基于特定介质压力测量或环境条件的特定要求，用特定材料和通过特定工艺制造的压力表。

当然，除了一些用于特定介质的外，还有一些专用压力表，如船用压力表、氟压力表、轮胎压力表等。其中轮胎压力表就是附加了特定的结构功能来满足和方便专用要求的压力表。

（6）隔膜压力表　是采用介质隔离方式工作的又一种用于测量特定介质的压力表。隔膜压力表由压力表和隔离装置组合制造而成。制造压力表的材料与被测介质无关，因为压力表的本身并不接触那些特定的介质。它是在被隔离的状态下进行间接测量特定介质压力量值的。因此，这种压力表具有很多优异的特性。它的精度可以较高，它的适应介质对象的范围可以较广，只要选择相应的介质隔离膜片即可。隔膜压力表提供了多种连接结构形式，如螺纹连接、法兰连接等。其法兰连接又有平法兰、角法兰、工字法兰等。由于隔膜压力表是一种组合制造而成的压力表，所以，它可以提供十分灵活的组合方式，大幅度地提高了其选型空间。

（7）双针压力表　是指双针双管压力表，是一种较为典型的专用压力表。这种仪表设有两个被测对象接口，可同时接入两个被测对象，由分色指针同时指示出两个被测对象各自的压力。尤其适用于两个需要同时读数比对的测量对象。双针压力表的内部结构也很有特点，它巧妙地将两路测量机构有机结合，且各自独立。这两路独立的测量机构又各自拖动自己的指针，在同一个度盘上指示各自的压力。有效地从示数装置上最大限度地减小了比对误差，明显地提高了两个被测对象的比对读数精度。

还有一种双面压力表，是一种双针双面单管压力表。双面压力表是为满足多方位读数要求设计制造的，它只有一个被测对象接口、一套测量机构和特制的传动放大机构，两套示数装置分布在正反两面。这种双面压力表的传动放大机构设计很独特，它可以让您在正反两面获得相同的读数效果。

（8）耐振压力表　是一种可在环境振动和介质脉动场合下正常工作的压力表。这种耐振压力表的壳体中均充有阻尼液，用以缓解外部的环境振动，接口处设有阻尼器，脉动介质通过阻尼器予以滤波后才进入弹性敏感元件，以确保耐振压力表的正常工作和观察者的准确读数。

（9）抗震压力表　是一种适用于在振动较为强烈的环境中工作的压力表。它兼有耐振压力表的一些耐振机理，并进一步从结构设计方面对其抗震性能予以提升。抗震压力表为适应更高的耐振要求，大多采用转盘式，以增大指示机构的被阻尼性能，最大限度地均衡指示部件在受振状态下的转动惯量。通俗地讲，这种压力表在工作进程中，是通过表盘的转动来指

(a) 普通压力表　　(b) 精密压力表　　(c) 耐振压力表　　(d) 膜片压力表

(e) 电接点压力表1　(f) 电接点压力表2　(g) 电接点压力表3　(h) 电接点压力表4

图 14-1　常见的几种压力表

示介质的压力量值的。也有将抗震压力表制成隔膜式和指针式，其抗震性能略低于转盘式抗震压力表。

常见的几种压力表见图 14-1。

第二节 温 度 计

一、概述

温度计是测温仪器的总称。根据所用测温物质的不同和测温范围的不同，有煤油温度计、酒精温度计、水银温度计、气体温度计、电阻温度计、温差电偶温度计、辐射温度计和光测温度计、双金属温度计等。

根据使用目的的不同，已设计制造出多种温度计。其设计的依据有：利用固体、液体、气体受温度的影响而热胀冷缩的现象；在定容条件下，气体（或蒸汽）压力因不同温度而变化；热电效应的作用；电阻随温度的变化而变化；热辐射的影响等。

一般来说，任何物质的任一物理属性，只要它随温度的改变而发生单调的、显著的变化，都可用来标志温度而制成温度计。

最早的温度计是在 1593 年由意大利科学家伽利略（1564～1642 年）发明的。他的第一只温度计是一根一端敞口的玻璃管，另一端带有核桃大的玻璃泡。使用时先给玻璃泡加热，然后把玻璃管插入水中。随着温度的变化，玻璃管中的水面就会上下移动，根据移动的多少就可以判定温度的变化和温度的高低。温度计有热胀冷缩的作用，所以这种温度计，受外界大气压等环境因素的影响较大，所以测量误差大。

后来伽利略的学生和其他科学家，在这个基础上反复改进，如把玻璃管倒过来，把液体放在管内，把玻璃管封闭等。比较突出的是法国人布利奥在 1659 年制造的温度计，他把玻璃泡的体积缩小，并把测温物质改为水银，这样的温度计已具备了现在温度计的雏形。以后荷兰人华伦海特在 1709 年利用酒精，在 1714 年又利用水银作为测量物质，制造了更精确的温度计。他观察了水的沸腾温度、水和冰混合时的温度、盐水和冰混合时的温度；经过反复实验与核准，最后把一定浓度的盐水凝固时的温度定为 0 ℉，把纯水凝固时的温度定为 32 ℉，把标准大气压下水沸腾的温度定为 212 ℉，用 ℉ 代表华氏温度，这就是华氏温度计。

在华氏温度计出现的同时，法国人列缪尔（1683～1757 年）也设计制造了一种温度计。他认为水银的膨胀系数太小，不宜做测温物质。他专心研究用酒精作为测温物质的优点。经过反复实践发现，含有 1/5 水的酒精，在水的结冰温度和沸腾温度之间，其体积的膨胀是从 1000 个体积单位增大到 1080 个体积单位。因此他把冰点和沸点之间分成 80 份，定为自己温度计的温度分度，这就是列氏温度计。

华氏温度计制成后又经过 30 多年，瑞典人摄尔修斯于 1742 年改进了华伦海特温度计的刻度，他把水的沸点定为 0 度，把水的冰点定为 100 度。后来他的同事施勒默尔把两个温度点的数值又倒过来，就成了现在的百分温度，即摄氏温度，用 ℃ 表示。华氏温度与摄氏温度的关系为 ℉ $= 9/5℃ + 32$，或 ℃ $= 5/9(℉ - 32)$。

现在英、美国家多用华氏温度，德国多用列氏温度，而世界科技界和工农业生产中，以及我国、法国等大多数国家则多用摄氏温度。

二、分类

(1) 气体温度计　多用氢气或氦气作测温物质，因为氢气和氦气的液化温度很低，接近于绝对零度，故它的测温范围很广。这种温度计精确度很高，多用于精密测量。

(2) 电阻温度计　分为金属电阻温度计和半导体电阻温度计，都是根据电阻值随温度的变化这一特性制成的。金属温度计主要有用铂、金、铜、镍等纯金属的及铑铁、磷青铜合金的；半导体温度计主要用碳、锗等。电阻温度计使用方便可靠，已广泛应用。它的测量范围为-260~600℃。

(3) 温差电偶温度计　是一种工业上广泛应用的测温仪器。利用温差电现象制成。两种不同的金属丝焊接在一起形成工作端，另两端与测量仪表连接，形成电路。把工作端放在被测温度处，工作端与自由端温度不同时，就会出现电动势，因而有电流通过回路。通过电学量的测量，利用已知处的温度，就可以测定另一处的温度。这种温度计多用铜-康铜、铁-康铜、镍铬-康铜、金钴-铜、铂-铑等组成。它适用于温差较大的两种物质之间，多用于高温和低温测量。有的温差电偶能测量高达3000℃的高温，有的能测接近绝对零度的低温。

(4) 高温温度计　是指专门用来测量500℃以上的温度的温度计，有光测温度计、比色温度计和辐射温度计。高温温度计的原理和构造都比较复杂，这里不再讨论。其测量范围为500~3000℃以上，不适用于测量低温。

(5) 指针式温度计　是形如仪表盘的温度计，也称寒暑表，用来测室温，是用金属的热胀冷缩原理制成的。它是以双金属片作为感温元件，用来控制指针。双金属片通常是用铜片和铁片铆在一起，且铜片在左，铁片在右。由于铜的热胀冷缩效果要比铁明显得多，因此当温度升高时，铜片牵拉铁片向右弯曲，指针在双金属片的带动下就向右偏转（指向高温）；反之，温度变低，指针在双金属片的带动下向左偏转（指向低温）。

(6) 玻璃管温度计　玻璃管温度计是利用热胀冷缩的原理来实现温度的测量的。由于测温介质的膨胀系数与沸点及凝固点的不同，所以常见的玻璃管温度计主要有：煤油温度计、水银温度计、红钢笔水温度计。它的优点是结构简单，使用方便，测量精度相对较高，价格低廉。缺点是测量上下限和精度受玻璃质量与测温介质的性质限制。且不能远传，易碎。

(7) 压力式温度计　压力式温度计是利用封闭容器内的液体、气体或饱和蒸汽受热后产生体积膨胀或压力变化作为测量信号。它的基本结构是由温包、毛细管和指示表三部分组成。它是最早应用于生产过程温度控制的方法之一。压力式测温系统现在仍然是就地指示和控制温度中应用十分广泛的测量方法。压力式温度计的优点是：结构简单，机械强度高，不怕振动。价格低廉，不需要外部能源。缺点是：测温范围有限制，一般在-80~400℃；热损失大，响应时间较慢；仪表密封系统（温包、毛细管、弹簧管）损坏难于修理，必须更换；测量精度受环境温度、温包安装位置影响较大，精度相对较低；毛细管传送距离有限制。压力温度计经常的工作范围应在测量范围的1/2~3/4处，并尽可能使显示表与温包处于水平位置。其安装用的温包安装螺栓会使温度流失而导致温度不准确，安装时应进行保温处理，并尽量使温包工作在没有振动的环境中。

(8) 转动式温度计　转动式温度计是由一个卷曲的双金属片制成。双金属片一端固定，另一端连接着指针。两金属片因膨胀程度不同，在不同温度下，造成双金属片卷曲程度不同，指针则随之指在刻度盘上的不同位置，从刻度盘上的读数，便可知其温度。

(9) 半导体温度计　半导体的电阻变化和金属不同，温度升高时，其电阻反而减少，并且变化幅度较大。因此少量的温度变化也可使电阻产生明显的变化，所制成的温度计有较高的精密度，常称为感温器。

（10）光测高温计 物体温度若高到会发出大量的可见光时，便可利用测量其热辐射的多寡以决定其温度，此种温度计即为光测温度计。此温度计主要是由装有红色滤光镜的望远镜及一组带有小灯泡、电流计与可变电阻的电路制成。使用前，先建立灯丝不同亮度所对应温度与电流计上的读数的关系。使用时，将望远镜对正待测物，调整电阻，使灯泡的亮度与待测物相同，这时从电流计便可读出待测物的温度了。

（11）液晶温度计 用不同配方制成的液晶，其相变温度不同，当其相变时，其光学性质也会改变，使液晶看起来变了色。如果将不同相变温度的液晶涂在一张纸上，则由液晶颜色的变化，便可知道温度为何。此温度计的优点是读数容易，而缺点则是精确度不足，常用于观赏用鱼缸中，以指示水温。常用温度测量仪表的精度等级和分度值见表14-1。

表 14-1 温度测量仪表的精度等级和分度值

仪表名称	精度等级	分度值/℃	仪表名称	精度等级	分度值/℃
双金属温度计	1,1.5,2.5	0.5～20	光学高温计	1～1.5	5～20
压力式温度计	1,1.5,2.5	0.5～20	辐射温度计(热电堆)	1.5	5～20
玻璃液体温度计	0.5～2.5	0.1～10	部分辐射温度计	1～1.5	1～20
热电阻	0.5～3	1～10	比色温度计	1～1.5	
热电偶	0.5～1	5～20			

三、常用温度计介绍

1. 双金属温度计

（1）用途 WSS系列双金属温度计是一种现场检测工业仪表，直接从读数盘上读出被测气体、液体和蒸汽中的温度，适用于石油化工、矿井、冶金、纺织、军工、制药、食品等部门的中、低温环境中的现场测温和控制。本系列产品具有反应灵敏、易读数、抗振动、无汞害、性能稳定、使用寿命长、外壳防护等级达到IP65等优点，可替代工业玻璃水银温度计而广泛使用。双金属温度计见图14-2。

图 14-2 双金属
温度计

（2）结构 双金属温度计由双金属感温元件、支承管、连接装置、指示盘等组成。双金属感温元件采用多圈直螺旋形双金属制成，一端固定，另一端（自由端）连接在芯轴上，当温度变化时，感温元件自由端旋转，由芯轴传动指针，在指示盘上指示出被测介质的温度。双金属温度计按结构形式分为轴向型（角形）、径向型、135°型及万向型四种；按其功能分为普通型（单指标）、带电接点、远传功能及带夜光四种。

（3）主要技术指标

① 使用范围 −50～50℃；−20～80℃；0～50℃；0～100℃；0～120℃；0～150℃；0～200℃；0～300℃；0～400℃；0～500℃（特殊可定做）。

② 适用环境温度−40～85℃，相对湿度5%～100%。

③ 表盘直径为：100mm，径向安装型。

（4）使用和维护

① 双金属温度计在保管、使用和安装中，应避免碰撞支承管，切勿使支承管弯曲变形及将表壳作扳手使用。

② 各类双金属温度计不宜用于测量敞开容器内的介质温度；带电接点温度计，不允许在强烈振动下工作，以免影响接点的可靠性。

③ 在压力大于 1.5MPa 时，应选用 JX 系列保护管。

2. 热电偶温度计

热电偶是工业上最常用的温度检测元件之一。其优点是：①测量精度高，因热电偶直接与被测对象接触，不受中间介质的影响；②测量范围广，常用的热电偶从 $-50 \sim 1600℃$ 均可连续测量，某些特殊热电偶最低可测到 $-269℃$（如金铁镍铬合金热电偶），最高可达 2800℃（如钨-铼）；③构造简单，使用方便。热电偶通常是由两种不同的金属丝组成，而且不受大小和开头的限制，外有保护套管，用起来非常方便（见图 14-3）。

图 14-3　热电偶温度计

（1）**热电偶测温基本原理**　将两种不同材料的导体或半导体 A 和 B 焊接起来，构成一个闭合回路。当导体 A 和 B 的两个接着点 1 和 2 之间存在温差时，两者之间便产生电动势，因而在回路中形成一个大小的电流，这种现象称为热电效应。热电偶就是利用这一效应来工作的。

（2）**热电偶的种类及结构形成**

① **热电偶的种类**　常用热电偶可分为标准热电偶和非标准热电偶两大类。所谓标准热电偶是指国家标准规定了其热电势与温度的关系、允许误差，并有统一的标准分度表的热电偶，它有与其配套的显示仪表可供选用。非标准化热电偶在使用范围或数量级上均不及标准热电偶，一般也没有统一的分度表，主要用于某些特殊场合的测量。

我国从 1988 年 1 月 1 日起，热电偶和热电阻全部按 IEC 国际标准生产，并指定 S、B、E、K、R、J、T 七种标准热电偶为我国统一设计型热电偶。

② **热电偶的结构形式**　为了保证热电偶可靠、稳定地工作，对它的结构要求为：组成热电偶的两个热电极的焊接必须牢固；两个热电极彼此之间应很好地绝缘，以防短路；补偿导线与热电偶自由端的连接要方便可靠；保护套管应能保证热电极与有害介质充分隔离。

③ **热电偶冷端的温度补偿**　由于热电偶的材料一般都比较贵重（特别是采用贵金属时），而测温点到仪表的距离都很远，为了节省热电偶材料，降低成本，通常采用补偿导线把热电偶的冷端（自由端）延伸到温度比较稳定的控制室内，连接到仪表端子上。必须指出，热电偶补偿导线的作用只起延伸热电极，使热电偶的冷端移动到控制室的仪表端子上，它本身并不能消除冷端温度变化对测温的影响，不起补偿作用。因此，还需采用其他修正方法来补偿冷端温度 $t_0 \neq 0℃$ 时对测温的影响。

在使用热电偶补偿导线时必须注意型号相配，极性不能接错，补偿导线与热电偶连接端的温度不能超过 100℃。

（3）**S 型热电偶——铂铑 10-铂热电偶**

铂铑 10-铂热电偶（S 型热电偶）为贵金属热电偶。偶丝直径规定为 0.5mm，允许偏差 $-0.015mm$，其正极（SP）为铂铑合金，其中含铑为 10%，含铂为 90%，负极（SN）为纯铂，故俗称单铂铑热电偶。该热电偶长期最高使用温度为 1300℃，短期最高使用温度为 1600℃。

S 型热电偶在热电偶系列中具有准确度最高，稳定性最好，测温区宽，使用寿命长等优点。它的物理、化学性能良好，热电势稳定性及在高温下抗氧化性能好，适用于氧化性和惰性气氛中。由于 S 型热电偶具有优良的综合性能，符合国际使用温标的 S 型热电偶，长期以来曾作为国际温标的内插仪器，"ITS-90"虽规定今后不再作为国际温标的内查仪器，但国际温度咨询委员会（CCT）认为 S 型热电偶仍可用于近似实现国际温标。

S 型热电偶不足之处是热电势、热电势率较小，灵敏度低，高温下机械强度下降，对污染非常敏感，贵金属材料昂贵，因而一次性投资较大。

3. 热电阻

热电阻是中低温区常用的一种测温元件。热电阻是利用物质在温度变化时本身电阻也随着发生变化的特性来测量温度的。热电阻的受热部分（感温元件）是用细金属丝均匀地缠绕在绝缘材料制成的骨架上，当被测介质中有温度梯度存在时，所测得的温度是感温元件所在范围内介质层中的平均温度。它的主要特点是测量精度高，性能稳定。其中铂热电阻的测量精确度最高。几种常见的热电阻见图 14-4。

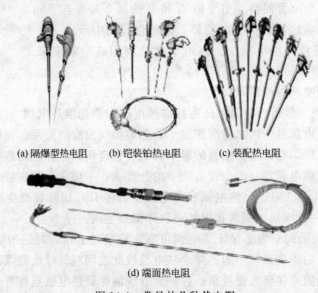

(a) 隔爆型热电阻 　　 (b) 铠装铂热电阻 　　 (c) 装配热电阻

(d) 端面热电阻

图 14-4　常见的几种热电阻

（1）**热电阻的结构特点**　热电阻通常和显示仪表、记录仪表和电子调节器配套使用。它可以直接测量各种生产过程中从 -200～600℃范围内的液体、蒸汽和气体介质及固体表面的温度。

（2）**热电阻分类**

① **WZ 系列装配热电阻**　通常由感温元件、安装固定装置和接线盒等主要部件组成，具有测量精度高、性能稳定可靠等优点。实际运用中以 Pt100 铂热电阻运用最为广泛。

② **WZPK 系列铠装铂热电阻**　铠装铂热电阻是由感温元件、引线、绝缘材料、不锈钢套管组合而成的坚实体，它有下列优点：体形细长，热响应时间快，抗振动，使用寿命长等优点。

③ **隔爆型热电阻**　隔爆型热电阻通过特殊结构的接线盒，把接线盒内部爆炸性混合气体因受到火花或电弧等影响而发生的爆炸局限在接线盒内，生产现场不会引起爆炸。

④ 端面热电阻 端面热电阻的感温元件是由特殊处理的电阻丝缠绕制成，紧贴在温度计端面。它与一般轴向热电阻相比，能更正确和快速地反映被测端面的实际温度，适用于测量表面温度。

4. 热电偶与热电阻的区别

热电偶与热电阻均属于温度测量中的接触式测温，尽管其作用相同都是测量物体的温度，但是它们的原理与特点却不尽相同。热电偶是温度测量中应用最广泛的温度器件，它的主要特点是测温范围宽，性能比较稳定，同时结构简单，动态响应好，更能够远传 4～20mA 电信号，便于自动控制和集中控制。热电偶的测温原理是基于热电效应。将两种不同的导体或半导体连接成闭合回路，当两个接点处的温度不同时，回路中将产生热电势，这种现象称为热电效应，又称为塞贝克效应。闭合回路中产生的热电势由两种电势组成；温差电势和接触电势。温差电势是指同一导体的两端因温度不同而产生的电势，不同的导体具有不同的电子密度，所以它们产生的电势也不相同，而接触电势顾名思义就是指两种不同的导体相接触时，因为它们的电子密度不同所以产生一定的电子扩散，当它们达到一定的平衡后所形成的电势，接触电势的大小取决于两种不同导体的材料性质以及它们接触点的温度。目前国际上应用的热电偶具有一个标准规范，国际上规定热电偶分为八个不同的分度，分别为B、R、S、K、N、E、J 和 T，其测量温度的最低可测－270℃，最高可达 1800℃，其中 B、R、S 属于铂系列的热电偶，由于铂属于贵重金属，所以它们又称为贵金属热电偶，而剩下的几个则称为廉价金属热电偶。热电偶的结构有两种，普通型和铠装型。普通型热电偶一般由热电极、绝缘管、保护套管和接线盒等部分组成，而铠装型热电偶则是将热电偶丝、绝缘材料和金属保护套管三者组合装配后，经过拉伸加工而成的一种坚实的组合体。但是热电偶的电信号却需要一种特殊的导线来进行传递，这种导线称为补偿导线。不同的热电偶需要不同的补偿导线，其主要作用是与热电偶连接，使热电偶的参比端远离电源，从而使参比端温度稳定。补偿导线又分为补偿型和延长型两种，延长导线的化学成分与被补偿的热电偶相同，但是实际中，延长型的导线也并不是用和热电偶相同材质的金属，一般采用和热电偶具有相同电子密度的导线代替。补偿导线与热电偶的连线一般都是很明了，热电偶的正极连接补偿导线的红色线，而负极则连接剩下的颜色。一般的补偿导线的材质大部分采用铜镍合金。

热电阻虽然在工业中应用也比较广泛，但是由于它的测温范围使它的应用受到了一定的限制，热电阻的测温原理是基于导体或半导体的电阻值随着温度的变化而变化的特性。其优点也很多，也可以远传电信号，灵敏度高，稳定性强，互换性以及准确性都比较好，但是需要电源激励，不能够瞬时测量温度的变化。工业用热电阻一般采用 Pt100、Pt10、Cu50、Cu100，铂热电阻的测温范围一般为－200～800℃，铜热电阻为－40～140℃。热电阻和热电偶一样的区分类型，但是它却不需要补偿导线，而且价格比热电偶便宜。

参 考 文 献

[1] 刁玉伟，王立业. 化工设备机械基础. 第 4 版. 大连：大连理工大学出版社，2000.

[2] 化学工业部化工工艺配管设计技术中心站组织编写. 化工管路手册：上册. 北京：化学工业出版社，1988.

[3] 国家医药管理局上海医药设计院. 化工工艺设计手册：上册. 北京：化学工业出版社，1986.

[4] 胡忆沩，李尚发，鲁国良. 实用管工手册. 北京：化学工业出版社，1999.

[5] [美] 斯库森. 阀门手册. 第 2 版. 孙家孔译. 北京：中国石化出版社，2005.

[6] 宋勤华. 醋酸及其衍生物. 北京：化学工业出版社，2008.

[7] 林玉波. 合成氨生产工艺. 北京：化学工业出版社，2006.

[8] 厉玉鸣. 化工仪表及自动化. 北京：化学工业出版社，2006.

[9] 李绍芬. 反应工程. 北京：化学工业出版社，2008.

[10] 夏青，陈常贵. 化工原理：上册. 天津：天津大学出版社，2005.